me & she.

Lily

幻冬舎

me&she.

LiLy

Contents

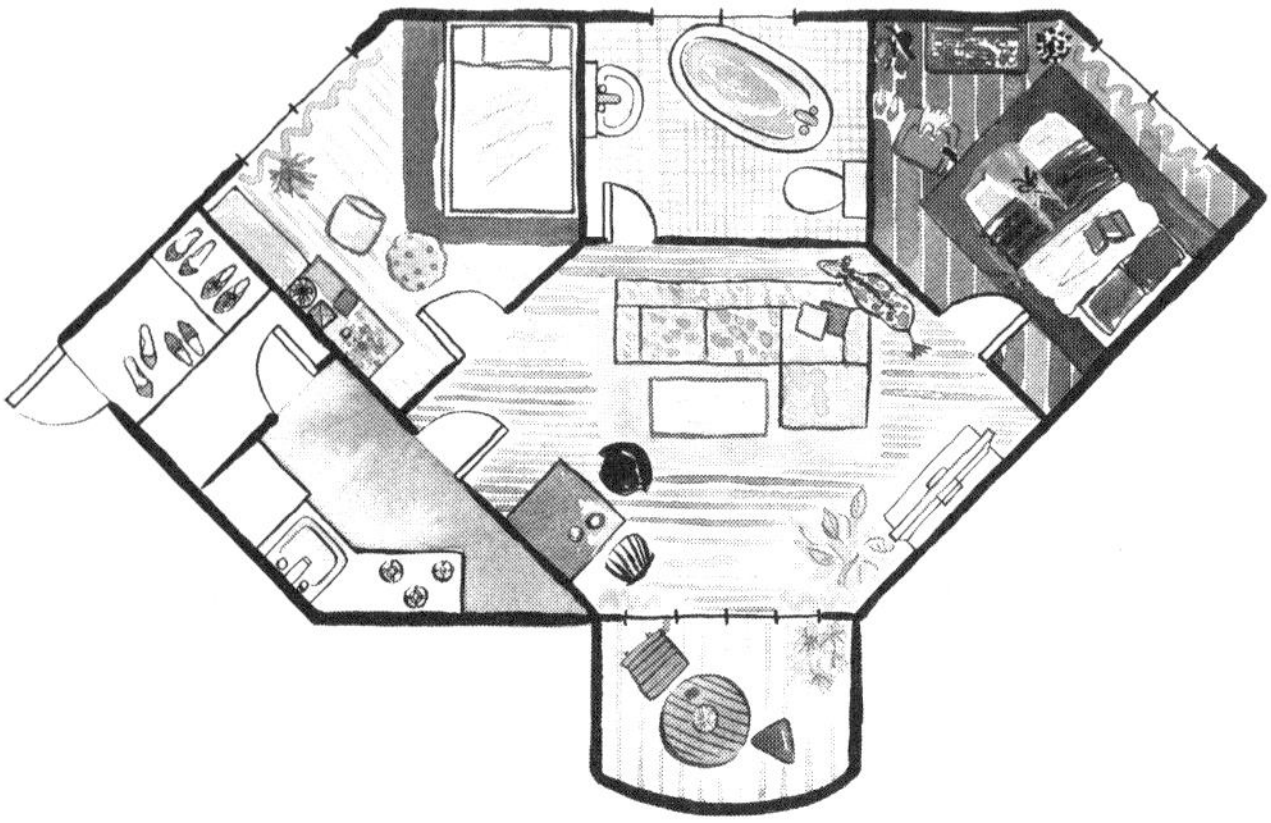

Illustration: 伊藤ナツキ

Book Design: 藤崎キョーコ

Chapter 1

Mami chan

落ちるって、
どこに？

履こうと決めていたあの日、雨だった。真っ赤なソールが濡れて汚れてしまうのは嫌だと思った私は、別の靴を選んだ。12センチヒールのルブタンから視線をそらすと目に入った、トリーバーチ、ノーヒールのオーバーニー。

もう四月なのに、寒かったし、これでいいやとここに腰をおろしてブーツのジッパーをあげたのだ。今思い返せば、その時点でもう、それくらい冷静になってしまっていたのだ。彼との、恋に対して。

そんなことを思いながら、玄関にしゃがみ込んでしばらく眺めていた新品のルブタンを箱に戻した。他の靴たちと一緒に段ボール箱の中に入れ、ガムテープで封をする。

清算。オシャレな男だった。二十代の頃に仲間と立ち上げたアパレル系のネットビジネスを成功させた彼と出会ったのは彼の四十一歳のバースデーパーティで、その頃にはもう彼が動かなくてもビジネスが回るような仕組みになっていた。そんな、ありあまった時間と金をすべて私につぎ込もうとするほど、彼は私に落ちた。既婚者だった。

底が抜けぬよう箱を下から両腕で持ち上げて、積み上げた段ボール箱の一番上に置くと、額から汗が滲《にじ》み出た。パーカを脱いで玄関に背を向け、リビングダイニングへと続くガラスの扉を押し開ける。

三十畳以上のスペースが、移動しかけた家具と物と段ボール箱で見事に埋め尽くされていた。そして、そんな荒れ果てた部屋の様子がシャンデリアの光に照らされて、壁一面のガラス戸に反射して映っている。

初めて彼にこの部屋を見せられた時、こんなに広けりゃいくら私でも散らかし切れないだろうと思ったことを思い出し、苦笑した。

積み上げておいたはずの雑誌が、プチプチに包む作業を中断したままになっていた食器類の上に崩れ落ちている。その横に唯一フローリングが見えているところがあるが、そこには何故か赤いTバックが一枚さらりと落ちている。

ああ、乾燥機から出した下着類をそのまま段ボール箱の中に投げ入れた時に落ちたんだ。でも、拾って戻そうにも、その段ボール箱は何処に置いたんだっけ？　部屋の中を眺めながら、目の前に散らばった雑誌を飛び越えるようにして足を踏み出したら、親指の先にスッと鋭い痛みが走った。とっさにそこに目線を落とすと床の上に、刃が剝き出しのカッターナイフ。

ああヤダヤダ、そうだった。すべての雑誌を運び出すのは無理だと判断し、お気に入りの記事をスクラップしようとカッターを手に雑誌をめくっていたのだった。最初に開いたSPURに載っていたルブタンを見て玄関へと移動したのだ。ついさっきのことなのに、もうさっぱり忘れていた。

足の親指が、痛い。

グレー地に細かく入ったライムグリーンの柄が気に入って買った、否、買ってもらったソファの上に、否、その上にとりあえずクローゼットから出して放り投げた大量のハンガー付きの洋服の上に、座った。足を組むようにして左膝の上にドカンと右足を置いて、傷を覗き込むと、親指のはじに少量の血が滲んでいた。それを手の平で乱暴に拭《ぬぐ》ってから、途方に暮れる。

明日、本当に引っ越せるのだろうか。この部屋を借りている彼との〝契約〟が切れるから、出て行く他に選択肢がないわけだけど。ため息をつきながら、散らかった部屋から目をそらすようにして天井を見上げると、キリンのリンダと目が合った。

リンダは、ホンモノのキリンと同じくらいの大きさで、つまり巨大で、ぬいぐるみのくせに冗談みたいに高価だった。今、私がお尻に敷いているDiane von Furstenbergのラップワンピも、その下のFrancfrancのソファも、というか今ここに散らばっているすべての物を彼は私にくれたけど、リンダだけが唯一、私が彼に欲しいとねだって買ってもらった物だった。といっても、喧嘩《けんか》ついでに半ば冗談で、彼の気持ちを試すために言ってみただけだったんだけど。

それなのに、「ごめんね。愛してる。許して」って、ちょっと泣きそうなくらい真剣に謝った彼の隣に、リンダはいた。もちろん、彼が借り切りにした様子の店内に、足をふみ入れた瞬間に気がついた。吹き抜けの高い天井が印象的な、モノトーンでシックな内装から、リンダはポツンと巨大に浮いていた。窓側の席に背中を丸めて座る彼とバカデカイキリンの対比がおもしろすぎて、その場にしゃがみ込んで大笑いしながら床を転げ回りたいくらいだった。でも、許すのは謝られてからにしようと思った私は、今にも笑顔になってしまいそうな頬を引き締めるため唇に力を入れて、彼の前に座ったのだ。

「まみちゃん」

私の名をちゃん付けで呼ぶ彼が、好きだった。

その先に続く言葉を間違えてしまえば私を失ってしまうかもしれないという緊張感からか、名前を呼ぶだけで台詞が終わってしまうことも多かったこの頃の彼を、憎みながらもどこか、愛おしく思っていた。

「ごめんね」

名前の次に、彼が一番多く続けた言葉はそれだった。言われるたびに切なくなったけど、その後に続く寂しそうなため息に最後の「ね」が掠《かす》れて消える音は、嫌いじゃなかった。

「来てくれて、よかった………」

グレーのパーカに黒いレザージャケットを重ねて、ベビーピンクのシャツに紺と白のストライプのボウタイをしめて、無精ヒゲをはやしたあごをのせるように組んだ彼の十本の細長い指から、喧嘩の原因となった指輪は消えていた。それを見たら急に悲しくなって、私をまっすぐに見つめる彼の視線から逃げるように上を向いたら、リンダと目が合った。

ちょうど、今みたいに。

あの時は「バカみたい」って、「本当に買うなんてバカみたい」って次から次へと頬に落ちてくる熱い涙を両手の指先で拭いながら、私は笑った。そっか。彼の前で見せた唯一の泣き顔は笑顔だったんだ。

ため息がひとつ、膝の上に落ちた。足の親指の先に小さく丸く、赤い血がたまっている。

鈍い振動音に気づいて立ち上がり、お尻の下の洋服をかき分けるとソファの上に携帯を発見した。

通話ボタンを押すと、

「まみちゃん！」

私をこう呼ぶ、彼以外の唯一の人、ここちゃんだ。甲高い声に思わず携帯を耳から浮かす。

「何十回って電話したのに、なんで出ないの？」

また、怒ってる。そういえば、彼が怒ったところは結局、一度も見なかった。

「あぁ、ごめんごめん」

いつも、謝るのは彼の方だった。喧嘩すらもうできないんだったら、一度くらい、彼を怒らせてみればよかったと思った。でも、あの夜の彼みたいに、巨大なキリンを買って許しを乞うほどに必死に、なれただろうか。私は。彼に対して。

伸ばした足の先の血をじっと見つめていたら、わざとらしいため息を交えながら、「今、なにしてるの？」とここちゃんが聞いた。

「今？　血、見てた」

「え？　なにそれ、大丈夫なの？　なんで？　どうしたの？」

眉間にしわを寄せて心配するここちゃんの顔が頭に浮かんで、つい口元がゆるんでしまう。だって、もう、あんただけだよ。「血」って言っただけでそんな風に、急に早口になってくれるのは。

「優しいね、ここちゃん。全然たいしたことないんだけど、足の指、カッターでちょっと切っちゃってさ、見てたの。血が固まるとこ、見たことなくない？　ほら、いつも気づくともうかさぶたになってない？　固まっていく過程って、目で見て分かるもんなのかな？」

「……なによそれ。ほんと、まみちゃんって疲れる」

「え？　うっそ。そんなこと男に言われたことないけど。私って疲れる？　マジ？　なにそれ、興味あるかも。詳しく教えて！」

身内だからこそ言い合える遠慮のない本音は時に、気づきをくれる。私を形容する意外な単語にワクワクしていると、

「そういうとこ、一番疲れる」

うんざりした口調でそう言い切ったここちゃんに思わず噴き出した。

「うっそ。ウケる！」

「全然ウケない。呆れちゃってもう何も言いたくなくなる。昔からそういうところすごく嫌い」

「…………」

それ、言いすぎだろ。もう私だって笑えない。

「あっそ。あんたってほんとつまんないね」

吐き捨てるようにそう言いながら腕を伸ばし、つま先の血をさっと指で拭い去った。

「そんなことより明日、本当に引っ越してくるの？　何時に来るの？　ていうか、まみちゃん、本当に来るの？」

問いつめるような勢いで質問を浴びせてくるここちゃんに、うんざりしながらも私は答える。

「行くわよ、明日午後イチで」

「じゃあ、荷物は、あんまり持ってこないでよ！　まみちゃんの物でうちが占領されると思うと胃が痛くなる」

「なんでよ？　うちって別に、ここちゃんのものじゃないじゃない。元々ばばちゃんちだったんだから、私にだって住む権利あるんですけど」

「そうだけどさ、まみちゃん、片付けられないくせに物が多すぎるんだもん。絶対に私が掃除することになるんだから」

「はいはい、分かりました」

「荷物は自分の部屋に収まるだけにしてよ！　七畳だからね、まみちゃんの部屋！」

「分かったわよ。うるさいわね。あんたいつからそんな口うるさいババァみたいになったのよ」

「私がババァならまみちゃんはどうなるのよ？」

ああぁ。ミルクだって私が飲ませてあげたのに。私のちっちゃいバージョンみたいなかわいい女の子に育てるつもりだったのに。一体どこでこんな風にひねくれちゃったんだろう。あぁ、何か前に言ってたっけ。ギャル全盛期の高校時代を金髪で過ごした私を、反面教師としたとかなんとか。

「それにもうすぐ三十じゃない、まみちゃん」

そんな、コンサバ雑誌の中でさえもう使っていない、時代錯誤もはなはだしい年齢に関するあおりがどうして、私に通用すると思っているのだろう。それは私を不安にさせるどころか、三十歳になることに対して自分はとても不安に思っています、というここちゃんの気持ちをただただ伝えてくるだけだ。

一丁前に、焦ったりしてるんだ。赤ちゃんだったのに。なぁんて、母親目線で五歳年下の妹の成長を愛おしく思いながら教えてあげる。

「年齢とババァは関係ないわよ。あんたがババァなら、私はババァの姉になるだけよ。てか、あんたって十代の頃から考え方がババァだから、ずっと前から私ってババァの姉なんだわ。いやんなっちゃう！」

「なんか、明日からまみちゃんと一緒に住むと思うと本当に憂鬱……」

「両思いね」

「ムカつく。とにかく、いらないものはちゃんと捨ててから来てよ！」

いつからお前が私の母親役になったんだよ、とイラつきながら「はいはいはいはいはい」と無駄に「はい」を連呼してから電話を切った。

両腕をあげて伸びをして、そのままソファの背もたれに倒れ込んだらまたリンダと目が合った。

「悪いけど、いらないものなんて、一個もないわ。ね、そうでしょ？」

「…………」

静かな部屋が空しくて、左手をパーに開いて握っていた携帯をソファの後ろにわざと落としてみた。なのに、床にぶつかる音すらしない。そうだ。携帯を探す時にソファの上のものを次々ここに投げたんだった。ということは、この裏にも洋服がたくさん落ちているのか。後ろを振り返って確かめることすら面倒臭い。

「もしかしたら、いるものなんて、一個もないのかもしれないね。どう思う、リンダ？」

「…………」

「いったいあの人、私にいくら使ったんだろ。あんただけでも、四十五万」

「…………」

「あ。心配しないで。もちろん、あんたは連れていくよ。なにひとつ、捨てるつもりないんだ」

物を分類することはあきらめて、とにかく段ボール箱にすべてを詰め込むことにして上半身をソファから起こした。さっき拭い去ったはずなのに、足の親指の上で血が固まっている。爪で引っかくように触れると、かさぶたとも呼べない小さな血のカスはすぐに取れてどっかにいった。


椅子の上に立って、カーテンのフックをまたひとつ外した。窓ガラスに反射して映った自分の顔が気に食わなかった。頭突きをするように乱暴に、そこに額をくっつけた。ヒンヤリと冷たいガラス越しに、この二年間、勘違いして見下ろしてきた東京の夜景が広がった。いつも、左端で輝いていた赤い東京タワーが、今夜に限って光っていなかった。これが映画かなんかなら、東京タワーの光は絶対に外せないのに。

いや。そうとも限らない。もし、私が監督でも、あえて消灯しているこの時間を選んで撮影する

てみる。

なんて、急に自分を客観視しながら引き続き、頭の中に突如現れたカメラをグッと遠くに引いてやすいサインとして。

かもしれない。ひとりの三十女が不倫解消と共にシティライフに終わりを告げる、ひとつの分かり

茶色い段ボールでいっぱいになったフローリングの真ん中には、天井から外したばかりのシャンデリア。その画の中で唯一動いているのは、アンティークの白い椅子の上に立ち、白地に黒い花柄が躍るカーテンをゆっくりとレールから外してゆく、ひとりの女の後ろ姿。

ゆっくりと、男の歩幅単位でカメラは女に近づき、足の親指の小さな切り傷にクローズアップ。そこから、華奢なゴールドのアンクレットが巻かれた足首、ふくらはぎ、太ももへと這うようにあがり――。って、ダメだ。

黒い総レースのランジェリーショーツの下に、パンティなんか穿いていなかったことに気がついて、はい、カット。エロすぎる。

インターフォンが鳴り、脳内カメラがパッと消えた。彼が、私を引き止めにきたのなら頬を引っぱたいてでも追い返そう。そう心に決めてから椅子をおりてインターフォンに顔を近づけると、そこに映っていたのは知らないおじさんだった。

バイク便で届いたのは、大きなバラの、花束だった。その本数は、数えなくてもすぐに分かった。両手で持ってもズシリと重たい、百二十九本の真っ赤なバラと、その中に添えられた、白い、小さな四角いカード。

別々の道に、お互いの幸せを
見つけることができますように。
出会えて、嬉しかった。
ありがとう。　　春より

なんて、傲慢な男なんだ。呆気にとられて目を閉じた。

もしこのシーンだけを他人が見れば、最後まで大人の優しさを持った素敵な男性との恋を終えたヒロインに見えるのかもしれない。が、事実は違う。彼の角張った小さな文字が記した最後のメッセージは、彼独特の、悪意に満ちたものなのだ。

ゆっくりとまぶたを開くと、視界がバラの、深紅で埋まる。

腹の奥底から込み上げてきた醜い感情に吐きそうになった。そこから一気に頭に向かって上昇してきた怒りにまかせて、巨大な花束を段ボール箱に向かって振りかざした。さっきの映画の続きならばここで、花束が宙を舞い、段ボール箱は音を立てて崩れ、床に落ちた無数の花ビラの上にしゃがみ込んで、私は泣く。

花が重すぎてうまく力が入らなかった。段ボール箱はビクとも動かず、花束がパサッとしけた音を立てて足元に落ちただけだった。痛みに気づいて手を見ると、とげが刺さったのだろう。人差し指の皮膚にプチッと小さな穴が開いていて、そこから血が出てきているところだった。

少したまるのを待ってから、血を白い壁になすりつけてやった。短いけど、シュッと赤い、線が描けた。最後の掠れ具合が、彼の「ごめんね」の発音と似ていていいと思った。なかなかナイスな、ダイイングメッセージ。

床に脱ぎっぱなしになっていたパーカを拾ってリビングへと戻ると、窓際の床に広がった白い布の右端だけが数メートル上のカーテンレールに引っかかっていた。その様子は私に、首つり自殺を思わせた。ひとつのフックじゃカーテンの重さを支えきれず、レールがキシキシと嫌な音を立てている。そのまま折れちゃえばいいのに、絶対に折れはしないのが現実なんだよね。そんなことを思いながら、パーカにさっと腕を通した。

昼間は暑いくらいなのに、夜はまだ肌寒い。あと数時間で五月が終わる。空に太陽が昇ればもう六月で、その時間には元カレ、否、元々カレがトラックで私を迎えにくる。リンダを共に、運ぶのだ。

アハハ。想像するだけで高笑いしちゃいそうになる、完璧すぎるラストシーン！　ふたたび椅子の上によじのぼると、本当に笑い声が出た。

だって、なんて見事な都落ち。あそこに見える光の消えた東京タワーのふもとを通って、都心の外へ。金持ち男にお姫様抱っこで高いところまで持ち上げられて、一気に地面まで落っことされた私をボロトラックで拾って運ぶのは、私が過去に数百万つぎ込んだ、いっこ前の貧乏男。

早朝の冷たい空気に髪を吹き飛ばされながら荷台の上でキリンの脚にしがみつく私が向かうのは、東京の、端の端。ここちゃんが待つ、ばばちゃんち。

落ちる先がそこなら、明日からの日々も、そう悪くない。リンダのザラッとした布地に涙を染み込ませながら六月の風を感じれば、きっとそう、思えるはず。

だから、バイバイ。

バイバイハルヒト。

目を閉じて心の中でつぶやいた。目を開けたら、レールから最後のフックを外そうと決めながら。

Chapter 1

Coco chan

オトナって、
だれ？

結婚の約束、とは言えず、特に欲しいものないなぁととぼけてみせている。私の部屋の小さなベッドに寝そべって、誕生日に何が欲しいかと聞く石ちゃんに。

頬杖をついている彼の視線の先にあるテレビの中では、女子人気家電ランキングとやらが発表されている。ちなみに三位は、ヴィタミンCが放出されるという加湿器らしい。

それにしても、家電を見て誕生日を思い出される私って、女子としてどうなのだろう。いや、案外それって結婚が近いということか？

太陽の光を白っぽく透かしている水色のカーテンが、風にあおられ肩に当たる。しばらく雨が続いた後の快晴の日曜日。給料日後だし街は賑わっていることだろう。人混みが嫌いな私と石ちゃんは、うちでいつもの週末を過ごしている。これから梅雨が来て明けて夏になれば、つき合ってちょうど五年になる。そろそろ、いいんじゃないかと思っている。

ベッドの端っこに座って、彼が履いている私のモコモコソックスから毛玉をひとつずつ指でつまんで取りながら、結婚について考えている。

「物欲ないよねーここちゃんって」

石ちゃんは、それがいいか悪いかという私情は一切含まない淡々とした口調で言ったのに、「それって悪いことかなぁ?」と聞き返した私の声は少し、感情的になってしまった。そんな自分を隠すため、石ちゃんが何か言葉を返す前にと早口で、まっとうな意見を付け加える。

「私はね、必要最低限の物しか持ちたくないの。それって、すごく現代的だと思うな。物欲主義って十九世紀的というか。ほら、その頃は物を所有することが裕福さの証だった。美術館とか図書館とか博物館とか〝館〟がつくものが次々にできたのが十九世紀でしょ。だから金持ちも、より多くの物が入る巨大な家を建ててその中に自慢のコレクションを飾ったのよ。それこそがステイタス、みたいにね。デジタル化が進んだ今は、逆よね。いかに身の回りの物をコンパクトにまとめてスマートに生きるかが重要っていうか」

テレビの方を向いたまま石ちゃんがアハハと笑った。

「デジタル化だなんてよく言うよ。本で溢れてんじゃん、この部屋」

寝癖のついた石ちゃんの頭越しに見えるテレビ画面が、一位の iPad を表示した。タレントの卵みたいな女の子が、「私もいつもこれで読書しているんですけどぉ」とキャピキャピしながら尖った爪で iPad の画面をスクロールしている。

「ここちゃんもそろそろデジタル化始めてスマートに生きないと」

そう言って私の方を振り返った石ちゃんは、私を茶化す時にいつも見せる、いたずらっぽい目をしていた。

「いらないよ!」

その顔に投げつけるように言ってやった。「えーなんでだよ俺欲しいのに」と言いながらテレビの方に向き直った石ちゃんの頭の向こうに、冷めた視線を投げかける。こちらに向かってバイバーイと手を振っている、たぶん私と同じ年くらいの女の子に鼻白む。二十代半ばでこんな仕事しかもらえないなら、もう先はないからさっさと芸能界なんかあきらめて就職すればいいのに。

さっき石ちゃんが言った「ここちゃんも」という言葉が今になってひっかかった。こんなバカっぽい子に何故私がならわなきゃいけないのだ。そもそもさっきの台詞は言わされているだけで、電子書籍うんぬんの前に読書そのものに興味がなさそう。

「ねぇ石ちゃん、私は読書する時間を愛しているし、本そのものが好きなんだよ。読んでいる途中で続きが怖くなって思わず本を閉じた時の音とか、その後で胸の中で感じる抱きしめた本のカバーの硬さとか。それか、泣きたくなっちゃった時に本を閉じることも忘れて思わずページに顔を埋めた時の紙の匂いとか。そういうのぜんぶ含めて好きなの。それに私は本だってきちんと管理してる。もう読み返さないだろう本は定期的にブックオフに持っていってるんだから。ここにあるのはぜんぶ必要なものだもの」

「むきになんなよ」

そんな私が愛おしいって顔で微笑んでから、石ちゃんは私の腕を引っ張って抱き寄せた。彼が、すぐにむきになる私のことを好ましく思っていることを知っていて怒ったところもある私はすぐに、彼の腕の中でおとなしくなる。

「あのさぁ、小さい頃によくみた夢…………」

石ちゃんに後ろから抱きしめられるかたちでベッドに倒れ込んで、頭の上で聞こえるテレビの音が邪魔だと思いながら話し始めた。

「今もたまにみるんだけどね。なんていうんだろ、すごく抽象的で説明しづらい内容なんだけど、ものすごく怖いの。変な汗かいて飛び起きちゃう感じで」

「知ってるよ。途中でぐちゃぐちゃになっちゃう夢でしょ」

その話なら前にも聞いた、と言いたげな口調で石ちゃんは私の話を遮って、そっとブラウスの中に手を入れてきた。きっと、石ちゃんの視線はまだテレビの方を向いたままだ。

こういう瞬間だ、と思う。この人と結婚したいと思っている自分に、もうひとりの自分が首をかしげるのは。前にも話したことがあるのは知っている。それでも伝わっていないと思うから、何度も繰り返すんじゃないか。

すぐにブラジャーの中に入ってきた石ちゃんの指が乳首に触れ、一瞬ビクッと痺れるような感覚が体に走ると、余計に嫌な気持ちになった。

つき合い始めた頃は、喧嘩をして今よりずっと嫌な気持ちになっていても、石ちゃんが今とまったく同じように触れてくると、何もかも許せてしまうような気持ちになった。

そういえば、ここ数年喧嘩という喧嘩もしていない。私たちはとても平和だ。ただ、会うたびにしたがる彼の性欲だけが、私の目下の小さな悩み。

セックスが嫌いなわけではないけれど、そんなに好きでもない。特に、日曜の昼間にテレビを観ながらごろごろしている時に始まる、という流れが完全にルーティーン化されてからは、その気に

なれぬまま終わることがほとんどだ。それを毎週するのは正直きつい。

　でもそんなこと女友達には相談できないので、つい先日、セックス観に共感する女性が続出しているという話題の小説をネットで購入した。が、それは夫との長年にわたるセックスレスの果てに他の男との快楽に溺れてゆく主婦の話だった。色々あって最後には孤独死したその女の一生を読み終え、あまりの恐ろしさに身震いした。さっき石ちゃんに言った、続きを読むのが怖くなって途中で本を抱きしめた、というのはこの本だ。抱きしめたといっても、この小説をそれだけ気に入ったというわけではまったくない。その証拠にこの本は今、棚には並ばず、他のブックオフ行きの本たちと一緒にそれ用のエコバッグの中に入っている。

　だって結局、私のこの問題を解決するのに有効なヒントはなにも得られなかったし、何年経っても求めてくれる彼に感謝すべきなのかもしれない、と逆に思わされただけだった。

「俺のも触って」

　石ちゃんの右手が私の右手をつかまえた。

　それを合図にまた、もうひとりの自分が首をひねる。本当に感謝、した方がいいのだろうか。ああ、頭の中の声に余計に冷める。

「ねぇ、ゴムなくなっちゃったままだよ…………」

　思い出したので言ってみた。

「買ってきたから大丈夫、俺のバッグん中入ってる」

「そっか……」

これ以上何か言って遠回しに拒むのも面倒臭いし、それほど嫌だというわけでもないし。

「ねぇ早く」

石ちゃんに急かされ、とりあえず握っていた手を開くと、汗ばんだ手の平に大量の毛玉がくっついていた。さっきこれを指でつまんで取っていた私は、心から、彼と結婚したがっていた。あぁ、自分がよく分からない。

ううん、本当はそんなに複雑なことじゃない。私はただ、夢の話をちゃんと聞いて欲しかった。何度説明してもその本質を理解してくれない彼には、もう話しても無駄なのかもしれないけれど。心の中がモヤモヤしてきたので考えるのをやめると、腕は既に後ろに回っていて手はデニム越しに石ちゃんを触っていた。そんなことを無意識にできるようになったなんて、自分も随分とオトナになったものだと思う。

ピンク色の毛玉が張り付いているだろう手の平で、ごしごしとデニムを擦る。こんな暖かい日にも、家にあがるなり「靴下貸して」って彼が言うのは、足の臭いを気にしているからだって気づいてる。さっき玄関で私が差し出したモコモコソックスを履いたまま、「うぅ」って彼が、気持ちよさそうな声を出す。


まだだれも指一本触れていない真新しいオリガミのような、正方形の白い紙が宙に浮いている。

手を伸ばせばすぐ届く距離にあるが、紙に少しでも触れてしまえば指をペーパーカットしてしまうことを知っている私は、腕をおろしたままジッと見つめている。しばらくするとまったく同じ紙がもう一枚現れて、ピタリとズレなくそれに重なった。また一枚、また一枚……。スピードを徐々にあげながら新しい紙がどんどん重なっていく。

いつの間にか私はその様子を真上から見下ろしている。0・1ミリの狂いもなく正確に重なっている何枚かの紙はここから見ると一枚に見えるが、少しずつ、紙が大きくなっているのだろう。視界が四角い白で埋まってゆく。

そのすべての過程に満足している私は、あとちょっとだから、と願っている。どうかこのますべてが完璧な状態のまま完結しますように、と祈ったその瞬間、紙の中央にしわが寄った。私の鼓動が速くなる。そのリズムにあおられるようにして早く早くと焦りすぎ、指が震え出す。

必要なのは、細い針だ。それで紙の真ん中に小さな穴を開けることだけが、紙がぐちゃぐちゃになるのを止める方法なのだ。そして、私はその針を手に持っている。汗で指先が滑る。手元が狂う。正確に、紙のド真ん中に刺さなくてはいけないのに。

どうしようどうしよう早く早く早くえええどうしてどうして?

極細の針をつまんでいるはずの親指と人差し指の距離がどんどん開いていく。針だと思っていた物がどんどん膨れ上がり、ツルツルしていた表面は象の鼻のようにザラザラとした感触へと変わっていく。遂に片手では持ちきれなくなり両手でそれを抱きかかえた私の焦りがピークに達したその時、紙の表面が音を立ててめちゃくちゃになって、

「キャーーーーーッ‼」

　自分の叫び声に驚いて飛び起きた。私は自分のベッドの上にいた。またあの夢をみたのだということに気がつくと、少しほっとしたが心臓はまだドクドク鳴っている。

　胸に手を当てて深呼吸をした。興奮していて暑くて喉がカラカラなうえに、汗でTシャツの後ろがびっしょり濡れていて、シーツに触れるとそこもじっとりと湿っていた。

　ベッドから下りて床に立つと、目眩《めまい》がした。よろけながらもドアのところまで歩いて部屋の電気をつけた。壁にかけてある時計を見ると、まだ深夜二時過ぎだった。

　すごく久しぶりだった。しばらくみていないからもう一生みないかもしれない、と期待していたくらいだった。昼間、石ちゃんに話したからだろうか。いや、違う。今夜この夢をみてしまった理由ならハッキリと分かっている。

　いつものように十時過ぎに石ちゃんとバイバイして、キッチンで夕食の後片付けをしていると電話が鳴った。

「一日《ついたち》って何曜日だっけ？　あ、手帳ここにあるわ、待って」

　通話ボタンを押して携帯を耳に当てた時にはもう、まみちゃんは喋っていた。それも、私にというより、ひとりで勝手に。

「六月でしょ。あ、日曜だ。オッケーオッケー」

　もしもしと言う隙すら与えられなかったので、まみちゃんのやけに明るい声を黙って聞いていたら、

「来週の日曜、そっちに引っ越すことにしたから！」

「……え」

声を出すのがやっとだった。何が起きたのかよく分からなかった。

「だから引っ越すから。一緒に暮らそうねここちゃん！」

あまりにも動揺しすぎて、口元に手を当て、とても小さな声で私は聞いた。

「ちょっと、ちょっと待って。どういうこと。今の家は……」

「あーーー、だから、契約切れたから」

一気にテンションダウンした、でもとても大きな声でまみちゃんが言った。

「だってそもそもまみちゃんが家賃払ってたわけじゃないじゃない、あ、」

「だから彼との関係が解約されたってことよ」

まみちゃんの声の上にカチッと小さな音が重なったのを私は聞き逃さなかった。またタバコを吸い始めたのだと思った。男と別れたからかもしれない。一緒に住むなんて、余計ムリ！

「だからってなんでうちなのよ？　私になんの断りもなくもう決めたみたいに言わないで！」

突然カッとなった私に驚いたかのような沈黙の後、ふぅっと煙を吐いた音がして、

「嘘でしょ」

まみちゃんが低い声で言った。

「それが、失恋を打ち明けた姉に対しての最初の台詞なわけ？　ここちゃんって、ほんと自己中だよね」

「自己中⁉」

叫んでいた。

「どっちがよ？」

まみちゃんがしばらく黙った。そして、

「じゃ、いいよ。ドローってことで。じゃ、日曜に行くからよろしくねん！」

「なにがドローよ、いい加減にしてよ、絶対にムリだから！　もしもし？　ねぇ、まみちゃん聞いてるの？」

プッという音がして、通話が切れた。一方的に電話を切るなんて本当にありえないけど、まみちゃんはよくやるのだ。それよりも、最後に聞こえたその音に嫌な予感がした。

やっぱり。まみちゃんの携帯は一晩中留守電のままだった。私との通話を切る時にボタンをそのまま長押しして電源を切ったのだ。そうして私だけが大混乱のまま夜にひとり置き去られた。

そう。だからあの夢をみたのだ。

今回は原因をきちんと特定できている分だけ、平常心を取り戻すのに時間がかからなかった。少し肌寒かったので長袖のパジャマに着替え、汗で濡れたTシャツを洗濯かごに入れるために部屋を出た。どっちみち、ベッドに戻ってもすぐには寝付けそうにない。

洗面台の隣に造り付けになっている棚の扉を開くと、寝る前に回しておいた洗濯機が止まっていた。中のものを取り出すと、それはまだほかほかで手に熱いくらいだった。それを抱きかかえるようにしてリビングへと運び、とりあえずソファの上に置いた。キッチンに行って冷たい水を一杯飲んでから、ソファに座ってたたみ始めた。

家事が好きだ。ひとつひとつ、やるべきことをきちんとこなしてゆく過程が好きだ。すべてのコントロールは自分の手の中にあると思えるから。

フローリングが照明の光を反射してピカピカに光っているのは、まみちゃんの電話の後、むしゃくしゃした気持ちを落ち着かせるために雑巾掛けをしたからだ。きちんと管理された部屋の中を眺めていたら、この空間を埋め尽くすことになるかもしれないまみちゃんの大量の荷物を思って泣きたくなった。

でも大丈夫。きっと今回もまた、言ってるだけ。

そう自分に言い聞かせ、ブラウスをたたむ手を動かした。二年前にも同じことがあったのだ。その時も「嫌だ」と言ったが「そこは私たちふたりの家だ」と言われてしまえば何も言い返すことができなかった。結局合鍵までつくって渡したのに引っ越すと言っていた日にまみちゃんは現れなかった。だから今回も、そうなることを期待している。

それに、私は知っている。まみちゃんは、この家に住むことを怖がっている。悲しくなるからだ。ばばちゃんの死を、まみちゃんはまだ消化できずにいる。

あ。石ちゃんに貸していたモコモコソックスが片方しかない。した時に脱げてそのままベッドと壁のあいだに落ちたのかもしれない。

物をなくすのが嫌いだ。今それがどこにあるのかも、どういう経緯でそこに落ちたのかも、永遠に特定できないかもしれないなんて、私をひどく不安にさせる。

「ここちゃぁ〜ん！」

外からまみちゃんの声が聞こえたような気がして、バルコニーに飛び出した。下を見ると、白いトラックの横にまみちゃんが立っていた。午後に来ると聞いていたのに、まだ朝の七時だ。

「ハロハロ〜‼」

まみちゃんが手を振ってきたので、つられて私も手を振り返した。恐れていたことが起こってしまったというのに、これからまみちゃんとふたりで暮らすだなんてまだ全然信じられなくて、なんだか頭がぼーっとした。


ここは東京の外れ、最寄り駅から徒歩二十五分という不便な場所にある、私たちのばばちゃんち。五階建てのマンションの四、五階部分、つまりうちはメゾネット形式で、私たちが子供の頃は玄関のすぐとなりに階段があったが、ある時ばばちゃんが天井が低くて息がつまると言い出し、天井をぶち抜いてワンフロアにリフォームした。それは、金髪の女子高生だったまみちゃんがこの家を飛び出していった直後のことだった。彼氏と駆け落ちするようにして家を出た姉の後ろ姿は、当時まだ小学六年だった私の目に、とんでもなくオトナに映ったものだ。それなのに、今、彼氏と別れたばかりなのにもう新しい男の人と一緒にここに戻ってきた姉は、私よりもずっとコドモに見える。

あれから十年以上の時が経ち、ばばちゃんは死に、もうじき三十路《みそじ》になるまみちゃんが、ここに

戻ってきた。

涙腺を刺激するばばちゃん絡みのセンチメンタルな感情が〝一緒に暮らすのが嫌だ〟という気持ちを上回ったその瞬間、私は自分の目を疑った。

トラックの荷台に、冗談みたいに巨大な、キリンのぬいぐるみ。

「まみちゃん‼　なによそれ！　ちょっと嘘でしょ？　無理だからね！　そんなのうちに入んないからね‼」

フェンスから体を乗り出し、叫んでいた。

「ねぇちょっと！　まーみーちゃーんっ‼」

無視しているのか聞こえないのか、まみちゃんはだれだか分からない男の人とふたりがかりで、とてつもなく大きなキリンを荷台から降ろし始めていた。

Chapter

2

Mami chan

金って、

だれの？

「迷子の子猫ちゃんですか？」

ちゃかすように言って肩に触れると、口を半開きにした章吾《しょうご》が振り返った。エレベーターには乗ったが、私の部屋がある階まで辿り着けなかったとの電話を受けて、エントランスまで迎えにきたのだ。コンシェルジュのカウンターの前に立つ、白いタオルを頭に巻いた章吾の後ろ姿は明らかに場違いで、なんだろう、最後に会った時よりずっとかわいく見えた。

「つーか、どんだけの金持ちとつき合ってたんだよ、お前……」

一年ぶりに会ったというのに章吾の目線はすぐに私を通り越し、広いエントランスの真ん中につくられた噴水に釘付けになっていた。そのそっけない横顔からかつての面影が消えていることを確認し、私は密かにほっとした。

「てか、なんなんだよここのセキュリティー。二十九階って押せないようになってたんだけど、なんなの」

「押せたはずだけど」

「いや、何度もやったけど押せなかった」

「エレベーターだれか一緒に乗ってた?」

「あぁ、いた」

「だからかな? カードキーかざすと、その人が住んでる階にしか行けないようになってるから」

「だろ? じゃあ俺どうやったって行けねぇじゃん」

章吾は不機嫌になると、唇を半開きのまま尖らせる。耳に懐かしい章吾の幼い口調に、同年代の男独特の面倒臭さを思い出す。

「いや、私が上でエレベーター前のゲートを開けたら、自動的にエレベーターもうちの階に止まるようになってたはずなんだけど、ってまぁいいや」

一緒に暮らしていたこともあったのに、私と章吾はもうまったく違う場所にいるんだと感じた。春人に与えられていた生活にのぼせ上がった私が、彼を見下しているということではない。昔の恋人との久しぶりの再会で時の流れを痛感するこの感じは、前から知っていた。

恋が終わった後にまた新しく恋をして、それも終わると自動的に、元カレだった男は元々カレへと降格する。すると、一度はだれも入り込めないくらいに寄せ合っていた心と心が、時間の流れと共にあまりにも遠く離れたことを実感し、何とも言えない不思議な気持ちになるのだ。ふたつ前のものになって初めて、恋はようやく完全に、過去のものになるのかもしれない。

「俺のリバウンドだとしても、すごすぎねぇか?」

私たちを乗せたエレベーターが、音も立てずにいくつものフロアを一気に飛ばしてあがっていく。

「まだ言ってんの」と笑うと章吾も笑った。男女のあれこれをすべてやり終えた後に残ったこの友情は、量も適度で丁度よく、女友達とのそれよりもずっと楽かもしれない。エレベーターの内側についた一面の鏡に映る自分の姿を見ながら思った。

ドルガバのスウェットのセットアップとショート丈のUGGがかろうじて私を二十代に見せているが、首から上だけを見れば実年齢より老けて見えるくらいだ。後頭部にペタンと張り付いていた髪をくくろうと、後ろで束ねてみてから手首にゴムを探したがなかったのであきらめた。一睡もせずに荷造りしていたので、目の周りはくすんでいて、目頭の下からクッと入った曲線がくっきりとクマをつくっていた。

まぁ、こんな顔をしているだろうとは思っていた。それでも鏡でいちいち確認することなくそのまま降りてきた。その気楽さを心地よく思う。下で待っていたのがもし一年ぶりに会う女友達だったらきっと、コンシーラーくらいは使っただろう。

そんなことを考えていたら目の前の鏡が左右に開き、間接照明のみで照らされた薄暗いロビーが現れた。

「ホテルかよ」

エレベーターを降りると、すぐ後ろで章吾の声がした。

「…………ね。なんか、分かりやすいって言われたけど、それを言われた時ほど、女友達って私のこと全然分かってないんだなって思ったことはなかったな」

「え？　なにが？」

「ううん、ただの独り言」

「なんだよ、言えよ気になるじゃん」

「さっき、章吾もリバウンドって言ったでしょ。章吾から春人《はるひと》にいった私が分かりやすいって」

「春人とか言われても分かんねぇけど」と言った声は不機嫌そうだったけど、「金持ってない俺から超金持ちのオヤジにいったって意味？」と続けた章吾の口調は淡々としていて、そのことに傷ついている感じはしなかった。

「そうそう」と即答すると、「ひでぇな」と明るく笑った章吾の右腕が私の肩にぶつかった。

「こっち」

華奢なゴールドでできたいくつものルームナンバーの数字と、その下にひとつずつ、同じゴールドでできた左右の矢印がついた白い壁の前を右に曲がり、灰色がかった柔らかな絨毯の上を並んで歩く。

「でも、それが関係あるとしたら、まったく別のところでなんだよね」

「……………」

「好きな人に金をつぎ込むっていう愛情表現、私もしたことがあるから、それがたとえ歪んだかたちであっても、そこにある気持ちは本物っていうか、そういうのは伝わってきたから」

「……………」

しばらくの沈黙の後でとなりを歩く章吾にそっと視線を向けると、章吾は眉間にしわを寄せ、廊下の先の方をまっすぐ見つめていた。あごから頬にかけて、薄くなってゆく無精髭のあいだに小さなほくろを見つけた。これがあるってことは、こっちが章吾の、右の頬。

東高円寺にあった彼のアパートに、初めて遊びに行った夜のことを思い出す。ギターを弾きながら自分でつくったという曲を歌ってくれた。カラオケが上手いって程度の歌唱力で、ありきたりでちょっとクサすぎる歌詞を、まったく印象に残らないような平凡なメロディにのせて歌う章吾に才能がないことは明らかだった。

それなのに、プロのミュージシャンになれると本気で信じ込んでいる彼のこと、なんか、いいなって思ったんだった。一番自信がある歌で私を落とそうとしている彼って、私、好きかもって。女の子みたいに長いまつ毛をそっと伏せ、自分の世界に入り込んで歌っていた彼の横顔にこのほくろを見つけて、かわいいなって思ったんだ。それは同じ場所に、同じようにあるのに今はもう、私をまったく魅了しない。

現実離れしたコドモっぽい彼に私は惚れたのに、私に惚れたことで彼は、結婚して子供が欲しいなんてことを言い出すような、現実的なオトナになってしまった。プーから一転して忙しく働き始めた彼の中で少しずつ、無茶な夢が自然淘汰されていく過程で、私の中の恋も終わっていった。ヒモだった男が真面目に働き始めたことが不満だなんてまったく理解できないと、女友達には言われたけど、私にとって恋は、生活とは離れたところにある。

金は、人と人とのあいだを巡るもの。所有者なんてものをはなから持たない浮遊物だ。そこに特別な執着心なんて持っていない。だから、章吾との時も春人との時もまったく同じような感覚で、金がない章吾に対してはただ与え、金がある春人からはただ受け取っていた。真逆に見えるふたつの恋愛のスタイルは私にとっては、どちらも自然なかたちだった。

それでも、金がひとつの大きなエネルギーであることには変わりなかった。ふたりの人間のあいだを行き来するたびに少しずつ、それぞれの立場を容赦なくつくっていくものだった。与えて終わった章吾との恋愛では味わうことのなかった苦しみを、今、私は春人に味わわされている。

「ここ」

部屋の前で足を止め、カードキーを差し込みドアを押し開けた。

「…………。ここ、家賃いくらだよ？」

靴の入った段ボール箱が床の三分の一を占領していたが、それでもこの玄関は章吾と私が住んでいた六畳一間のアパートと同じくらいの広さがあった。

「知らないけど、百万はしないんじゃない」

答えながらUGGを脱ぐと、床の大理石が足の裏にひんやりと冷たかった。そこに腰をおろしてスニーカーの紐を解き始めた章吾の横を裸足でペタペタと歩き、リビングに通じるガラス戸を開けた。

壁一面のガラスから入り込む光は朝日と呼ぶにはもうカラッと明るく、家具が運び出された後の雑然としただだっ広いリビングを照らし出していた。

恋が終わったことによってかたちを失った、でも本当ははじめから虚像だった、私にとっての夢の部屋。

もともとだれのものでもなかったはずなのに、奪われたように感じてしまうのはどうしてだろう。春人に買い与えられたものを次々段ボール箱に詰め込みながら、手元に残った物だけでもすべて持って行かなくてはと思ってしまっている自分自身に混乱した。

百二十九本のバラの花束を見た時、分かった気がした。きっと春人は、お前がみていた夢は終わったのだと、私に思い知らせたかったのだ。それは、二年前に出会ったその瞬間から、彼が無意識の内に用意していたひとつのエンディングだったのだろう。

最初は服だった。それから靴、ジュエリー、家具、そしてこのマンション。ひとつずつ与えられるたび、気づかぬうちに支配されていった。私が、ふたりで使ったガスや電気の料金をコンビニで支払い始めた頃から少しずつ、三年かけて章吾を支配していったのと同じように。

そんなことを考えながら、背伸びをしてリンダの首の付け根に両腕を絡めていると、後ろから章吾の声がした。

「マジかよ、俺に運んで欲しいものって、これ⁉」


「何なのよこれ‼」

ここちゃんのソファを片足でさっと壁の方に押しよせてから、両手でリンダの胴を押して少しずつリビングの中へと動かしていると、まるで汚いものでも見るかのような目をしてここちゃんが言った。

「ありえない！」

と吐き捨てるように言ったここちゃんの気持ちもまぁ分かる。耳が天井に擦れてかなり窮屈そうだし、前の家に置いていた時にはさほど気にならなかったけれど、ここで見るリンダはとてつもなく巨大だ。その圧倒的な違和感は否定できない。でも言い換えれば、リンダが入る物件なんてそう存在しないのだ。ばばちゃんが私に「おかえり」と言ってリンダごと受け入れてくれているようで、今回の引っ越しに必然的な運命さえ感じ始めていたところだったのに、ここちゃんはいつだって私のムードをぶっ壊す。

「調子が狂うわ、ほんとうに」

わざとらしく大きなため息をついてからそう言ったら「どう考えたってそれはこっちの台詞だ」と、ここちゃんは鼻の穴を大きく膨らませた。

「ねぇ、彼氏いるんだよね？」

「なによいきなり」

「彼氏に言われない？　怒ると鼻の穴膨らむって」

くくっと笑いながら聞くと、

「喧嘩売ってるの？」

ここちゃんの目のふちが赤くなった。

「違うわよ。逆よ。かわいいなって思ってるの。小さい頃からそうだから」

「そんなこと、言われたことないけど」

キッと私を睨んだ目は涙でいっぱいだった。歓迎しろとまでは言わないが、そこまで嫌がらなくたっていいじゃないの？　私に対する攻撃的な態度と、その裏にある私へのねっとりしたネガティブな感情は、今に始まったことじゃないけど。

いったい私がなにをしたっていうんだ。

「ふぅん。観察力に欠けた彼氏なんだね」

腹が立ったのでちょっと意地悪く言ってやった。

「ねぇ、やっぱりケンカ売ってるとしか思えない。バカみたいに大きいキリン運んできたと思ったら、なんで今度は彼氏までバカにされなきゃいけないの？」

ここちゃんの大きな瞳にたまっていた涙がぽろぽろと頬に落っこちた。

「ねぇなんで泣くの？　大丈夫？」

本気で心配しているわけじゃない。ここちゃんとこうしてやり合うたびに、喧嘩中に女に泣かれる男の気持ちが痛いほどよく分かる。自分が被害者側であることを無言の圧力を持ってこちらに訴えかけてくる涙に、心底うんざりする。

「大丈夫なんかじゃないよ！　精神的にかなりまいってる。私なりにきちんと生活してたところに突然転がり込んできて、しまいには家の中にこんなキリンまで運び込まれて、こっちの身にもなってみてよ！　ここ、もうめちゃくちゃだよ！」

ついさっきまでここは自分だけの空間だったのだと示すように、ここちゃんは両腕を大きく広げた。頬は涙で濡れ、鼻の下には鼻水が光っている。

そんなに泣くほど私が嫌なのかと思ったら、こっちだって怒鳴りたいくらい悲しくなった。でも、ヒステリックなところがママにそっくりだと思ったら、「ごめんごめん」ってなだめるように謝っていた。「ごめんね、そういうんじゃないよ」と言いながら、話題を元に戻す振りしてすり替える。

「親心みたいなもんっていうか。ここちゃんの彼氏にはここちゃんのこと大事にしてもらいたいじゃない？」

「もう、全然話が噛み合わない」

目から溢れる涙を両手で拭いながら、でももうあきらめたとでも言うように深いため息をついて、

「十分してもらってます。まみちゃんより遥かに」と続けた。

「ならいいよ。よかったじゃん」

笑顔をつくって、真っ赤な目をしたここちゃんに向ける。つくり笑いでもいいから、あんたも早く笑いなさいよ。それでもうおしまい。もうすぐにでも業者が荷物を持ってやってくるんだから、喧嘩してる暇ないっつーの。

「っていうか、親心とかまみちゃんに言われたくないし、まみちゃんだけには恋愛について何も言われたくない。別れたばっかなのに、どうしてもう新しい彼氏がいるの？」

あぁ、なんでまた泣いてんの、この子。もう会話を続けること自体に疲れてきたが、潤んだ大きな瞳が私を真剣に見つめているので、仕方ない。

「いないよ」

と答えてあげると間をあけずに、

「じゃあさっきの人はなによ？」

「あぁ、章吾？　昔つき合ってた男だよ」

「じゃあどうして、キスしてたの？」

「………見てたの？」

「なんで見られちゃまずいの？」
三、四歳の頃のここちゃんの「なんで？　どうして？」はとってもかわいかったけど、その後どこかのタイミングでこの子は、かわいげというものを失った。
「別に。全然まずくないけどさ、めんどくさい」

「なにが？」

「話したってあんたには分かんないもん。それを説明しろって言われるのがめんどくさいわ」

もう気を使って言葉を選ぶことをやめた私は、リンダの位置を確認するために玄関の方へと移動しながら、思ったことをそのまま言った。

「分かるわよ、話してよ！」

ここちゃんの声が追ってくる。本当に、この子はママにそっくりだ。口論になるたびに逃げようとしていたパパに詰め寄っていた、あの頃のママに。

いつもは物静かなタイプなのに、一度感情のスイッチが入るともうだれにも止められない。本題から話が遠くズレていってもおかまいなしで、とにかく相手を論破して勝とうとする。

これが女友達だったら、間違いなくここでシカトだ。でも、ママの面影を感じる妹にはどうしても背を向けることができず、私はここちゃんの方に向き直った。

「じゃあ話すけど、分かんないと思うよ」

そう前置きしただけでもう、ため息が漏れる。久しぶりにこうしてやり合っていると、あぁそうだった、と思い出す。クレイジーな姉が転がり込んでくることに迷惑していると本人は思っているのだろうが、ここちゃんの方がよっぽど狂っている。自覚なし、というところも含めてだ。だれよりも知っていたはずなのに、すっかり忘れていた。

今の今になって初めて、十年以上ぶりにここちゃんと生活していくことが不安になってきた。


ありがとうと言う代わりに、右の頬にキスをした。リンダを玄関先まで運んだ後で、仕事に間に合わないかもしれないと焦って私に背を向けた章吾を、もう一度こちらに向かせてから。ありがとう以上の意味はない、挨拶のような罪なきキスだ。

「老けたでしょ？」って聞いた私に、「うん」と軽く頷いてから「その分更にエロくなったね」って章吾は言って、「もうすぐ二十になるけど私、今、金、千円も持ってなくてさ、妹にいつも地に足がついてないって言われるよ」って独り言のようにつぶやいた私を、「ふぅん」って軽く流してから「でもお前のその綺麗な足をつけるにはもったいないくらい、くだらねぇ世の中だぜ」って章吾は笑った。

そして、不倫の果てに落ちるところまで落ちたような私のことを、こう言ってくれた。

「お前はそのままだよ、きっとずっと。俺も、金持ちのオヤジも、手が届きそうで届かないお前のことが、欲しくてたまらなかったんだと思うよ、きっと」

ありがとうって言う代わりにキスをしたってさっき言ったけど、こうして思い返してみるとそうじゃなかった。心の中にそんな言葉が浮かぶよりも先に、気づいたらキスしてた。ただそれだけの話だけど、それすらたぶん、男とお互いを支配し合うような関係を持ったことのないガキにはどうせ伝わらない。

「なにそれ……。突っ込みどころが多すぎる」

「だからさぁ、別に、ここちゃんに突っ込んで欲しい箇所とかもないから」

玄関へと続く木のドアの前に胡座《あぐら》をかいて、リンダを見上げながら投げやりに言った。やっぱり、でかいな、リンダ。

「私にはまだ分からない、みたいに言うからどんなに深い物語があるのかと思ったら、自分が聞きたいような台詞を男がそのまま言ってくれたから嬉しくてキスしちゃったってだけの話じゃない」

そう言ってここちゃんは私の目の前に立ちはだかった。リンダを置く位置を早く決めたいのに視界は遮られ、真っ正面に、ここちゃんの膝。そんなに私の関心が欲しいのか。ばばちゃんがリンダを家の中に入れることで私を歓迎してくれているんだとしたら、ママはこの子に乗り移って私を責めているんじゃないかとさえ思えてくる。

「まみちゃんって浅いよね」

「あんたって、ほんとムカつくわ、ほんとに」

昔こんな風にパパを睨みつけたことがあったな、と思いながらここちゃんを上目遣いで睨んでやった。

「だってそうでしょ？　だからってキスするのはひどく思わせぶりだし、彼はきっと勘違いしたと思うよ」

「しないわよ。つき合ってたのは二年前。お互いにもうとっくに過去になってる恋よ」

「まみちゃん、男の人のこと全然分かってないんだね」

「え？　嘘でしょ？　あんたにそんなこと言われる日が来るとは思わなかった。ウケる」

ほんと生意気で、マジウケる。

「なに笑ってるのよ。失礼しちゃうわ。あのね、男の人って、一度つき合った女の人のこと、女の人みたいに綺麗サッパリ過去のものにはできないんだよ。男は恋の数だけデータに名前をつけてファイルの中に保存するけど、女は、」

「上書き保存でしょ、知ってるわよ。そういう有名な話をどや顔で語るの恥ずかしいからやめな？」

「は？　その言い方すっごいムカつく。でもまみちゃんは、知ってはいるのに理解はできてないんだね」

「は？」

「元カレだからもうお互いに恋愛感情がないって思ってるのは、まみちゃんだけだよ。未練がだだ漏れしてるじゃない。その人がまみちゃんに言った台詞ぜんぶ、まるでクサすぎる歌詞みたい」

「あぁ、それは章吾がそういう人だから」

「違うよ。金持ちのオヤジもまみちゃんに未練があるって勝手に確信しているくらい、それくらいまみちゃんにまだ惚れてる」

「あぁ、オヤジに未練があるってのは、そうかもね。でもそれはたぶん事実だから」

「え？　じゃあなんで？　振られたからここにいるんじゃないの？」

「違うわよ。男に振られたことって、ないんだよね一度も」

「………。でも、そりゃそうなのかもね。キスにしろ何にしろ、まみちゃんはいちいち思わせぶりすぎるから」

「軽いって言ってんの？　そうならそれも全然違うけど」

「軽いっていうより魔性？」

「褒めてんの？」

「違う。言葉間違えた。言いたかったのは、軽率」

「ケンカ売ってんの？」

「事実を言ってるの。だって、今話してて分かったけど、その元カレも自分にまだ未練があるってやっぱり知ってたんじゃない、まみちゃん。それでキスするなんて確信犯じゃない」

「いや、それは本当に、今話してて初めてそうかもって思った」

「天然なの？」

「それはあんたでしょ」

ずっとここちゃんを見上げていたので首が疲れた。顔を左右に倒してストレッチすると、首の骨がポキッと鳴った。

「どこが？」

「たとえば、この、傷跡ひとつないひざっこぞうとか」

視線を正面に戻して私は言った。

「意味がまったく分からないし、〝ひざっこぞう〟とか、もうだれも言わないから」

私をババァだとディスろうとしている妹をシカトして続けた。

「生まれたまま、そのまんまって意味での天然ね。ここちゃんは、ほんとにコドモっぽいけど、それって純粋ってことでもあるんだよね」

「……私から見たら、まみちゃんの方が私より遥かにガキっぽいけど」

「傷、つくることなくやってきたでしょ、ここちゃんは。子供の頃からそういうタイプ。転んで怪我して血が出てそれがかさぶたになるところまでは同じなんだけど、かさぶたを剝がしてしまえば傷が長引くことも、跡が残ることも知ってるから、どんなに痒くなっても我慢ができるおりこうさん。私は逆。痒いと思ったらすぐに引っかいた。今も両膝に残ってる傷跡の黒ずみにさ、シャネルの美白クリーム塗ってみたこともあるけど、消えなかったよ。アハハ」

「何が言いたいの？」

「別に何も。ただ喋ってるだけよ。血が固まるとこってそういえば見たことないなってこの前話したじゃない？　その話の続き」

「…………」

「失恋と、似てるなって思ってさ。子供の頃は後先考えずにかさぶた剝がしてた私だけど、今はもう、ある程度は我慢するよね。でもそこには基準があるってことに気づいたの。そのかさぶたがある場所が、たとえば膝なら今でも引っかくのよ。ただ、それが顔なら、私は意地でも我慢する。傷跡が残ることに耐えられないから。

いろんな恋愛があって、まぁすべて心でしてるんだけど、心の中にもたぶんいろんな場所がある。血が出てる時は痛いけど、その痛みが強ければ強いほどそれは広範囲に広がるから、傷の位置まではよく把握できないの。で、それがかさぶたになって痒くなってきた頃に、あぁここかって初めて気づくんだよ。その位置で、終わった恋の重さが明らかになるっていうか………」

「………あのさあ、男の人に振られた経験もないくせに、なに恋愛マスター気取ってんの？」

「振られることだけが失恋だと、本気で思ってる？」

永遠に続いてしまいそうに思えたここちゃんとの口論から、私は上手くすり抜けた。オトナな切り返しで、妹を煙に巻いてやったのだ。それは昔、ママがよく私に使ったテクニック。

「リンダっていうの。よろしくね」

ようやく黙った妹に、私はリンダを紹介してあげた。

「名前があるんだ」とわざとらしく失笑してみせた妹に、私はすかさず聞く。

「そうよ、昔も一緒につけたじゃない。テディベアに。私のはキキちゃん、ここちゃんのはララちゃん。覚えてないの？」

「覚えてるけど、子供の頃の話でしょう」

「ぬいぐるみに名前をつける感覚って、変わるものなの？　私の言うオトナって、成長する過程で心に傷作りながら経験を積み重ねた人間をさすんだけど」

「…………」

「ねぇ、ここちゃんの言う、オトナって、だれ？」

圧勝だ。この私と対等にやり合おうだなんて百年早いわ！

今にもにやけてしまいそうな顔を見られる前にタバコでも吸いに出ようと立ち上がると、背中の方でチャイムが鳴った。懐かしさに、思わず頬が緩んだ。インターフォンとは呼べない、このビーッというブザー音を聞くのは何年ぶりだろう。

「え？　なに？　荷物ですか？　えぇっ？」と、私の荷物がリンダだけだと勝手に思っていたらしいここちゃんが、引っ越し業者の人相手にひどく取り乱した様子で話している。

六月一日。本当にこの日はやってきて、私はばばちゃんちに越してきた。玄関のドアがバタンと閉まった音と共に、開け放されたバルコニーから吹き込んできた風が、生成りのカーテンをぶわっとあおった。荷物の量を確認すべくバタバタと外に出て行ったここちゃんの足音を聞きながら、バルコニーの外へと視線を向ける。

あの、小さな丸テーブルとセットになった白い木の椅子に座って、ばばちゃんはよくタバコを吸っていた。記憶の中の丸い背中は今日も、白地に茶色い〝くま柄〟のカーディガンを着ている。キキちゃんとララちゃんとそっくりなテディベアが左右上下にいくつも描かれたその柄を、とても気に入っていてよく着ていた。

「ありえない！」

そう叫びながらここちゃんがドアを勢いよく開けると、今度はバルコニーに向かってカーテンが吹き飛んだ。

「ねぇ、この子ほんとうっさいんだけど」

心の中でばばちゃんに話しかけると、頭の中のばばちゃんがにこっと笑ってこっちを振り返った。

ただいま。

真っ赤な口紅がよく似合う大きな口をアハハと開けて、豪快に笑う私たちのばばちゃん。あなたがいないこの場所に戻ることが、本当は少し怖かった。でも、家の隅々に残っているあなたの気配に、今、何よりも救われる。

Chapter 2

Coco chan

フツウって、
なに？

カチャリと後ろ手で鍵を閉め、背中でドアにもたれかかって深呼吸。

机の上はきちんと片付いているし、その上に置いてある小さな観葉植物にも適量の水を与えてある。本棚の上の本たちは、読みたくなった時にすぐに手に取れるようそれぞれの定位置に並んでいる。石ちゃんが帰った後で洗濯したシーツは、乾燥機から出してすぐ——まだあたたかいうちに——ピシッとマットレスにかぶせたので、プロがベッドメイキングしたホテルのベッドのように整っている。

その上にスライドするように飛び込んで、はじにたたんであったブランケットをたぐり寄せ、顔までかぶって目を閉じた。そしてもう一度、深呼吸。

巨大な家具と異常な量の荷物に完全に埋め尽くされた、この部屋以外のすべての空間から、まみちゃんの言葉にかき乱されたこの不安定な気持ちから、なるべく遠くに行きたくてまぶたを閉じた。それなのに、胸のザワザワはどんどん膨れ上がっていく。

ブランケットの中に更に深く潜り込み、体を丸めて両足を両腕で抱きしめた。昼間、傷跡すらないとまみちゃんに嫌味を言われた膝の上に額をつけたら、涙が出てきた。恋愛経験が少ないことを、バカにされたとしか思えなかった。

悔しくて、唇を噛み締める。

こんな些細なことでこんな風に傷ついている自分が、情けなくって嫌になる。だってこれじゃあ、「純粋だよね」って、私をガキ扱いして目を細めたまみちゃんの言葉通りの姿じゃないか。

石ちゃんと話がしたい。メールでもいい。弱った心で思ったが、そうだ、夕方に粗大ゴミの引き取り業者に電話をかけたまま、携帯をリビングのテーブルの上に置いてきてしまった。なら、もういい。明日でいい。あの荒れ果てた部屋の様子を思い出すだけで気が滅入ってくるし、そこにいるだろうまみちゃんの顔も見たくないし、そもそもここから起き上がる体力なんて残っていない。

朝からまみちゃんが巨大なキリンと共に家の中に乗り込んできて、言い合っていたら次から次へと、ベッドやらソファやらシャンデリアやら、いちいちド派手なデザインの大きな家具が室内に運び込まれてきた。引っ越し業者が去った後はもう、ようやくドアが閉まったというくらい足の踏み場がなかったのに、まみちゃんが段ボール箱を開けるたび、使いかけのマニキュアやらヘアピンやらコスメの試供品やらの細かいがらくたが床の上に更に散らばった。

そこに胡座をかいたままだれかに電話をしていたまみちゃんは「カオス」という言葉を使っていたが、その実態を、私は初めて見た気がした。まみちゃんから越してくるという電話を受けた夜に久しぶりにみてしまった、あの恐ろしい夢を具体的に実写化したみたいな一日だった。

「悪夢」。それだ。石ちゃんに今日についての話をする時は、その言葉を使うことにしよう。

そんなことを考えていたらいつの間にか涙は奥の方に引っ込んでいた。体は疲れ切っているのに頭が冴えてしまって、なかなか寝付けそうにない。それでも、目を開けたら負けだとでもいうように、私は意地になって目をつぶっている。

　最初はただ真っ暗なだけだったまぶたの裏に、シルバーの星がチカチカと飛び交い始めた。しばらくすると、その奥をスクリーンのようにして、昼間見た、まみちゃんのキスシーンが再現され始めた。

　エレベーターの前で、背が高いまみちゃんが、裸足で背伸びをして、となりに立つ男の人の頬にチュッと軽いキスをした。

　キリンを部屋に運び込んできた際に間近で見た時は、女の子みたいな目をした男の人だと思っていた。それなのに、まみちゃんのキスを受けたその瞬間の彼は、あまりにも男っぽくて驚いた。喫煙者がタバコの煙を吐く時にするような、細めた目で遠くを見つめるような、そんな表情をした彼を見て、あぁ、この人は姉のことが好きなんだと思った。でも、まみちゃんはそれにはまったく気づいていない様子でクルリと彼に背を向けて、キスしたこともすっかり忘れたような顔をしてこちらに歩いて戻ってきた。

　まみちゃんに気づかれないように慌てて家の中に戻った時、私の胸はドキドキしていた。玄関とリビングを仕切るドアをそっと両手で閉めながら、小学生の頃、彼氏を連れ込んだ姉の部屋のドアが閉まっていることにドギマギして、ドアに耳を押し当ててしまったことを思い出した。そして、あの頃と何も変わっていない自分の立場にがっかりした。

　いつだってヒロインはまみちゃんで、私はそれを見て勝手な妄想を膨らませる、視聴者なのだ。

まみちゃん曰くその彼は、「とっくに終わった昔の男」らしい。なら、どうしてキスをしたんだと詰め寄ったら、「経験のないあんたには分からない」とはなっから決めつけられた。そして、論点がズレまくった恋愛論をひけらかされた。

そういえば、と思い出す。あの時だって、家に帰ってきたばばちゃんにまみちゃんが男を連れ込んでいたことを告げ口したら、ばばちゃんはその夜バルコニーにまみちゃんだけを呼び出して、ふたりで何やらオトナの話をし始めた。まだ小学生だった私は、蚊屋の外。それでもリビングのソファで本を読んでいる振りをしながら、耳を澄まして聞いていた。

ばばちゃんの口から出た「セックス」という言葉があまりにも衝撃的で、その夜だって私は眠れなかったんだ。

――あ、それは嘘だ、違う。

結局あの後、ぐっすり眠れたんだった。なかなか寝付けずにいたらなんだかエッチな気分になってしまって、自分で自分に触れてみたんだった。初めて。

姉きっかけで、こういうの、気持ち悪いなって自分でも思うけど、妄想の中の主役は私なのだから姉には何も関係ない。姉の残像を消すべく閉じていた目を開けて、もう一度ブランケットを頭までかぶって、目を閉じた。

あの人の、ぽってりとした唇を思い出しながら、パンティの中に手を忍ばせる。

「本当に全然、似てないね」

乗っ取られたとしか言いようがないほどに、ガラリと模様替えされた我が家に対する驚きの言葉を連発した後で、石ちゃんが言った。ダイニングテーブル——リビングに唯一残った私の家具——の上に勝手に飾られた写真を見て。

「これ、写りがよすぎて本人とはちょっと違うのよ。それに、自分の写真をフレームに入れて飾る人がいる？　そんな自意識過剰な人間いる？　少なくとも私の周りにはいないわ」

「というか、それがここちゃんに一番近い人物なんじゃないの？」と笑う石ちゃんに、私もつられて苦笑した。

「もうね、まみちゃんといると、信じられないようなことの連続なの。まみちゃんはいつだって私の想像の斜め上を行く。ねぇだって、この世にこんな巨大なぬいぐるみがあるって石ちゃん知ってた？　で、それを実際に買う人がいるって、信じられる？　しかもこのキリン、リンダっていうんだって………」

おかしくって仕方ないという様子で声を出して笑い始めた石ちゃんに「他人事《ひとごと》だから笑えるのよ」と言ってから、あ、と思った。もし結婚したら、まみちゃんは石ちゃんの姉になる。そう思ったら、胸がざわざわした。

「でも、見違えたよ、この家。丸ごとインテリアショップみたいだよ。お姉ちゃん、めちゃくちゃセンスいいんだね」

「嘘でしょう、どこが？」

うんざりして石ちゃんから視線をそらし、目の前の写真を睨みつけると、モデル気取りのまみちゃんは既にこちらを睨んでいた。知り合いのカメラマンに撮ってもらったというモノクロ写真が入った、悪趣味としか思えない蛍光ピンクの写真立てをテーブルの上に伏せてやった。

「リンダァ、お前、でっかいなぁ」

お調子者の石ちゃんが、カオス——私はキリンをそう呼ぶことにした——に話しかけている。その楽しそうな声に、裏切られたように感じてしまう。

まみちゃんが越してきて二週間。あれから何度も喧嘩になった。その中でなんとかお互いの妥協点を探り合い、粗大ゴミ業者を数往復させて、やっとここまで家の中を片付けた。といっても、主に捨てられたのは私の家具だ。バルコニーへと通じるガラス戸にかけていた白いカーテンは真っ黄色のものに、小さなラブソファは、ライムグリーンの六人掛けの大きな物に替えられた。壁にはパンジーの花の絵までかかっていて、私の部屋以外すべてがまるで、まみちゃんち。

そんな家の中に入った瞬間に、石ちゃんはまず、私に同情しなくてはいけなかった。恋人として、私の味方でいなければいけなかった。ここはばばちゃんが私たち姉妹に残した家だが、そこにずっと住んでいたのは私であり、金がなくなったというどうしようもない理由で突然転がり込んできて、男に貢がれた家具を使って家を丸ごと自分色に変えてしまうなんて、あまりにも自己中心的で乱暴な行為じゃないか。

それなのにどうして、まみちゃんのセンスを褒めたりするのだ。

「おい、なんで泣いてるんだよ？」

石ちゃんが涙に気づいた時にはもう、私はとても怒っていた。せっかく久しぶりに会ったのに、石ちゃんとの穏やかな休日にまでまみちゃんは悪影響を及ぼしている。

「だって、失礼じゃない。今までの家だって、石ちゃん、居心地がいいって言ってたのに、こっちの方が好きなの？」

「違うよ。なんでそうなるの？　最悪だ最悪だってここちゃんが言ってたから、どんなにヤバイのかと思ったらすごくいいじゃないって、俺は褒めたんだよ？」

「それは、今綺麗に片付いてるからだよ。まみちゃんが越してきてからこの二週間ずっと、本当にひどい状態だったんだから。やっとの思いでここまで片付けたのは私なのに、どうしてそれまでまみちゃんの手柄みたいになってるの？」

「手柄って、なんだよ。なに、お姉ちゃんはここちゃんのライバルなの？」

言い返したらもっと泣いてしまいそうで、下唇をギュッと噛み締めた。今日の石ちゃんは、私の数少ない地雷を踏む。

姉が出掛けると聞いて、石ちゃんを家に呼んだ。姉がいるのなら、石ちゃんの家に行こうと思っていた。昔から、私の友達は皆、会えば姉のファンになる。

「ねえ、石ちゃん、まみちゃんが来る前の家は、センス悪かった？」

姉にライバル心を持っているなんて、絶対に認めたくない。でも、それでもあえて、石ちゃんは恋人だから、と甘えるようにして聞いてみたのに、

「そんなことないよ。フツウだよ」

私の恋人はその正直さで、ストレートに私を傷つけた。

「機嫌直してよぉ」

そう言いながら石ちゃんは後ろからくっついてきて、私の胸を触った。

「やめてよ！」

とっさに手を振り払うと、石ちゃんは気まずそうに私から体をすっと離した。

「なんだよ、そんなに怒らないでよ。顔がかわいいのはここちゃんの方だよ、明らかに」

テーブルの上の写真立てに視線を戻して、媚びてくる。

「ほんとだよ？」

甘えるような声でそう言うと、石ちゃんはまた後ろからくっついてきた。

まぁ、それは、そうなのかも。私はママ似で、まみちゃんはパパ似。幼い頃から、美人だと言われてきたのは私の方だ。でも姉は、私にはない持ち前のセンスと器用さで、その時代ごとの一番〝イケてる感じ〟に自分を仕上げる天才だ。

「それに、性格だってここちゃんの方がいいに決まってる。これ全部、男に買わせたんだろ？　そんな女、男からしたら怖いって」

姉を褒めることで私の機嫌を損ねた石ちゃんは、私の機嫌を取ろうとしてまた間違えた。姉をけ

なすことで、褒めた時以上の怒りを買った。

「それは違うよ。まみちゃんに惚れた男の人が勝手に買ったんだと思う。まみちゃんはお金目当てでつき合ったりしないから。その前の彼氏はまったくお金がないフリーターだったみたいだし。ただ、すごく綺麗な男の人……」

苛立ちながら喋っていたら、口が滑りすぎた。

「なんだよ、それ」

私の腰に絡めていた腕をすっと離し、石ちゃんはソファの方に歩いていってしまった。やってしまった。怒っていたのは私だったはずなのに、立場が逆転。石ちゃんは、怒るとすぐに黙り込み、まるでストライキを決め込むみたいに口を利いてくれなくなる。

――悪夢。そうだった。まみちゃんが私の人生の中に突然転がり込んできたことに対して使おうと思って用意していた言葉は、今のこの状況にもピタリと当てはまる。


茹ですぎてなんだか水っぽいたらこスパゲティを、テレビの前のソファに無言で並んで、石ちゃんと食べている。ミートソースならこの水っぽさをごまかせたかもしれないが、石ちゃんがソファに座ってテレビを観ているあいだにひとりキッチンで玉ねぎを刻んだり、ひき肉を炒めたりする気になれなかったので、パスタに市販のたらこソースを絡めただけのランチにした。サラダくらいは作ろうかとも思ったが、いるかと聞いても返事がなかったのでそれもやめた。

「うわぁ、美味しいですねぇ」

「こっちもやばいっすわ」

最近よく見る女のタレントと男の芸人がそう言って目を見合わせている。テレビでは、前に家電ランキングをやっていたのと同じ情報番組が流れていて、今日はパン屋を紹介している。

「まずいね。残してもいいよ」

皿の上にフォークを置き、ぼそっと言ってとなりを見たが反応がない。まみちゃんが持ち込んだローテーブルはソファに座りながら使うには低すぎて、石ちゃんも膝の上に皿を置いてスパゲティを食べている。そもそも、麺を湯に入れてから七分きっかりで取り出したのに、ステンレスの高そうな鍋を使ってみたためにこうなった。あぁ、自分の家じゃないみたいで、なんだかいちいち調子が狂う。

そもそも料理なんてしないくせに、なんで鍋や食器まで男に買わせたりするんだろう。やっぱりまみちゃんは、私が思っていた以上の性悪女なのかもしれない。

「ごちそうさま」

石ちゃんがボソッと言って、空になった皿をテーブルの上に置いた。石ちゃんの目はテレビの方を向いたままだったけど、機嫌は直りつつあるようだ。

何か気に食わないことがあると黙《だんま》りを決め込むのは、石ちゃんの一番嫌なところだが、感情的に次から次へと言葉をまくし立てるところが、私の一番嫌なところだと彼は言う。すぐにむきになる私のことはかわいいと言いながらも、その矛先が自分に向くのは耐えられないようだ。大人ぶって子供っぽい私をよしよしするのは好きなのに、女としての私に男として責められるのは嫌だというところが、彼の器の小ささを物語っている。

でも、そう思っていても、口には出さない。そういうことを言われることが一番「ムリ」なんだろうから。

つき合って二年目くらいまではよくしていた小さな喧嘩は、最終的にすべてこの問題に着地した。無視されるから聞いてもらおうと思って余計に喋るんじゃないかと言う私と、何を言っても責められるのだから黙りたくもなるという彼の言い分はまるで鶏と卵で、どんなに話し合ってもらちがあかなかった。だから自然と、彼が黙り始めたら機嫌が直るのを私がじっと待つ、というスタンスに落ち着いた。私が折れたかたちだが、そうすることで今日みたいな口論がたまにあっても、それが喧嘩らしい喧嘩に発展することはなくなった。

これでいいと思っている。ママとパパの喧嘩は、幼心にトラウマだ。私は石ちゃんと、子供たちが安心してすくすく育ってゆけるような、そんな家庭をつくりたいと思っている。

意地を張っていないでサラダくらいつくってあげればよかった。それに、明日会社に持っていくお弁当にも入れられたし、やっぱりミートソースにすればよかった。

「それでは、また来週〜！」

リビングにテレビの音だけが響いている。毎度思うが、スタジオにいるタレントたちにバイバーイって笑顔で手を振られても困る。カメラが近づいてきたからってウィンクとか、もっと引く。テレビの前にたまたま座っている視聴者の九割は、あなたたちのファンではない。

CMになるたびチャンネルを変える石ちゃんにリモコンを手渡していたら、玄関の方からカチャりと、鍵が開けられる音がした。

「あ」

自然と漏れた私の声はすぐにまみちゃんの甲高い声にかき消された。

「ここちゃ～ん、彼氏来てんのぉ⁉」

玄関に置かれたスニーカーを見たのだろう。石ちゃんは慌てた様子で立ち上がり、私はその拍子に石ちゃんの手から滑り落ちたリモコンを床から拾ってテーブルに置いた。そして、遂にこの時が来てしまった、と腹をくくってソファに座り直した。

「あ、石塚《いしづか》です、初めまして」

部屋に入ってきたまみちゃんの方に体を向けて、石ちゃんは軽く頭を下げた。ソファの背もたれに寄りかかるようにして石ちゃんの後ろから顔を出すと、まみちゃんはサングラスを外しているところだった。赤地に白い柄の入ったラップワンピが悔しいくらいよく似合っている。

「やだぁ、聞いてなかったからビックリしちゃった！　琴子《ことこ》の姉の真実子《まみこ》です」

「夜遅くなるって言ってなかったっけ？」

すかさず聞いた私をスルーしたのは石ちゃんで、「あ、ここちゃんからいつも話は聞いています！」とよそ行きの声で、既に姉に媚びていた。

「へぇ～。ここちゃんって呼んでるんだ。そのニックネーム、私がつけたのよ。ってなに？　どんな風に聞いてるの？　落ちるところまで落ちた五コ上の姉だって？」

明らかにテンションアップしているまみちゃんの調子のよさにもうんざりした。

「いえいえいえ」

「いやね、マジで今どん底なんだって」

「いやいや」

「いやマジで。まぁ、とことん落ちたから、こっからはあがるだけかなって思ってるんだけどさぁ」

石ちゃんの営業マンらしい低姿勢が姉をますますつけ上がらせ、聞くに堪えなくなってきた。

「まみちゃんさあ、前から気になってたんだけど、落ちるって、どこに?」

私の声は自分でも思っていた以上に冷たく響き、さっきまでは私の存在なんか気にも留めていなかったふたりが同時に私の方を振り向いた。まみちゃんだけを見て、私は続けた。

「電話でも言ってたでしょ。友達かだれかに、落ちるとこまで落ちたって。それって、ここのこと?」

「なんなのよいきなり」

私のことを〝変なコ〟扱いしながら、髪をさっと後ろにかき上げたその仕草にカチンときた。

「だってそうでしょ? まみちゃんが落っこちた先はここじゃない! それじゃあ、最初からここで暮らしてた私やばばちゃんは、まみちゃんにとって底辺の人間なの⁉」

「え? なに? もう、なんなのこのコ。通訳してもらっていい?」

わざと戸惑ったような表情をつくって石ちゃんに同情を求めるような目線を向けたまみちゃんを前に、感情を抑えられなくなった。

「じゃあ分かりやすく、ハッキリ言わせてもらうけど、金持ちとつき合ってからまみちゃんは勘違いしてる。金銭感覚はもちろん、自己評価っていうか、そういうのすべてがズレてる。私は本当はこんなところにいる人間じゃない、みたいにかっこつけて言ってるけど、そういうのって私に対してすごく失礼だし、なにより身の程知らずでかっこ悪いよ」

「ね、今はやめようよ」

石ちゃんが小さな声で私にそう言った。すると、「なんでよ？」と突然まみちゃんが石ちゃんに食ってかかった。

「せっかく本音で話してるところなのに、なんで今はやめるのよ？」

「い、いや……」

口ごもる石ちゃんの後ろで、ソファに深く座ったまま、私は両手で頭を抱えた。

「あんたがいるからってなんで途中でやめなきゃいけないの？」

最悪なことになった。まみちゃんの性格を分かっていながらどうして私は今ここで、まみちゃんを挑発するようなことを言っちゃったんだろう。後悔したが、もう遅かった。

「ハハッ。あんたどんだけの存在よ」

石ちゃんを見つめながら、まみちゃんが鼻で笑った。

「…………俺、帰るわ」

私の方を振り返ることなくそう言って、玄関へと歩き始めた石ちゃんの背中にとっさに手を伸ばしたが届かなかった。

「ちょっと待ってよ！」

「帰るって言ってるんだから、止めることないわよ」

「本気で言ってるの？　性格が悪いのは知ってたけど、人格を疑うわ」

「は？　なんで人格まで疑われなきゃならないのよ」

「まみちゃんって最低よ！」

そう言いながら石ちゃんの後を追うため立ち上がった瞬間、玄関のドアが閉まる音がした。

まみちゃんは、平然とした顔をしてスタスタとこっちに歩いてきて、さっきまで石ちゃんが座っていたところに足を組みながら腰をおろした。

「なんつーか、彼氏、すっごいフツウだねぇ。ここちゃんがもったいないな」

言い終えるのを待たずに、平手で思いっきり、姉の頬を打っていた。


こんなに暑くなるなら、梅干しを入れてくればよかった。社内はエアコンが効いているが、通勤中の一時間で中身が傷んでしまったかもしれない。やはり夏場はお弁当ではなく外でランチをした方がいいのかもしれない。節約が原因でお腹を壊したりしたら、空しい。

同じ部署の同僚たちがランチへと出た後のガランとしたオフィスの一角で、DEAN & DELUCAのトートバッグからお弁当箱を取り出してパソコンの前に置いた時、あ、と思った。まったく同じような状況でそのまんま同じことを、去年の初夏にも思ったのだった。毎年、誕生日と石ちゃんとの記念日がセットで近づくこの時期は、いつにも増して節約に力が入る。

でもまあ、猛暑だった去年の夏も、ほぼ毎日お弁当を持参したけど平気だったし、今日も大丈夫だろう。二段重ねの小さな弁当箱の蓋《ふた》をひとつずつ開けて、プチトマトとブロッコリー、卵焼きと唐揚げの入ったものを左に、白いご飯が入ったものを右に置いた。いただきます、と小さく手を合わせ、箸を持った。

「なぁ、なんで若い女の子たち、みんなそのバッグ持ってるんだ？」

明日からはマヨネーズをかけるのはやめておこうと思いながらブロッコリーを食べていると、営業の小田さんが回転式の椅子をクルッとこちら側に向けて聞いてきた。

「んー、ロゴの感じがかわいいし、安いし、フツウに使えるし、手軽なんじゃないですか？」

ちょこちょこ絡んでくる四十代の男性上司を、いつものように受け流す。

「でもそんなこと言ったら同じようなの他にもたくさんあるだろう」

「あー、流行ってるというかちょっと前に流行ったので、どうせ同じようなの買うならこれにしようかなって感じですかね。特に深い意味はないです」

以上です、というように会話にピリオドを打ったつもりだが、まだ小田さんは椅子ごとこちらを向いている。

「みんな同じような格好してるから最近の女子は見分けがつかんな、って俺ももうおっさんだなー」

最近流行りの〝女子〟という言葉をあえて使いながら自分を〝おっさん〟だと落とすそのあざとさが見苦しい。そんなことないですよ小田さん若いです、と言われたくて言った台詞だということは重々理解しているが、苦笑いを返すのが精一杯だった。せっかくの休憩時間なのだから放っておいて欲しい。早くネットで物件を調べたいのだ。

「って、お前なんでひとりで弁当食ってるんだ？　仲間外れか？」

小学生以来初めて聞いたかもしれないその単語に、彼が私たち事務職の女子社員をバカにしていることがよくあらわれている。その程度のことではもう腹も立たないが、私の説明を待っている彼がただただ面倒臭く、この会話を今すぐ終わらせる方法が知りたい。

「あ、いえ、今日みんなでランチしようって約束してたんですけど私忘れててお弁当持ってきちゃったんで、はい、それだけのことです」

今度こそ空気を読み取ってくれたのか「おお、そうかそうか」と椅子を自分のデスクの方にクルリと戻した小田さんの背中にホッとしながら、まぁ、嘘ですけど、と心の中でつぶやいた。

月に一度、いつも一緒にお弁当を食べている同僚たちと給料日だけは外でランチをしようと決めていて、今日がその日で、私はそのことを覚えていた。でも、ランチに千円も使う気になれなかったのだ。

今、それくらい焦っている。マンションの頭金にあてるための貯金を増やしたい。

まみちゃんが石ちゃんとはち合わせてしまったあの日、早く結婚しなければ石ちゃんは私から逃げていくかもしれないと思った。母が早くに亡くなり祖母に育てられたことについては話してあったが、母が亡くなった理由や両親が離婚した原因については言っていない。フツウじゃないと思われることが怖かったからだ。それなのに、まみちゃんに家を追い出された後で石ちゃんは、「複雑な家庭環境」という言葉で姉の言動をフォローした。

それが何よりも、ショックだった。

オシャレでかっこいいまみちゃんを見たら、今までの友人たちと同じように石ちゃんも姉のファンになってしまうんじゃないかと心配していた自分は、なんて姉びいきで、浅はかで、バカだったんだろう。

姉からは彼氏がフツウだと見下され、彼氏からは複雑な家庭だと差別された。その真ん中で、ものすごくミジメな気持ちになった私が引っぱたいたのは姉の方で、お父さんとお母さんと弟がいる平穏な家庭で育った石ちゃんに対してはむしろ、すがりつきたい気持ちでいっぱいになった。まみちゃんを見ていると、何故私がフツウに憧れているのかを嫌でも思い出す。

それ以来、暇さえあればネットで物件をチェックしている。

石ちゃんとつき合って五年、年齢も二十五歳になるこの夏に結婚し、彼と共同でローンを組み、マンションを購入したい。数年後には税金もあがるというし、今こそが、すべてのベストタイミングじゃないかと思っている。

箸をお弁当箱の上にのせ、目の前のキーボードに手を伸ばす。中古マンション、都内、販売、と入力して検索をかけた。

「というかあれだぞ、あんまりつるんであいつらみたいになっちゃダメだぞー」

すぐ近くから聞こえてきた小田さんの声に驚いて、開いたばかりのウィンドウを慌てて閉じた。いつの間にかまたこっちを向いていた小田さんは、私のパソコンの後ろからこっちを覗き見するように顔を出していた。そして、結婚指輪をした左手を口元に添えてヒソヒソと、あいつらは十年選手、十五年選手だぞ、と今、月に一度のランチに出ている三十代で独身の先輩ふたりの名前を挙げた。

「若いうちに結婚した方が女は絶対いいからなー」

わざわざもう一度こちらを振り返ってまで私にそう伝えてきた小田さんに、一瞬言葉を失った。私の結婚願望は、通路をひとつ挟んだ真向かいの席に座る上司にも伝わってしまうくらいのものなのだろうか。いや、違う。たぶんその逆だ。小田さんは、焦っているように見えない私を焦らせたくってたまらないのだ。だから、アドバイスをしているように装いながら余計な世話を焼いてくる。

「俺が結婚した時、七つ年下の嫁は二十四だったしなぁー。で、長男が生まれたのがその翌年だから、そん時は嫁、二十五だろぉー」

そんな情報、いらないし。

「ちょっとは焦った方がいいぞー」

ひねりもなにもない直球な台詞に、この人バカなのかなと鼻白んだ。が、

「はい、そうですよね、頭に留めておきますね」

そう早口で答えると、小田さんはつまらなそうに「おう」と一言答えてからやっと私に背中を向けた。椅子を自分のデスクの方に回すために腕を伸ばした時に、ワイシャツの脇のところに丸い汗

染みができているのが見えた。人のことより小田さん自身がまず脇汗に気をつけてください、とアドバイスしてやりたくなる。

でも、考えてしまう。自分はもう結婚していて子供もいて、そのステージはとっくに過ぎているはずなのに、それでもまだ年下の女子社員をからかわずにいられないほどに、嬉しいものなのだろうか。

男である自分は選ぶ側で、

女である私たちは選ばれる側。

しかも、賞味期限付き。

——というフェアじゃない現実が。

小田さんのような男の人を見ていると、その、圧倒的に優位な立場が嬉しくってはしゃいでいるように見える。なんて幼稚なんだろうと思うけれど、彼の言っていることがある意味、正論として成り立っている世の中だ。

結婚に興味がない振りをすることも、ランチの約束を忘れた振りをすることもできるけれど、小田さんのような男を大喜びさせてしまうほどに、内心猛烈に焦っているのが今の私の現状で、それが私の現実なのだ。

そんなものはすべてただの〝世論〟で自分にはまったく関係がないと、本気で思っている様子の姉はもうすぐ三十路だが、夜のバイトくらいしか働いた経験がない彼女はただ単に、世間知らずなのだと私は思う。

会社に入って、社会が見えた。男性社員と同じように頑張ったところで、男性と同じような出世はまず見込めない。まったくもって男女不平等だ。でも、社会はそういう仕組みになっていて、女がしあわせに生きていくためには、その現実を受け入れてその中でベストな道を選んでいくしかないと私は思っている。

半分以上残してしまったお弁当をトートバッグに戻していると、ぞろぞろとみんなが戻ってきた。「只今戻りましたー」と言いながら私と同じ列の椅子に次々腰掛ける先輩たちに、「おう！　お疲れお疲れ！」と小田さんがまた椅子をクルッとこっち側に向けて明るく声をかけていた。

小田さんは時々すごく嫌な感じだけど、悪い人ではない。

去年、営業成績が悪く、小田さんがリストラ対象に入っていると噂されていた時期があった。その頃、仕事中に何度か、デスクの下でこっそりと携帯を取り出して何かをぼんやり眺めている彼の後ろ姿をよく見かけた。それが子供の写真だと分かった時、私は彼を嫌いにはなれないと思ったのだった。

それに、営業はほぼ全員昼食も外でとってくるが、小田さんだけはいつも奥さんに持たされたお弁当を社内に残って食べている。家族のために、彼は彼の持ち場で踏ん張っているのだ。

「琴子ちゃん、これお土産」

となりの席の熊本さんが、透明の袋に入ったマフィンをくれた。

「え？　いいんですか？」

「うんうん。手づくりなんだって。レジのとこに置いてあったからさ」

熊本さんは、さっき小田さんが〝十年選手〟として名前を挙げた先輩で、まみちゃんと同じ年だ。彼氏がいないことを小田さんにからかわれているが、私とは違い、期待されている台詞をきちんと言って上司を喜ばせてあげることができる、大人の女性だ。

「ありがとうございます！　嬉しいな」

「今日のお店、美味しかったからまた今度一緒に行こうねぇ。あ、でも来月の給料日は私いないんだった」

「え、もしかしてまた韓国行くんですか？」

小さな声で「タッチ会当たったの」と熊本さんは嬉しそうに笑い、「どこ触るんですか」と私も笑った。〝なにペン〟だったかは何度聞いても忘れてしまうが、熊本さんは韓流アイドルの追っかけに熱心だ。

なんだかんだ、アットホームな職場で気に入っている。産休、育休制度もあるし、石ちゃんと結婚後、そして出産後もここで働き続けたいと思っている。

「あ、おかえりぃ」

家に帰ってリビングに通じるドアを開けると、バルコニーでタバコを吸っていたまみちゃんが私の方を振り返った。一瞬、目を疑った。ばばちゃんが、そこにいるのかと錯覚した。タバコの煙を吐き出しながらおかえりと言うその声のトーンも、バルコニーの外へと向いた椅子に腰掛けた姿勢のまま顔だけこちらに向けて首を傾けるその角度も、まみちゃんはばばちゃんにそっくりだった。

「なによ、まだ怒ってるのぉ？」

私に無視されたと勘違いしたまみちゃんが頬をぷぅっと膨らますと、ばばちゃんの面影がそこから消えた。自分が気まずい立場に置かれた時などに、いとも自然にかわいい子ぶったりしてその場を切り抜ける能力に、この人はとても長けている。が、男には通用しても私には通じない。

まだ、と言うのなら、まだ、謝られていないのはこっちなのだ。私がとても大事にしている人を、転がり込んできた身でありながら家から追い出し、侮辱しておいて「ごめん」の一言もないなんてどうかと思う。

「ねぇ、誕生日に何か欲しいものある？」

まみちゃんなりに、悪かったとは思っているのだろう。あの件以来、こうしてちょこちょこ私の機嫌を取ろうとしてくる。けど、貸している七万円を返してもらっていない状態で、プレゼントをあげると言われても困る。

持ち金はすべて引っ越し代に消えたというまみちゃんは、私が貸さないとコンビニでジュースすら買えないような状態だった。突き放そうとも思ったが、ヘンな借金でもされたら困るので仕方なくまとまったお金を貸したのだ。

怒りや呆れを通り越して、不安になる。この人はこれからもこうやって、私の人生のハンデになるんじゃないかと思えてくる。

「あ、バイト始めるよ！　来週の月曜、面接だから」

私の沈黙の理由をすぐに察してフォローしてくるところも、ばばちゃんに似ているな、と思う。

なにも言わなくても、ばばちゃんは私が女子グループから仲間外れにされていることに気がついた。忘れもしない、小学六年の二学期のことだ。結局、まみちゃんの余計な行動によってそれは、大事件へと発展した。

「なんのバイトするの？」

思い返したくもない記憶にシャッターを下ろすため、まみちゃんの話につき合うことにした。バッグをソファに置き、弁当箱を洗うためトートバッグだけ持ってキッチンへと移動しながら聞くと、まみちゃんもリビングの中に戻ってきた。

「バーテンやるの。知り合いの店で募集してるっていうから」

出た、と思った。まみちゃんの口からはよく〝知り合い〟という言葉が出る。困ったことがあればいつだって〝ツテ〟頼み。自ら苦労して仕事を探したりはしないので、当然成長もない。そしてまた、バイトの中でもちょっと華のある仕事を選んでくる点がいかにもまみちゃんらしくて、苦笑しか出ない。

「ねえ、聞いてる？　バーテンだよ！　よくない？」

聞きたくないし、そんなにいいとも思えない。でも、それを口に出して言おうとは思わなかった。弁当箱の中の残飯を捨てようと冷蔵庫の横のゴミ箱を見ると、蓋が既に浮いている状態で、開けると中に、まみちゃんの雑誌が何冊も捨てられていた。

姉は、ゴミの分別さえできないのか。

ごっそりと雑誌を取り出しひとまず床に置き、シンクの下から雑誌をくくるためのビニールテープを取り出すためにしゃがんだら、イライラを抑えきれなくなった。

「ねぇ！　雑誌は雑誌でまとめて捨てるものなの！　それに、ゴミ箱がいっぱいになった時点で新しいゴミ袋をセットしてくれないかな？　いつもだれがやってると思ってるの？」

ビニールテープとゴミ袋を引き出しから引っ張り出してから勢いよく立ち上がり、キッチンカウンター越しにまみちゃんを睨みつけた。

「あぁ、ごめんごめん」

まみちゃんは、ソファに座って右足のふくらはぎを揉んでいた。暇さえあればマッサージしたりストレッチしたり、と自分の手入れだけには余念がない姉に怒りが込み上げる。

「誕生日に欲しいものなんてない！　これ以上ものが増えるなんて考えただけで気がおかしくなる。まみちゃんのもので溢れ返った家の中を、私が毎日どんな思いで片付けてると思ってるの？」

「てか、私のものが多い、捨てろ捨てろって毎日言うけどさぁ、ここちゃんのもの、いくらなんでも少なすぎない？」

ふくらはぎを揉む手を止めてそう言ったまみちゃんは眉間にしわを寄せ、信じられないって顔して私を見ている。どう考えたって悪いのはまみちゃんなのに、どうして私を責めるような態度を取れるのか。

「ねぇ、ララちゃん、どこにやったの？」

「………」

「もしかして、捨てたの？」

当然の言い分として、家事をしないことを注意しただけなのに、どうしてララちゃんを話題に出すのだ。姉のあまりの意地の悪さに、言葉を失った。ララちゃんは、子供の頃に大好きなぬいぐるみだったけど、だからといって自分にとって大切だったすべての物を手元に残しておいたら、ものすごい量になってしまう。思い出は胸に残し、物は捨てる。断捨離ってそういうことだ。

「キキちゃんだって、キキちゃんだってないじゃない」

悲しいのとは違う。怒りの感情が沸点に達したために涙が出てきて、声が震えてしまった。

「あるよ。章吾んちにちゃんとある。私は、ばばちゃんとの思い出を捨てたりできない」

信じられなかった。いくらまみちゃんでも、そんなことを言うとは思わなかった。物心ついた時から、ばばちゃんが死んだその日の朝までずっと、一緒に暮らしてきたのは私なのだ。私が抱いた巨大な喪失感と、とっくに家を出ていたまみちゃんのそれとは比べようがないくらいのものだと思う。でも私は、それを口に出してまで自分の立場を優位にしようとは思わない。

それなのにまみちゃんはどうして、自分の方が私よりばばちゃんを愛していたとでも言いたげなことを、そんな風に平然と言えるのか。

「じゃあどうして、そんなに大切なものが昔の彼氏の家にあるのよ！　それに、じゃあどうして引っ越しの時に持ってきてもらわなかったわけ？」

怒鳴りつけるように言った後で、ああ、と勝手に納得した。

「そっか、そういうことか。そうやって男をキープするのがまみちゃんのやり方なんだね。そんなことにキキちゃんを使うなんて、そっちの方がよっぽど酷い！」

「え、なに？　意味分かんないんだけど」

「だってそうじゃん。そんな形見みたいな大事なものを、昔の彼女にずっと持たされてる彼の身にもなりなよ。それにそんなの、もう一度会うっていうひとつの立派な約束だし」

「なんでそんな人の男との関係をいちいち深読みすんの？　しかも違うし。別れる時は逃げるように家を出たから荷物ぜんぶ置いてきちゃっただけで」

「なんだ、じゃあ、置いてきちゃう程度のもんだったわけでしょ、その時は。私だって、捨てた時はまさか、いつかばばちゃんが死んじゃうだなんて、バカみたいかもしれないけど想像すらしてなかったんだよ」

口に出して言ったら余計に胸が苦しくなって、目から涙が溢れ出た。両手で顔を覆い隠しながら、声をあげてわんわん泣いてしまった。

「とにかく、私はまだキキちゃんには会えないの。だからまだ受け取れてないってだけのはなし」

まみちゃんの声が、さっきより遠く聞こえた。その気持ちは、分かるよ。思い返すには辛すぎるくらい、三人の楽しい思い出がたくさん染みついているものだから。

キキちゃんとララちゃんは、何でもない日に突然、ばばちゃんが私たち姉妹にひとつずつプレゼントしてくれたテディベアで、キティちゃんよりキキララ派だった私が、ふたりにそう名付けたんだった。

光と痛みが共存する幼少の記憶の中の、キラキラしたシーンの真ん中にはいつもばばちゃんの笑顔があって、私のとなりにはまみちゃんがいる。女三人で、ずっと暮らしてきたように思うけど、実際に三人で生活したのはたったの七年だけだった。でもその七年間が、私とまみちゃんをつくったように思っている。

「知ってるでしょ?」

まみちゃんの声がする。

「私はあんたと違って、泣くの、嫌いだから」

「何が言いたいの?」

カッとなって顔をあげると、まみちゃんは床の上で開脚してストレッチを始めていた。

ほんと、この生活自体が悪夢そのもの。泣いていることすらバカらしくなって、お弁当箱を洗うために蛇口を思いっきり右にひねって水を出した。

暑さでぐったりとした一日の終わりに、まみちゃんによって心の中をかき乱される。そんな日々が続いている。

ばばちゃんを失った悲しみを、だれかと分かち合えるとしたらお互いしかいないのに。それなのにどうしてこうして、傷つけ合っているんだろう。

ばばちゃんとの喧嘩が続き、十六歳だったまみちゃんはこの家を飛び出した。今度は私が、出る番だ。

案内された窓側のテーブル席に着くと「オシャレなところだね」と石ちゃんが言い、「そうだねぇ」と私も笑顔で周りを見渡した。

壁も椅子もテーブルクロスも白で統一されていて、各テーブルには火の灯ったキャンドルがひとつずつ置かれている。想像していた以上に素敵な雰囲気の店だったことに内心とても安心した。

ここは、前に同僚とランチに行くはずだったイタリアン。熊本さんが美味しかったと言っていた、会社の近くのお店だ。石ちゃんに誘われるのをギリギリまで待っていたが、何も計画していないようなので仕方なく、私から誘った。

つき合って五年になる今日という夜に、私はものすごく期待していた。そう、既に過去形だ。だって、私から切り出さなければきっと、会うことにもなっていなかった。その時点でもう、石ちゃんが今夜、特別なサプライズを用意している可能性はとても低い。

「ここちゃん、今日、好きなもの頼んでいいよ」

メニューを開いてしばらくしてから、石ちゃんが言った。思ったより安かったからだろう。

「俺がおごるから」

運動会で一位をとった男子みたいな目をして言った石ちゃんに、微笑み返すのがやっとだった。ディナー価格でも、パスタやピザ、ラザニアなどのメインディッシュが千円しない。そこまでネットでチェックして、私がここに決めたのだ。

石ちゃんは、ケチだ。私と同じか、もしくはそれ以上に。

外食する時は割り勘があたりまえだし、そもそもふたりとも家にいることが好きなので外出自体をめったにしない。となると家で食べることが常となり私がつくることになるが、一緒にスーパーに行く場合を除いては、その食材費をもらったためしがない。

私は石ちゃんとしかつき合ったことがないからそんなものだと思っているし特に不満はないが、いくら金持ちだからとはいえ、まみちゃんの元カレの気前のよさには正直、ぶったまげた。それが良い悪いは別にして。というか、あれは男女関係の最も悪い例だと思っているけども。

「ボトルじゃ飲みきれないかもしれないから、グラスにしようか」

グリーンサラダとシーザーサラダで迷っていると、向かいに座る石ちゃんがドリンクメニューを見ながら独り言のようにつぶやいた。結婚すれば財布はひとつになるのだから、これくらいが丁度よい。浪費家は、タイプじゃない。そう私は自分に言い聞かせた。

「俺たちももう五年もつき合ってるんだね、すごいことだよなぁ」

石ちゃんの嬉しそうな顔を見ていたら、やっぱり私はこの人と結婚したいと思った。

彼しか知らないし、彼しかいないし、彼が好きだし、そして何より、彼と別れるなんて絶対に考えられないから。

石ちゃんとは、短大の友達に誘われて行った飲み会で出会った。居酒屋で、畳で、男女が四対四という慣れない場に緊張していたこともあって、店を出る時には足がビリビリに痺れて立てなくなってしまった。そんな私に手を貸してくれたのが石ちゃんで、二次会のカラオケで、彼は私のとなりに座ってくれた。

好きになったきっかけは、この人、私のこと好きなのかもしれない、と思ったことだ。男の人と両思いになることに、ずっと憧れを抱いていた。短大で新しくできた友達に、男の人とつき合ったことがないと言うと、異口同音に「美人なのに」という言葉で意外がられたが本当に、中学、高校時代と六年間、男の人に告白されたことなんて一度もなかったのだ。みんなにあまりにも驚かれるので、二十歳で彼氏がいたことがない＝処女というのはそんなにヤバイことなのかと自信をなくし、「女子校だったから」という言い訳を毎回添えずにはいられなかった。

五年前の昨日、石ちゃんを呼び出して手紙を渡した。ラブレターを目の前で読まれるのはものすごく恥ずかしくて、居酒屋で痺れた足と同じくらい指先が感覚を失うほどに震えてしまった。右手と左手をぎゅっと握り合わせて石ちゃんの反応を待ったこと、昨日のことのように覚えている。「ありがとう。でも、ちょっと考えさせて欲しい」というのがその時の彼の返事だった。ショックだった。緊張こそしながらも、いい返事がくるものとばかり思っていたからだ。でもだからこそ、翌日の夜に電話で「よろしくお願いします」って言われた時は、飛び跳ねちゃうくらい嬉しかった。でも、あの時の感動は、そのまま空しさへと、変わってしまった。

――つき合ってもらっている感。

いつもどこかでそれが抜けない。あの時、どうして考える時間が必要だったのかを石ちゃんに聞くまでに、一年くらいかかった。その答えは、「ここちゃんの気持ちがあまりにも真剣だったから俺もちゃんと考えて、つき合うなら真剣にと思ったから」だそうなので、それは結婚を前提にという意味だろうと勝手に解釈し、自分を納得させている。

だから、プロポーズは、彼から。それだけはゆずれない。

「食後にはケーキ頼もうか？　お祝いだしね。あ、でもホールだと食べきれないから小さいのでいいかなぁ」

胸の中で、しぼみかけてはいたけれどまだ膨らんでいた胸の中の風船が、バチンと割れた音がした。そういうことができない人なのは知っていた。だから、期待する気持ちにブレーキを踏んではいた。でもそれでも心のどこかで、そうしてくれたらいいなって、一秒前まで夢みてた。もしここが自分の部屋のベッドの上で今私がひとりなら、一秒かからず即泣ける。

私の異変にまったく気づかずにデザートメニューを眺めている石ちゃんに、心の中で話しかける。

ねぇ、石ちゃん。いつかの約束覚えてないの？　ほら、誕生日とかに、お店からデザートが運ばれてくるやつあったじゃない。お皿にチョコレートで名前とか書いてあって、ケーキに花火とかささってて。お店に予約する時に一言いえばいいだけの、簡単だけどすごく素敵なサプライズ。いつだったかお台場に行った時、となりの席の男の人がそれで女の人を喜ばせていて、いいなぁって私、言ったじゃない。いつかここちゃんが忘れた頃に俺もやるねってあなた、言ってくれたじゃない。

だからだよ、石ちゃん。電話で食事に行こうと誘った時、席を予約しておいてねって私はあなたに念を押した。平日の夜に予約なんていらないよ。分かりづらかったかな。

さっきこの店に入った時、きちんと席が予約されていたから期待しちゃったよ。だからその分ガッカリしちゃった。私が忘れた頃にするって言ってたけどさ石ちゃん、あなたが忘れてどうするの。でもそうだよね、誘ったのは私だし、なんかいろいろ勝手にごめん。今夜、それぞれの家で別々に過ごそうと思っていたあなたの頭には最初っから、プロポーズのプの字もなかったんだよね。もういいよ。

「俺、ドリアとコーンスープにする。ここちゃんは何頼む？　決めた？」

キラキラした目をして、石ちゃんがメニューから顔をあげた。

結局、六百八十円のグラスワインも三百八十円のケーキも頼まなかった石ちゃんとの食事は、すぐに終わった。まみちゃんにバカにされた時は心底腹が立ったけど、石ちゃんは所詮、まみちゃんみたいな女とは絶対につき合えない男なんだと思った。まるで、お子様ランチみたいなディナーだった。

待ち合わせをしてからちょうど一時間後には、私たちは待ち合わせ場所だった駅前に戻ってきていた。「ここちゃん、これからもよろしくね」って改札の前で笑顔を見せた石ちゃんから思いきり目をそらすまで、彼は私が不機嫌なことにも気づかなかった。

「え、なんか怒ってる？」と首をかしげた石ちゃんのあまりの鈍感さに腹が立った。この一時間のあいだに感じた空しさや悔しさや悲しみが、すべてごっちゃになった涙が出た。

「もし私が男なら、今日はワインのボトルを頼む。ホールケーキだって頼む。ふたりじゃ飲みきれなくても、食べきれなくても。分かる？」

「…………」

呆然と立ち尽くす石ちゃんの胸に、思いっきり顔をくっつけた。両腕を石ちゃんの背中にまわして抱きついて、人目も気にせずわんわん泣いた。石ちゃんが着ているワイシャツは涙ですぐにぐっしゃり濡れて、頬にピッタリ張り付いた。鼻にツンとくる汗の臭いがした。でもまったく嫌じゃなくて、むしろなんだか心地よかった。


ねぇ、石ちゃん。

結婚は、いつ？


早く寝ないと明日の朝に響くのに、どうしても寝付けなかった。物件を探すのはとりあえずもうやめた。読みかけのミステリー小説を読む気にもなれなかった。まみちゃんは出かけていていなくて、それなのにiPhoneがソファの上に置きっぱなしになっていた。

気づけばそれを手に取っていて、まみちゃんのメールを読んで暇をつぶしている。

受信ボックスは、春人という名前で埋め尽くされていた。ハルトなのかハルヒトなのか分からなかったけど、例の不倫男だとすぐに分かった。石ちゃんの口からは一生出てこないようなクサい台詞が満載で、ケータイ小説を読んでいる気分だった。まだつき合っていた時期のメールの中には、読み飛ばさずにはいられないほどにいやらしいものもあった。

最後のメールはつい二週間前に来たもので、返事をもらえないことに対しての彼の悲しみが長々と綴られていた。まみちゃんはつき合っていた当時からあまり彼にメールを返していないが、別れてからは一度も返信していない。

自分から振ったというのは、本当なんだと思った。一通ずつケチをつけながらも、過去にさかのぼって次々とメールを読んでいった。男の人に追われている感じがものすごく羨ましかったけど、春人という人が書く文章には常に、彼のナルシシズムが透けて見えた。まみちゃんへの愛を語りながらも、そんな言葉を投げられる自分自身に酔っているようだ。

サプライズの仕方も知らない石ちゃんにガッカリしたあまり、石ちゃんみたいな男はまみちゃんみたいな女とはつき合えないと思ったけれど、高価なシャンパンをポンポンあけているような日常の中で、ことあるごとにまみちゃんにプレゼントを買いまくる春人とかいう男の人に、やはり魅力は感じなかった。

そう思えたことで、落ち込んでいた気分が少しだけど晴れてきたので、もう部屋に戻って寝ようとiPhoneを置いた。

が、すぐにまた手に取ってしまった。メールボックスに章吾という名前がなかったことが気になった。彼からのメールがあるのなら、それも読みたいと思ってしまった。

iPhoneには不慣れだが、ちょっと探したらすぐに見つかった。メールと書かれたアイコンではなく、SNS/MMSと書かれたものの中に、それはあった。たった一通だけ。06/01 20:12と表示された下に、たったの一行、章吾からのメールが表示されていて、まみちゃんはこれにも返事をしていなかった。

「まみはまみらしく。だれにもまどわされないで。会えて嬉しかった」

なんか素敵だなと思って、もう一度心の中で彼の声を想像しながら読んでいたら、これはまみちゃんが彼の頬にキスをした後で送られてきたものだと気がついた。この、だれにもまどわされないで、の〝だれ〟って、もしかして、私？

そう思ったら急に胸がザワザワした。妹に何を言われても君は変わらなくていいんだよ、と言ってくれる〝絶対的な味方〟がいる姉と、そんな風に勝手に〝悪い敵〟扱いされている自分。この現状を考えたらそんなのってあまりにも理不尽で、大声をあげて叫びたいくらいの気持ちになった。

メールのすぐ上に、発信ボタンがあるのが見えた。触れるだけですぐに電話をかけることができてしまう、タッチパネルもいけなかった。何をしようと思ってかけたのかなんて分からない。ただ、考える前に私はそのボタンに触れていた。

手の中の iPhone の表示が切り替わって彼が出たということが分かると、私はとっさにそれを耳に当て、気配を消すために息を止めていた。

「もしもし？」

私の耳に入ってきたのは、彼の声の後ろで泣く、赤ちゃんの声だった。

慌てて通話を切った後もしばらく、指先が震えていた。直感で分かってしまった。彼もまた既婚者で、子供までいるということが。

私は完全に姉を見失った。私の知っているまみちゃんは、自分を愛する男の人を傷つけることはあっても、子供がいる家庭を壊すようなことは絶対にしない。

ママを、私たちを、裏切ったパパを殺そうとしたあの日のまみちゃんは、いつ、死んだ？　離れていたあいだに、私のまみちゃんは、私の知らないだれかになっていた。

Chapter 3

Mami chan

私らしさって、
どれ？

ラッキーアイテム、レースの日傘だって、ふぅん。
そういえば、ばばちゃん、持ってたな、黒いやつ。

ばばちゃんのフリフリの日傘をさしてスクランブル交差点を歩いているところを思い浮かべる。傘はとても軽く、持ち手のステンレスは細くて華奢で、右手で握ると、昨日自分で真っ白くマニキュアした爪が手の平にチクリと食い込むの。視界の左上にかかる黒いレース越しに、同じような日傘をさして歩く女たちの姿がちらちら見えて、すれ違いざまに、あら、あなたも魚座、あなたも、あらあなたも、なんて横目流しで目線をかわし、お互いの今月の幸運を願い合う——ところまで想像してから、アホらしくなって雑誌をラックに戻した。

寒い。額をジリジリと焦がすような勢いで照りつけてくる太陽から逃げるようにコンビニの中に駆け込んだのに、滞在数分で既に身震いするほど体が冷えた。ギンギンに暑い街中とガンガンにエアコンが効いた室内のあまりの温度差は、春人と一緒に行ったバンコクを思わせる。

最新号がずらりと並ぶ雑誌ラックの奥のガラスは、ところどころ汚れて曇っている。昨日降った雨の跡がうっすらと残っているガラス越しに、道玄坂を行き交う人々を眺めてみる。これ千円です、と言っているかのような安っぽいゴールドの金具がついたサングラスをしたギャルが、目の前を足早に通り過ぎた。

彼女の横顔に、過去の自分を重ねて思う。渋谷にはもう、私の胸は、ときめかない。ここは大都会なのだと、この街に憧れを募らせていたギャルは、私の中に、もういない。

いわゆる先進国的な最新モードの街並みは、東京の都心部の中でも限られた一部のエリアのみ。そこから一歩外れれば、街はごちゃごちゃと統一感を失い始め、一気にそこに暮らす人間の生活臭を放ち始める。

日本はアジア。東京が最も発展した都市であったのは、昔のはなし。

――――って、春人が言っていた。

彼は、国でも街でもホテルでも家でもなんでも、とことん洗練された空間が好きだった。私はそうでもないと、ごちゃごちゃと生活感が漂うところにこそ物語があるから好きだ、と彼には言ったけど、どうだろう。道路を挟んで向かい側に見える、マツキヨの黄色い看板と、赤と青のマーカーで手書きされたいくつもの安売りの値札を眺めながら、道玄坂を丸ごと見下しているのは、何故だろう。

こういうところか、とふと思った。この前、勘違いすんなと妹に突然引っぱたかれた、右の頬に手をあてる。ここちゃんは、私のこういうところを叩きたかったんだろうな、と冷静に思った。

でもそんなことより、トイレどこ？　占いを読み始めた頃から無意識に足でトントン床を蹴りつけていて、そろそろ我慢の限界かも。左右を見渡すと、すぐ横にトイレ貸し出しＯＫの張り紙が張られたドアが見えた。でも、茶色く汚れた白い便器がふと脳裏に浮かび、気づけば回れ右して出口へと向かっていた。

自動ドアが左右に開くと、むわっとした生暖かい外の空気が冷え切った体にあったかかった。が、完全に一歩外に出ると、あまりの温度差にザワッと全身に鳥肌が立って、危うくちょっと漏らすところだった。

トイレも綺麗だし、西武に行こう。ふちにブリッブリのフリルがついた日傘でも、買ってやろうか。とにかく一気に道玄坂を下ってやろう。10センチのウェッジソールの重みを支えるにはちょっぴり頼りない、細くて黒いリボンを巻き付けた足を素早く交互に動かしぐんぐん歩く。

さっきよりも勢いを増したように思える太陽の光が、コンクリートの地面に反射して思いっきり顔を下から照りつける。鼻に当たるサングラスの重みすら暑苦しく感じたので、サッとずらしてカチューシャのように頭にのせると、指先に触れた髪の表面がとても熱かった。その奥の頭皮が蒸れて、じっとりと汗ばんでいる。

なんか、いろいろ、ついてない。春人と別れた途端、すべての運に見放されたような気もしているが、そうじゃないのは分かっている。

気づけばもう八月で、ばばちゃんちに引っ越してから二ヶ月が経とうとしている。置く場所こそ変われど、自分の家具に囲まれることで思っていた以上に居心地のよいスペースが完成した。が、ホッとしたのもつかの間、その直後にここちゃんに引っぱたかれるという事件が起こり、それ以来ここちゃんは必要最低限しか口をきいてくれないし、その原因となったダセェ彼氏は週末がくるたびぬけぬけと遊びにやってくる。

ここちゃんは、私が彼のことを「フツウだ」と言ったことが許せないみたいだけど、かわいい妹の彼氏として、私が彼のことを物足りなく思ったのは事実だし、思いっきり頬を引っぱたかれた側の私が、何故謝らないといけないのか分からない。

あーあ。それにしても、だ。帰りたいと心から思える場所の確保が、人にとってどんなに大切なのか、それを失って初めて思い知る。

春人と別れて残ったのは、ここちゃんの言葉をそのまま借りるなら、「勘違いしちゃってズレまくっちゃった金銭感覚と自己評価」。あとは、彼に買い与えられた大量のプレゼント。今はその中からいらないものをひとつずつヤフオクにアップして、落札者から振り込まれた金を、電車代とかランチ代とかにあてて食いつないでいる。

自分のことながら、笑っちゃうほどミジメな状況なのだけど、こんな生活をしている私って本当におもしろいと思っている自分もいて、ぶっちゃけ、こんな感じも嫌いじゃない。

危機感はある。こういう落ちぶれた状態って期間限定だから笑えるのであって、それが続けばこれこそが私のライフスタイルとなってしまう。そんなの私は認めない。最低でも二ヶ月に一度の美容院に、一ヶ月に一度のブラジリアンワックス、三週間に一度のネイルとまつエクにかかるお金は確保しないと、外見だって崩れ始める。

それこそヤバイ。この前夜中にふと、ボサボサの髪に無駄毛の生えた自分を想像したら大声で叫び出しそうになった。そんなことだけは、決してあってはならないのだ。

女として生きるのはそれだけで金がかかるが、

女を捨てて生きるくらいなら死んだ方がまし。

――なぁんてね。かっこつけてる暇があるなら仕事探せってはなしでしょ。知ってる。だから、面接に行った。

思い出せばあのイライラがぶり返す。ちょうど109《マルキュー》前の信号が青になったので、歩道を渡ることに意識を集中させた。それでも思い出してしまったあの佐々木とかいう店長の顔を吹き飛ばすため、目を細めて太陽を見上げた。汗が、こめかみを通ってツーッと頬に下りてきた。

もうダメだ。このうだるような暑さも、頭ん中も、すべてがうざい。マツキヨの前を通り過ぎながら、スタバ前の喫煙所で一服しようと思い立ち、左肩にかけたバッグの中に右手を突っ込んでタバコの箱を探している。

そういえば、トイレに行きたかったはずなのに、歩いていたら引っ込んじゃった。その代わりといっちゃなんだけど、なんだか、ムラムラしてきた。思えば、最後にセックスしてから三ヶ月以上が経っているし、生理前だし。とにかくなんか、体の奥がウズウズする。

灰皿の近くで足を止めた。抜き出したタバコを一本口にくわえ、バッグを両腕で抱えてライターを探しているが、見つからない。

あーあ。もう、なんだかなぁ。ライターもないっぽいし、ヤル男もいないし、この時間に電話に出そうな友達も思いつかないし、帰りたい家もないし、何をするにもなんせ金がないし、なんだか私、宙ぶらりんだ。

唾液で湿ってきたタバコのフィルター部分を歯で軽く噛んで上下に揺らしながら、顔をあげた。だれか火貸してくんねぇかな、と心の中でやさぐれながら視線を泳がすと、数メートル先でタバコを吸っている若い男と目が合った。いや男っていうより、青年って感じか。

くわえたタバコの近くでライターをカチッとつけるような仕草をしてみせると、青年は、あ、と一瞬嬉しそうにはにかんだ。でも、すぐに視線を私からそらしてクールな顔してこっちに向かって歩いてきた。照れていることを隠しつつカッコつけたかったんだろうけど、それをそのまんま見抜かれてしまう彼の若さが痛かった。

「ありあと」

慣れないホストみたいな手つきで私のタバコに火をつけてくれた青年に、煙を吐き出しながらもごもごと言った。で、どうせ暇だし続けて聞いた。

「就活?」

「え? あ、はい。バレバレですか?」

照れくさそうに笑った彼の歯並びが、完璧だった。

「スーツ着てても、やっぱ、学生に見えちゃってます?」

「大学三年の夏始まりました。就職活動始まりましたって感じ全開だよ」

「あ、そのまんまっすね。なんか、すげぇダサいですね、俺」

自分のイケてなさを恥ずかしそうに笑う、その歯が綺麗だなんて、なかなかの好青年。厚底履いた私と同じくらい身長があるし、ガタイも悪くない。

「おねえさんは、待ち合わせかなんかですか？」

へぇ。見ず知らずの年上の女のこと、おねえさんとか呼んじゃうんだ。ダサいなあ。

「私も君と同じ。就活してたのよ」

「え？」と彼が聞き返したのとほぼ同時に、タバコの火を灰皿の上でもみ消しながら「ねぇ」と私は切り出した。

「今からセルリアン行かない？」

「え、どこっすかそれ」と戸惑いながらもその誘いの意味は理解した様子の彼の腕を引いて、スクランブル交差点を駅の方へと渡っている。左腕を後ろに伸ばして彼の腕を掴んでいるのはなにも、せっかく捕まえた獲物を逃がさないようにしているわけではない。あまりの人混みの中、はぐれてしまいそうだから。って、同じようなもんか。

このまま駅を東口方面に抜けて歩道橋をあがって、おりたらダッシュで即チェックイン。一秒でも早く、涼しい部屋に入って熱いシャワーを浴びて、清潔なバスローブに身を包みたい。そして、すべてを忘れてヤリまくりたい。

そういえば、セルリアンは春人と初めて会った場所だった。まぁ、いっか。男と別れて、その男との思い出が上書き保存されるとはこういうことだ。

頭の上から、熱いシャワーが勢いよく降り注ぐ。体中にベッタリとまとわりついていた汗が、一気に流れ落ちる。あまりの気持ちよさに、フルメイクした顔面をシャワーヘッドに近づけた。これから男とするというのに、備え付けのボディウォッシュで顔まで一緒に洗ってしまった。そのミントの香りに癒されている頃には、となりの部屋で男が待っていることなんて忘れかけていて、指先でこめかみのツボを押したりしながらシャンプーまでしてしまった。

真っ白なタオルを広げて、顔面を埋めた。カラッと乾いたタオルの感触が濡れたまぶたに心地よい。つま先にポタポタと水滴が落ちていたのでタオルを顔から髪へとずらすと、きつくエアーコンディションされた冷たい空気が鼻から体に入ってきた。

今日、初めて、息ができたように感じた。

タオルを頭の上でキュッときつく巻き付けて、バスローブに腕を通しながら曇った鏡の前を通り過ぎた。シャワールームのドアを開けると、寒いくらいに冷えた室内に、しっかりとタバコの香りが残っていた。

会った時の姿のまま、ソファに座って私を待っていた青年のぎこちなさを、微笑ましく思った。

「火、貸して」

サイドテーブルに置いたバッグからタバコを一本取り出して、しわひとつない白いシーツがピンッと伸びた大きなベッドの端にゆっくりと腰掛けた。わざわざソファから腰をあげてこちらへと歩み寄り、直接火をつけてくれようとした彼の手からライターを奪い取った。

カチッと火をつけたタバコをくわえたまま、私は背中からベッドに倒れ込んだ。右腕をまっすぐ上に伸ばしてみても、天井はタバコを挟んだ指先よりも遥か遠く、その解放感に癒された。ゆっくりとまぶたを閉じると、浮かんできた。眩しそうに目を細めて私を上から見下ろす、春人の顔が。

「来て」

目を開けて、そう言った。

「俺、シャワー」

「いいから、来て」

「いや、俺、汗」

「嫌いじゃないから、男の人の夏の汗」

「でも」

「うるさいなぁ。早く、こっちおいで?」

青年はゆっくりとスーツのジャケットを脱ぎ、ネクタイを緩めながら私の膝の上にまたがった。不安そうな目をして私を見下ろす青年の、短い黒髪にタバコを挟んだ指を伸ばす。指の腹にチクチクと刺さる硬い毛先の感触に、この男が春人でないことを実感する。

男の後頭部を抱え込むように右腕を首に回し、指先でそっと彼の左頬に触れると目が合った。そのまま彼を、私の方へと引き寄せキスをした。

セックスの後の一服なんて、何年ぶりだろう。ずっと禁煙していたから、もしかしたら章吾とつき合っていた時以来かも。なぁんて、男の引き締まった背中を見つめながら思い浮かんだ元々カレの名前にひとり、苦笑しながらタバコをふかす。

「いいカラダしてるのに、就活スーツ着てちゃ、もったいないね」

いい感じに逆三角形な背中に話しかけると、ハハッと照れくさそうに笑った彼の横顔がやけに幼く見えた。

「仕方ないよ、それが就活でしょ」

した途端にタメ口になった。その変化にげんなりしていると、彼が立ち上がって就活用の黒いカバンから携帯を取り出した。嫌な予感がした。

「髪も、前は長かったんだ」

「…………」

連絡先を聞かれるのかと思って身構えていたのだが、予想を上回る痛い展開に目眩がした。いい、いい、そういうの、ほんといいから、と携帯を持った彼の手をはねのけたかったが、就活用に髪を切る前の写メはもう既に私の目の前に差し出されていた。

「………うん」

茶髪のロン毛の彼はまだ、見られるとしても、彼の両どなりに写っていた大学生男子のあまりのガキっぽさに興ざめした。ヤったばかりの男のイケてないプライベートなんて、できれば何も知りたくない。

「…………大学ってどう？」

素っ裸で写メの感想を待っている彼の威圧感《いあつかん》に負けて、適当な質問をしてしまった。

「フツウかな」

「…………そっか」

聞かなければよかった。思った通りの、つまらない男。

フツウって、なにって思ったけど、今さっきしたばかりの彼とのセックスを一言でいうならばそれこそ、フツウだった。

みんなが行くって理由で適当に大学行って、みんながするって理由で適当に就活して、今後も、みんながそうしてるって理由で、受かった会社に就職してリーマンになるのだろう。いいと思うよ、別に。だってそれこそが、彼自身が無意識のうちに求めている、いわゆる〝まとも〟な生き方なのだから。

もう二度と、会うことはないな。

長くなっていたタバコの灰を、ガラスの灰皿の上に落とし、火をもみ消した。素っ裸のまま、シャワールームの方へと歩きながら気がついた。

いいと思う、なんて一応は肯定しながらも私は実は、心の底からそういう〝フツウ〟を否定しているのだ。そっか。彼氏のこと、思いっきり否定されたから、ここちゃんは私を思いっきりぶったんだ。

「あ、先に出てて〜」

ドアから顔だけ出して、ベッドに座っている青年に言った。誘ったのも、上に乗ったのも私だし、金は、ないけどいいよ、私が出す。

「え？」

「この後ちょっと用事あるから、私がシャワーから出る前に帰っといてもらえるとすっごい助かる！　じゃあねぇ〜」

どうしていいのか分からずに戸惑っていた青年に、最後にそう告げてシャワールームのドアをパタンと閉めた。

身体についた男の汗を洗い流し、少しだけここで眠るのだ。

目覚めると日は既に落ちていて、部屋はすっかり暗かった。

もう少しで床に落ちそうなくらい端っこで眠っていたようで、大きなベッドの真っ白な余白で視界がほぼ埋まっていた。ひとりぼっちを感じたら、この色のない空間にいることが急に怖くなった。

逃げるようにシャワールームへと駆け込んで鏡と向き合った。まぶたが腫れていて、顔全体が浮腫《むく》んでいた。想像していたよりずっと不細工な顔をしていた自分にがっかりしたら、どうしようもない心細さに襲われた。

まだとても幼い頃、寝起きにたまに、こんな気持ちになった。寝る前はいなかったばばちゃんの姿を見て、ママが家の中にいないということに気づいた瞬間に。

ママはどこ、ママがいいの、と泣く私を抱き寄せるばばちゃんの、ママよりプヨッと柔らかいおっぱいの感触。肉付きのいい腕の感じ。頬にチクチクしたカーディガンがうっすらとタバコ臭かったこと。ぜんぶがすごく嫌だった。


「ばばちゃん、ただいま」

心の中でつぶやきながら、ふらふらと腰を玄関におろした。足首に巻き付けたリボンをほどくと、肉に食い込んだような跡がくっきりとついていた。

リビングに通じるドアからは明かりが漏れていて、ここちゃんの気配がした。

「おかえり」

ソファに座って洗濯物をたたんでいたここちゃんが、目線を私の方に一瞬あげてぼそっと言った。

「マジで疲れた」

バッグを床に落とすように置いてソファの端に腰をおろし、ふくらはぎをさするとパンパンに浮腫んでいた。

「ちょっと、踏んでる。それ、まみちゃんの」

足をマッサージしていると、服をたたむ手を止めることなくここちゃんが言った。慌てて腰を浮かすと、綺麗にたたまれたTシャツやらキャミソールやらの上に座っていた。

「あぁ、ごめん」

洋服をそっと膝に置くと、ものすごく小さくたたまれたTバックをふたつ手渡された。

「あ、ありがと」

「………」

ここちゃんは何も言わず、洗濯物の中から靴下のペアをつくっては内側をクルッと折り返している。

「それ、彼氏の？」

「………」

やっぱりまだ怒っている。あまりのしつこさに呆れるが、

「ここちゃんの彼氏はしあわせもんだねえ」

反対側のふくらはぎを両手で揉みながらちょっと媚びるように言ってみた。が、反応なし。謝ろうと思って彼氏の話題を振ってみたというのに、シカトされてはおしまいだ。それにしてもなんなんだ、この気まずい空気は。

気づけば私は、妻が家事をしている中、遊んで帰ってきた旦那みたいな立場になっている。返そうと思っていたお金もホテル代に使ってしまったし、その話題に流れることは避けたいと思うと、謝るどころか何て話しかけたらいいのかも分からなかった。典型的な、ダメ男じゃないか。

ここちゃんはあっという間に洗濯物をたたみ終え、軽快に家の中を歩き回っている。ソファの上にきちんと分類して置かれた洋服を次から次へと手に取って、それぞれに決められた場所へと収納していく。手際がよく、動きに無駄がない。

すごい、と思った。尊敬してしまう。と同時に、私の知らない十数年が妹にもあったのだということを実感して、胸が苦しくなった。

特に、数年前にばばちゃんが死んでからは、ひとりぼっちでここに取り残された。でもここちゃんはそんな中でも一生懸命、自分の力でこうしてしっかり生活していたのだ。それに比べて私はどうだ。家族のいろんな事情に振り回され続けた十代から逃げるように家を飛び出したまま、色恋だけに二十代を丸ごと使ってしまった。家のことすら、何ひとつまともにできないまま。

そういえばママも、いつも家の中を動き回って掃除をしていた。コンロとか洗面所とかお風呂の鏡とか、突然思い立ったようにピッカピカに磨き始めたママの背中を覚えている。でもそれは決まって、何か嫌なことがあった夜だった。時には泣きながら、ママはいつだってパパの帰りを待っていた。

そういうのが、男が妻に求めるいわゆるフツウの結婚のかたちなら、絶対に無理だ、私には。恋愛しかしてきていないような私なのに、結婚なんて何があってもしたくないと、奥歯を食いしばるような強い気持ちで思っている。

「ねぇ、ママのギュウしてって、覚えてる?」

キッチンで自分の分だけコーヒーを淹れ、マグカップ片手に部屋に戻っていこうとしたここちゃんを呼び止めた。

「覚えてるわけないじゃん。ママの記憶、私、ほとんどないから」

「そっか、そうだよね」

ママの長期入院をきっかけに私たちがばばちゃんちに引き取られたのは、私が小四の秋で、ここちゃんはまだ四歳だった。

「待って！」

自分の部屋のドアノブに手をかけたここちゃんの横顔に言った。

「ママね、よくギュウしてって私たちに言ってたの。そう言いながらギュウしてくれるのはママなんだけど」

「ごめん、私、まみちゃんとママの話したくない」

私の方を振り返ろうともせずにここちゃんが言った。

「どうして？」

「………」

「言ってくれなきゃ分からないよ」

「だって、まみちゃん、らしくないんだもん。なんかもう、私の知ってるまみちゃんじゃないみたいだから」

「え⁉⁉⁉　なんで⁉　どこが⁉」

びっくりして、思わず叫んだみたいになってしまった。ここちゃんは頭を斜めに傾けて、軽蔑したような目線を私の方に流してきた。

「どこっていうか、まみちゃんはさ、自由奔放な女が理想なんでしょ？　だから、そんな感じにしてるんでしょ？　すべて手づくり、ぜんぶ分かってやってる」

「なによそれ？　すべてが自作自演みたいなキャラだって言いたいの？」

突然なんでそんな、全否定されるようなことを言われなきゃならないのだ。不愉快極まりないが、冷静さを保った声で私は続けた。

「じゃあ、もし仮にそうだとしてもさぁ、みんなそうなんじゃないの？　自分の性格と自分の理想の妥協点探って、はいじゃあ私はこんな感じのキャラで生きてきますって、みんなそうやって無意識の内にいろいろ演じながらそれぞれの役を生きてるんじゃないの？」

「まみちゃんはさ、大勢が進む道を〝フツウ〟だって見下して、いつだってわざとその逆を行く。でもそれってさ、同じじゃない。人数が多い方に流れるのと、少ない方に流れるのと、どう違うっていうの？　マジョリティとは反対の方向に流されてるってだけで、それはまみちゃんを特別にはしない」

言いながら興奮したのか、ここちゃんはこっちに向かってずかずかと歩いてきて、ソファに座る私の目の前で足を止めた。その拍子に手に持ったカップからコーヒーがこぼれると、ここちゃんの目線がすぐにティッシュを探して左右に動いた。その隙に、床の上のコーヒーを、わざと足の裏で乱暴に拭ってやった。なにやってんのって心底うんざりした顔で見下ろしてきた妹を、あんたこそなに言ってんのって表情で見上げ返した。

「じゃあ聞くけど、私らしさって、どれ？　いろんな自分がいるって私は思ってるけど、ここちゃんから見る私が一貫してそういうダサい女なら、今だって私はそういう人間だし、良くも悪くもなにも変わってないじゃない」

言いながら、静かに傷ついていく。いつから私は、妹にこんなにも嫌われてしまったのだ。家に入りきらないほどの荷物を持ち込んだこと、彼氏の目の前で彼氏をけなしたこと、家事をしないこと、金を返さないこと…………。怒られて当然の理由はいくつもあったから、謝らなきゃなぁなんて気楽に考えていたのだけど、妹の私への怒りはもっと深いところにあるのかもしれない。

　喧嘩しながらも、楽しく仲良くやれるんじゃないかと思っていた能天気な自分に嫌気がさした。

離れて暮らした十年あまりの溝の深さを感じて、悲しくなった。

「まみちゃんさあ、この前キスしてた、あの人も、既婚者なんだね」

　ここちゃんが切り出した意外な話題に、思わずソファから立ち上がりそうになった。

「え？　なに？　章吾のこと？」

「やっぱり知ってたんだ。で、私には言わなかったんだね」

「別に、隠してたわけじゃないし。ってなんで知ってるの？」

「問題をすり替えないでくれる？」

　混乱することも許さない、というようなキツい目つきで思いきり睨みつけられた。

「なんかよく分かんないんだけど、結婚してるのは章吾の問題で私には関係ないじゃない。それに
別に私は章吾には興味な」

「最低よ。あの人みたい！」

　ここちゃんが私の言葉を遮って、強い口調で言い放った。

　その言葉と共に突きつけられたナイフのような目線に胸をえぐられて、私は口がきけなくなった。

ここちゃんの大きな目が、みるみる真っ赤に染まっていった。

「子供がいる人にちょっかい出すようなことだけは、まみちゃん絶対にしないと思ってた」

そこから大粒の涙がボロボロと流れ落ちるのを見ていたら、死にたくなった。章吾に子供がいるかどうかなんて考えたこともなかったけど、確かにいてもおかしくはない。

「ほら、何も言えないんじゃない」

涙に震える声でそんな捨て台詞を残して、妹が私の視界から消えた。奥の部屋のドアがバタンッと乱暴に閉められた音が、耳に痛かった。

――あの人。

急に静かになったリビングの真ん中で、ここちゃんの声が頭の中をグルグルと回っている。そのままやっとの思いで葬った、当時の辛い気持ちを蘇らせる呪文みたいだ。怖くなって、頭を抱えてうつむいた。

膝の上に置いておいたはずのトップスとふたつのTバックが、足元にバラバラになって落ちている。せっかくここちゃんが綺麗にたたんでくれたのにって思ったら悲しくって、涙が一気に溢れてきた。

奥歯に力を入れ、声を殺して私は泣いた。

トゥルルルルッ、トゥルルルルッ、トゥルルルルルッ。

左耳にくっつけたiPhoneから聞こえているデジタル音から意識がふっとそれたら、記憶の裏側からママの声が響き出した。

「いっせーのせって言ったら、大きな声で言うのよ。いい？　練習ね。いっせーのーせ。はい、上手。じゃあ、本番ね。シーッ」と、ママは微笑みを浮かべて受話器を持つ。いっせーのーせって、ママが声は出さずに口を動かしたのを合図に、私と幼いここちゃんの声が重なると、ママはパアッと笑顔になって電話を切った。

「どろぼー」という言葉の意味も分かっていないここちゃんはキャッキャと笑って喜んでいて、パパとママの事情をそれなりには知っていた私は、これが正義だと思っていた。

私たち三人の、毎晩の儀式、遊びみたいないたずら電話。

「ねぇ、ギュウして」と受話器を置いた後にすぐママは両手を広げて、私たちを両腕で包み込み、痛いくらいに強く抱きしめた。

ここちゃんが、覚えていなくてよかったと思う。

あれが〝あの人〟をどんなに苦しめていたことだろう、と思うようになったのは家を出て、本気の恋を知った頃からか。実際には一度も会ったことのないその人のことを思い返す頻度が高くなったのは、既婚者である春人とつき合うようになってからか。今また思い出してしまったのは、どうやら子供ができたらしい章吾に電話を、かけているからなのか。

過去ってやつは、逃げても逃げても追ってくる。

トゥルルル、トゥルルルッ、トゥルルルルッッ。

もうさすがに出ないだろうとあきらめて携帯を耳から浮かしたその瞬間、永遠に続くように思われた発信音が止み、章吾の声がした。言おうと決めていた台詞を急いで頭の奥から引っ張り出す。

「今子供といた？」

「………え、あ、あぁ」

「そっか」

別に、章吾が子供の存在を隠すと思っていたわけじゃない。去年結婚した時だって、章吾はわざわざメールで教えてきた。でも、念のため、嘘をつく時間を与えないような聞き方をした。

「いや、この前言おうと思ったんだけど言いそびれちゃって。でもなんで知って……」

「そんなのは別にいいのよ」

正直に答えてくれたのだからそれでいい。あんたは私が、生まれて初めて本気で好きになった男だから、そんな最低な嘘だけはつかせたくなかった。だからよかった。これであんたとは、理想的な終わりを迎えることができる。

「………」

ここからは、ラスト数分のカウントダウン。

「てか、そっか。章吾が、パパかぁ。ねぇ、いつ生まれたの？」

この電話を切ればもう二度と声を聞くこともないのだと思うと、どこかから名残惜しさが込み上げてきて、ゆっくりした口調になった。それなのに、「三月に」と答えた章吾の言葉の続きすら待てずに「魚座？」と聞き、「あ、あぁ」と戸惑う章吾に「男？　女？」と更に重ね、「男の子」と答えた章吾に「あぁ、よかったね」と、まるで一方的に話を進めている自分がいた。

「…………え、なんで男の子だといいの？」

私の動揺に気づいていない、いつもの章吾に救われる。あの頃も、私の気持ちが冷めていっていることに章吾はまったく気がつかなかったな、と懐かしく思った。上手くいっていたのに突然別れを切り出された、と大混乱した章吾にストーカーのように追われて大変だったけど、今となってはもうそれも、遠い遠い過去なのだ。

「あ、ううん。魚座の女はやっかいだから」

そう答えると、

「まみこだろ、それ」

と言って章吾が笑った。

「まみこ」

彼の声をなぞるようにして言ってみた。大嘘つきのパパがつけた、真実子、という自分の名前を皮肉に思う。

「なに？」

「ううん、別に。ね、我が子ってかわいい？」

「あぁ、すっげぇかわいいよ」

「そっか、よかった」

私との記憶なんてすべて、その子のかわいらしさで上書き保存して、完全に忘れ去って欲しい。

それが、私からあんたへの最後の願い。だってもしそれが叶えば、あんたは私の理想の完成形として、永遠に、私の過去に残ってくれる。これまでの人生の中で、実績と呼べるようなものをなにひとつ積んできていない私でも、過去の恋にひとつ、自信が持てる。

あ、と思った。ふたつ前の恋愛に都合のよい名前をつけて、記憶の中に残そうとしている自分に気がついた。春人との恋に落ちているあいだは、章吾とのそれは、完全に上書きされて消えていたのに。

過去の恋愛に名前をつけて保存するというのは、男も女も関係なく、ひとつのやり方などでもなく、恋に落ちていない状態にいる人間だけがする行為なのかもしれない。孤独を否定、するために。iPhone 越しに漂う沈黙の向こう側で、章吾は今どんな顔をしているんだろう。もし近くにいたら、またその頬に顔を近づけてしまうかもしれない。だから電話でよかった。そう思い、私は本題を切り出した。

「あんたと出会うずっと前からのルールがあってさ、私の中で」

「覚えてる。知ってるよ」

即答した章吾の声は微かに震えていた。その悲しい振動に心の柔らかい部分を刺激され、私は焦って笑顔をつくった。そうすればきっと、明るい声が出る。

「でさ、だから、キキちゃん、返してもらっていい？　着払いでいいから送っといて」

「金、ないのに、着払いとか、いちいちかっこつけんなよ」

優しい笑いを含んだ章吾の声が、私のそんなところも好きだって、言葉にせずとも伝えてきた。あんたはいつだって私を美化してる。でもそんなあんたに、私はいつだって救われた。本当は今こ

そ、もう少しそれに甘えていたいけど、

「…………」

「まみこ、ありがとな、色々と。お前には迷惑しかかけてない」

「んなことないよ。じゃあね。元気で、頑張ってね」

ちゃんと、湿っぽくない声が出た。ちゃんと、いつもの、私らしい。

「そっちも、頑張ってな」

「金、ないんだから頑張るしかないじゃない、これからバイト初日なの」

アハハと笑う章吾の声を聞いて安心した。でも、気をちょっとでも緩めてしまえば、今にも声が震え出しそうだ。でもどうか、あと一言、明るい声で、

「あ、章吾、おめでとう」

「ああ、ありがと」

「じゃ、バイバイ」

iPhoneを耳からおろすと同時に、つくり笑いが頬から消えた。ここが更衣室裏の喫煙所じゃなきゃ泣いていたかもしれないと思いながら、箱の中からラスト一本になっていたタバコを取り出し火をつけた。

またひとつ、胸についた擦り傷をごまかすかのように、煙を肺の中へと送り込みながら、この切なさについてぼんやりと考えた。春人と恋をしたことで章吾との恋は完全に塗り替えられたと思っていたけど、春人との別れで弱っていた私に章吾が優しい言葉をくれたその瞬間に、〝元々カレ〟

は、自分の人生の中にまだとっておきたい存在へと昇格していたのかもしれない。未練はないと言いながら、どこかでキープしておきたいと思っていた。

ここちゃんの言う通り、私は自分で思っている以上にズルくて弱い、フツウの女なのかもしれない。

アチッ。指に熱を感じて思わずタバコを地面に落としてしまった。黒いアスファルトの上に、短くなった白いタバコが転がった。フィルターすれすれのところを燃やしていたオレンジ色の小さく丸い火を新品のルブタンでねじるようにもみ消して、更衣室へと通じるドアを押し開けた。

持参するように言われていたノートとペンを手に店内に入ったら、待ち構えていたかのように店長の佐々木が立っていた。先月面接した、不快なおっさんだ。今すぐこいつの目の前を通り過ぎ、視界の端に捉えている店のエントランスから出て行けたらどんなにいいだろう。これからこいつの下で働くのかと思うと、本当に気が滅入る。

「おぉ！　なかなかいいじゃない。三十代には見えないな」

全身を下から上へと舐め回すような目で見てから、ヒゲを生やしたあごをあげて満足そうに言った。まだ二十九です、といちいち訂正する代わりに上から微笑み返してやった。あんたを見下ろすために、ヒールが最も高いこの靴を選んで履いてきた。春人と共に腕にルブタンの袋を下げてブティックから出た時は、まさかこんなことのために使うことになろうとは、想像もしていなかったけど。

でも今となってみれば、その時の私こそが、この状況を招いた張本人なのだ。今、佐々木の目に映っている私という女像を細かく描写して、過去の自分のにやけた顔面に叩き付けてやりたくなる。

面接の時、「社長から直々電話がかかってきたけど、なんなんだあんた、キャバ嬢か？　でももう年齢的にできんだろ。バーテンの経験は？　なんだよマジかよ困るんだよなぁ」と、佐々木は心底迷惑そうに坊主頭をぼりぼりかいていた。四十代半ばのおっさんが使う「マジかよ」がやたらとかんに障ったが、言われたことに対しては否定できなかった。

このバーを含めて全国に飲食店をいくつも経営しているという社長は春人の友達で、ラスベガスに一緒に行ったことがある。その時、彼は旅の前日にキャバクラで知り合ったというギャルを連れていて、春人の彼女であった私も、知り合った時には既に辞めてはいたが元キャバ嬢だ。

さっき章吾は、私には迷惑しかかけていないと言ったが、当時の私は若くてかわいいギャルだった。私が在籍していたキャバクラは店自体が流行っていたので、指名についてとやかく言われることもなく、着飾っておっさんたちとワイワイ喋っていた時間に高い時給を掛けた金額が毎月口座に振り込まれた。章吾から逃げるように店を辞めたのも、貯金していたわけでもないのに半年くらいは働かずに暮らせるくらいの金が口座に貯まっていたからだ。そして、計算したわけじゃないけど貯金がなくなった頃にちょうど春人と出会ったので、金にはまったく苦労することなく、というよりもむしろ贅沢だけを覚えて、私はここまできてしまった。

そのツケが今、丸ごと一気にのしかかる。

年齢的にもう難しいかもしれないとは思いながらも当時のキャバクラのマネージャーに電話してみたが、店は既に潰れてなくなっていたし、彼の反応も佐々木と同じようなものだった。アルバイトの求人雑誌を買ってみたりもしたが、やりたいとも思えないような仕事からも、私は年齢と経験不足で応募の時点ではじかれていた。

春人つながりの人脈を使うのは嫌だった。でも、ここちゃんに百二十円を借りないとコンビニでジュースを買うこともできない状態にまで落ちた私に、他の選択肢はなかった。ラスベガスに行った時に連絡先を交換したギャルに電話をすると、今も社長とつき合っていたようですぐに話をつけてくれた。

「で、ウェイトレスの経験くらいはあんの？　ホールが無理なら料理つくれるとか、なんかないの？」

片方の眉毛を意地悪く持ち上げている佐々木の目に映っているのは、金持ちとつるんでいるあいだに年だけ食っちゃった安い女。プライドがずったずたに引き裂かれるような思いだった。でも、これが今の私の現実だった。

「ないです。料理も得意じゃないです。でも、バーテンを募集してるって聞いていたんですが」

そう答えてから、奥の壁にかけてある大きな鏡の中の自分の姿をチラリと見た。

バーテンダーに制服はなく上下黒でパンツであればということだったので、Acne のブラックスキニーに、ここちゃんのクローゼットの中から勝手に借りてきた型のいいシンプルな黒いTシャツを合わせた。体のラインがピタリと出て、思った以上に色っぽくなった。カジュアルすぎるかとも思ったが、ここは道玄坂にある雑居ビルの地下二階。猫脚の豹柄ソファが置いてあるアングラな雰囲気の店内に立ってみるとやはりこれくらいが丁度よく、鏡に映る自分の姿は我ながら様になっていた。

経験がないだけで、外見的にはまだまだイケる。だからたぶん、ギリギリセーフ。

「君、ほんと、舐め腐ってるでしょ！」

吐き捨てるようにそう言い放った佐々木の口から、唾が飛んできて顔にかかった。とっさに佐々木の目の前で顔をさげ、ノートとペンを持った右手の甲でさりげなく拭い去った。吐き気がするほど気持ちが悪く、もう今すぐにでも辞めたいくらいだったけど、今の私にはこの仕事が必要なのだ。

「なんの経験もないのに、今日からカウンターに立つつもりでいたのかよ⁉」

大きなため息をついてみせた佐々木の息を吸い込みたくなくて息を止めると、パンツの後ろポケットに入れた携帯が細かく振動し始めた。春人だ、と直感で分かった。ここで働き始めたことを聞きつけたのだろう。

〝ほらみろ俺と離れた途端にお前はこんなにミジメな女になっちゃうんだぞ〟とでも言うように尻の上で振動し続けるiPhoneが、「俺がいないと生きていけないカラダにしてやる」とプレイに見せかけた本音と共に、春人が私に使っていたバイブを思わせた。

私を失うことを常に怖がっているような弱気な男だったのに、セックスの時だけ豹変した。つき合っているあいだに散々持ち上げて女を勘違いさせることで、別れ土産に現実という地獄を見せるというのもすべて、プレイの一環だったのだろうか。

尻の上でブルブルと震え続けるその振動はあまりにも屈辱的で、このましゃがみ込んで、佐々木の黒い革靴の上にげぇげぇ吐いてしまいそうだ。

「バーテンって響きに憧れてんじゃねぇよ、ったく。君はホールのウェイトレスの見習いから始めるんだよ。ったく、社長も困ったもんだぜ、ほいほい調子よく使えない女雇っちゃってさー、困るのはこっちだっつーの」

黒い絨毯の上に立つルブタンのピガールスパイクは、こんな状況で見てもうっとりするほど美しかった。デニム地の上に無数についたシルバーのスタッズが、返す言葉を持たない私に代わって、佐々木に向かって牙を剝いてくれているように見える。ずっと震えっぱなしだった iPhone がやっと止まった。

「つーか、ここはさぁ、バーなんだよ。お客さんに素人がつくった酒飲ませてどうすんだよ」

「………それは、本当にその通りだと思います」

私は、春人が置いていった土産をフルに使ってここから、一から、出直すのだ。このピガールはここで、ボロボロになるまで履き潰す。そう決めて顔をあげ、佐々木に向かって頭を下げた。

「ご指導のほど、よろしくお願いいたします」

清算したい。今までのツケを、すべて、ここで。舐め腐ってきた分、上につくおっさんも、このくらい感じが悪くて丁度いい。

一晩でヒールの先端が削れるくらい忙しく動き回る気満々だった私に、現実はまた肩すかしを食らわせた。数時間置きに一晩中、春人が後ろポケットの中の iPhone を震わせ続ける中、朝になるまでひたすらカウンター脇に突っ立っていなければならなかった。平日だったからか店の客入りが悪く、左手首に巻き付けた華奢なゴールドのロレックスはいつ見ても、長い針がほんの少し動いているだけだった。

閉店時間を迎える頃にはぐったりと疲れていた。店が暇だからかずっと不機嫌だった佐々木が途中から消えたのがせめてもの救いだったが、なんせやることが何もないので他のスタッフとも気まずかった。

店内の掃除を終え、あまりにも長かった一日がやっと終わった安堵感と共にエレベーターに乗って地上に出ると、晴れ渡った渋谷の街は既に新しい一日を始めていた。世の中の時間軸から置き去りにされてしまったように感じた。なんだか空しくて、私は道玄坂を一気に駆け下りた。

ルブタンで足を痛めたのは、初めてだ。ガタンガタンと一定のスピードで都心から離れてゆくガラガラの電車の中でそっと右足を靴から引き抜くと、小指の端の皮が少しめくれて赤くなっていた。やっと着いた最寄り駅からばばちゃんちまでの田舎道を、裸足で歩いた。手に持ったハイヒールの真っ赤なソールと両脇に広がる田んぼの緑が、ミスマッチで、ちょっとかわいかった。

フォローミーシューズ。クリスチャン・ルブタンは、真っ赤なソールのハイヒールたちをそう呼んでいるって春人が言っていた。そして、〝私についてきなさいよ〟ってくらい強気なアティチュードを持つ、脚の綺麗な女がタイプなんだって、春人は言った。

自分のことを言われているとばかり思っていたバカな私が、あの記事を発見したのはそれから一年以上が経ってからだった。

毎月ファッション誌を何冊も買ってはいてもパラパラと写真を見る程度だったから、美容院でその記事を見るまで気づかなかった。その中によく、春人の奥さんが登場しているってこと。

春人が既婚者だということは、彼のバースデーパーティに誘ってくれた女友達から聞いていた。彼が、ファッション業界でそこそこ名の知れた存在だということは、盛大なパーティの様子を見れば一目瞭然だったし、若い頃に仲間と立ち上げた会社で成功したという経緯も聞いていた。が、その仲間というのが奥さんで、実際にビジネスの舵を取っているのが彼女だということは知らなかった。有名なのはむしろ、春人ではなく奥さんだった。

それは、不妊治療についてのインタビュー記事だった。だれもが知る一流ファッション誌の後ろの方の特集で、ふたりはその一番最後に大きく見開きで紹介されていた。四十代半ばくらいの、でもきちんと綺麗で足が抜群に美しいその人のとなりに、いつものハットとデニム姿の春人が笑顔で写っていた。他にも数組の夫婦が登場していたが、妊婦じゃないのはその人ひとりだけだった。「あきらめるというひとつの勇気ある選択」と題されたそのページには、「子供はすごく欲しかったけれど、ないものを悔やみ続けるよりも今あるものに感謝して生きていきたいと思うようになった」という彼女の台詞が「彼女の強さを誇りに思う」という彼女の夫の言葉と共に、インタビューから抜粋され大きく太字になって載っていた。

私のまったく知らない春人が、そこにいた。

美容院を出た後の記憶はぽっかりと抜け落ちている。

覚えているのは、春人に初めて奥さんの話を持ち出したこと。困らせてやりたくてリンダを買ってくれとねだったこと。リンダを連れてきた春人の薬指から結婚指輪が外れていたこと。

初めから、何かを許したり許されたりする立場になんてお互いいなかったくせに、目に涙をためながら私に許しを求めた春人も、リンダを見て嬉し涙を流しながら許すことにした私も、今思えば意味不明。

その夜は、オーパスワンとシャトームートンを二本ふたりで空けた。加害者同士で手づくりしたチープなドラマに被害者面して酔っぱらい、日が昇るまでいやらしい情事に明け暮れた。

といっても彼と実際にしたのはつき合い始めた当初に数回のみ。バイブがなきゃ、彼はセックスできないのだった。だけどそれは、今までに経験したことのないようなエクスタシーに満ちた最高のもので、忘れられないものがひとつあるとしたら、それは春人とのセックスだ。あとは、その後にふたりで寄り添い眠る時間。

「まみちゃん、春《はる》って呼んで。まみちゃん、背中をさすって」

その朝も、春人は私をさんざんいじめた後で甘えた声でねだってきた。幼い頃に事故で亡くしたという彼の母親が彼をそう呼んでいたのだろうと想像しながら、彼のひんやりとした背中を撫でるたび、愛おしさが胸に込み上げた。その時は、同じような境遇にある者同士、お互いの不幸を慰め合っているように錯覚していたけれど実際は、私たちを引き寄せ合っていたのはきっと、ふたりに共通するズルさと弱さ。

人を裏切りながら手をつないでぐっすり眠った。不倫と一言で片付けられてしまえばそれまでだけど、それぞれの人生のタイミングで、お互いにどうしても必要だった時間がお互いへの恋心と共に確かにそこに流れていた。

以来、奥さんの話をすることはなくなった。でもそれがきっかけとなって少しずつ、私の中でなにかが冷めていった。彼女の存在は、まるですべての種明かしのようだったからだ。私を溺れさせていた、春人のアブノーマルなセックスと、人間の生活臭を丸ごと金でかき消すことに成功したかのようなゴージャスでひたすら美しいライフスタイル。そしてその中で、大人の男が甘えたような口調で私の耳元でささやく、心の底からの愛の言葉。

それらすべての背景が見えてしまった。

きっと、本当の意味では横に並ぶことができない、有能な妻の一歩後ろで一生を過ごすつもりの春人は、すべてを駆使して年下の私を支配したがっていた。フォローミーシューズがだれより似合う、永遠の片思い相手のような奥さんに、すべてを支配されながら。

恋愛の美味しいところだけを集めたような夢みたいな関係が、現実的な嫌な臭いを放ち出し、私の恋は終わりに向かって薄れ始めた。

もしかしたら後付けかもしれないけれど、そう思うことにしている。

リンダが私のものになった頃、奥さんが妊娠した。雑誌の中ではあんな風にかっこよく言い切りながらも、通院を続けていたらしかった。彼女の本質が、見えた気がした。彼女の妊娠を私に隠そうとしていた春人と、どこか似ていると思った。

ずっと見ないようにしていた春人の奥さんのブログを開いてみたのは、章吾に子供がいるとこちゃんに言われた日の夜だ。ちょうどその前日の日付で、出産報告の記事があがっていた。別れてからしばらく続いていた彼からの連絡もその日を境に途絶えたので、心のどこかでほっとしていた。

それなのに――。春人の友達の店で私が働き始めたというどうでもいい話をきっかけに、彼は私にまだ何かを求めている。ブログに載っていた、生まれたての赤ちゃんを挟んで両脇にならんだ夫婦の、しあわせそうな笑顔が頭に浮かんだ。

春人の目は、赤かった。あまりにも嬉しくて、意識せずとも自然と口角があがってしまったような微笑み方をする男の人を、私はあの写真で初めて見たんだった。

左脚を後ろに蹴り上げながら足の裏を見ると、黒いクレヨンで塗りつぶしたみたいに汚れていた。エレベーターのドアが開くと、うちの玄関の前に何かが置かれていた。

キキちゃんだと、すぐに分かって駆け寄った。そばにしゃがみ込み、手に持っていた靴とバッグを放り出すようにして地べたに置いた。キキちゃんの両脇に両手を滑り込ませて胸に抱き寄せ、キキちゃんの頭に鼻をすりつけた。昔はふわふわだったキャラメル色の毛先は、途中で短く切れたりほつれたりしていて、表面にできた無数の小さな毛玉が鼻の頭にザラザラした。人ん家《ち》の、においがした。

でも、私たちのキキちゃんだ。わざわざここまで届けにきてくれたこともそうだけど、何よりも、きちんと取っておいてくれていたことに対して、章吾に感謝してもしきれないくらいの気持ちだった。キキちゃんにもう一度触れることができたことが嬉しくて、目頭が熱くなる。

お礼のメールくらいは入れてもいいのかもしれない、と少し迷いながらもバッグの方へと腕を伸ばして携帯を取り出すと、とても短い本文が、待ち受け画面にそのまま表示されていた。章吾ではなく、春人からだった。

『会いたい』

その四文字から逃げるようにとっさに視線をキキちゃんに向けた。片方の目のビーズがとれかけていて、ほつれた黒い糸がそこから飛び出ている。小さな輪になった黒い糸が目の下にぶらさがっていて、まるでキキちゃんが泣いているみたいに見えた。目の前のキキちゃんが涙でどんどんぼやけていった。悲しいんじゃない、悔しいんだ。

子供のとなりであんな優しい表情をしていたくせに「会いたい」だなんて、どの口が言うのだ。これ以上、幻滅させないで欲しかった。自分のことまで、呪い始めてしまいそうだ。

どんなに奥に戻そうとしてみても、あの日の記憶が蘇ってきてしまった。胸の痛みが、当時の映像と共に一気にフラッシュバックして私に襲いかかってくる。現在と過去がリンクして更なる化学反応を起こしたかのように、古い傷口から新しい血が流れ始める。目から止めどなくこぼれ落ちる涙が頬を、隙間なく濡らしてゆく。

ばばちゃんは、朝はパンって決めていた。白いテーブルの上に置かれたシルバーのトースターから、こんがりと焼き色のついた二枚の食パンが飛び出した。私たち三人のいつもの朝。なにか違うことがあるとすれば、冬服の初日だってことくらいだった。

私はクリーニングの袋から取り出したばかりの中学のセーラー服を着ていて、向かいに座るここちゃんは白いタートルネックにばばちゃんが編んだ赤いカーディガンを重ねていた。

テーブルの上にバターといちごのジャムが置いていないことに気がついてキッチンの方に目を向けると、ついさっきまでそこにいたはずのばばちゃんの姿がなかった。

「あれ、ばばちゃんは？」と聞いてくるここちゃんに「大丈夫だから」と答えた時には既に、玄関の方でばばちゃんが話している相手がだれなのか、気づいていた。冷蔵庫から取り出したバターの黄色い箱と銀色のバターナイフを手に、ジャムを探していると、ばばちゃんの怒鳴り声が家中に響き渡った。

「あの子を返せ」って叫び声の後で、堰《せき》を切ったような激しい泣き声が続いた。死んじゃったはずのママが玄関にいるみたいだった。ママの葬式でもあんな風には泣かなかった。ママみたいに、ばばちゃんが取り乱すのは初めてだった。

怖い、と思った。

あいつが、ばばちゃんまで壊してしまったらどうしよう。

今まで感じたことのないような恐怖を感じて一瞬、身動きが取れなくなった。早くここちゃんのそばに駆け寄って大丈夫だからって安心させたかったし、ばばちゃんのとなりに走っていってあいつを追い返してやりたかった。早く、なんとかしなくちゃってものすごく焦っていたのに、キッチンに立ち尽くしたまま私は一歩も動けなかった。

ガシャンッとものすごい音を立てて、何かが割れた。その瞬間、怒りに全身が乗っ取られた。殺してやる。ハッキリとそう思った。リビングのドアを蹴り開けて玄関の方へと走ると、ばばちゃんが大事にしている花瓶が割れて粉々になっていて、その床の上にばばちゃんが泣き崩れて倒れていた。

バターナイフを握る手に力が入りすぎて右腕がブルブルと震え始めた。一段下の玄関に立っていてもまだ私より遥かに背の高いその男を見上げて言った。

「帰れ、今すぐ帰れよ！　じゃなきゃ私が今ここで」

「まみちゃんやめて！　やめてやめてやめて！　やめてぇ‼」

振り返るとリビングへと通じるドアの向こう側に立ったここちゃんが、全身の力を絞り出そうとするかのように背中を丸め、顔を涙でぐちゃぐちゃにしながら大声をあげて叫んでいた。それでも私はすぐに男の方へと向き直った。

あんたなんかいらない。

当時の自分の胸の中の声が、そのままの低音で頭の中に響き出す。

オンナといやらしいことをしてママの心を壊して殺した汚らわしい大嘘つき。私たちの人生から消え去ってよ。まるで、最初から存在していなかったかのように、今すぐに、

――――『死ね』。

キキちゃんを抱えた腕の先で震えていた私の指先が、素早く動いて文字を打ち込み、送信ボタンを押していた。

もしもあの時、ここちゃんに喘息の発作が起きなければ、私は本当にパパを殺していたかもしれなかった。

ハハハッ。乾き切った笑い声が唇からこぼれ落ちる。今、首の方まで流れているのは、あの日に流した涙の続き。子供のいる家庭には指一本触れないというのは、私の中で絶対のルール。

「あんたの、この涙は、いつの？」

目の下の糸を引っ張りながらキキちゃんの頰にキスしていると、ドアの向こう側から、大人になったここちゃんの声が聞こえてきた。

「まみちゃん、いるの？」

冷静なその声の裏側で、あんたはあの日のことを覚えてる？

「そういえば、喘息…………」

キキちゃんの耳に唇をくっつけて、内緒話みたいにこっそりと、最愛の妹に話しかける。

「治って、よかったよね」

Chapter 3

Coco chan

主役は、
だれ？

平日の深夜に、メールではなく電話をかけた。その非日常感に、石ちゃんは気がつかない。意を決してかけたというのに今夜に限って、石ちゃんのどうでもいい話が途切れない。

「だってさ、渋谷でタバコ吸ってたら突然ホテルに誘われたって、なぁ、信じられる？」

ちょうどさっきまで会っていたという大学の後輩が、見ず知らずの年上の女に骨抜きにされた話をとても楽しそうに報告してくる。

「俺、思わずここちゃんの姉ちゃんを想像しちゃったよ」

「いくらまみちゃんでもそんなことはしないと思う」

ムッとして言い返すと、「あぁ、まぁそりゃそうだけどさ。でもそいつ、また会えるかもってその喫煙所に通ってるんだよ。おかしいでしょ？」と、私の怒りをはぐらかすように笑いながら石ちゃんは慌ててフォローした。

まみちゃんに面と向かって否定されてから、石ちゃんはまみちゃんを変わり者というくくりに入れようとしている。ヘンなのはあいつでまともなのは俺、とでもいうように。私とまったく同じやり方で、自分を肯定しようとしているのだ。石ちゃんが自覚しているのかは分からないけれど、姉に対する発言の中にそれを感じるたび、虫酸が走る。

それが携帯越しにも伝わったのだろう、後輩との楽しい飲み会の余韻がやっと消えたいつもの声で「それより、もう体調は大丈夫なの？」と石ちゃんは話題を変えた。

今日、昼食をとった後から具合が悪くなり会社を早退したのだ。

「もう弁当やめなよ。人が倒れるくらいの猛暑なんだからそりゃ飯もダメになるって」

そう、私も最初は弁当にあたったのだと、思っていた。

「………。でも、そうやって節約してたから貯金できてるのも事実なんだよ。石ちゃんは、貯金できてる？」

ずっと切り出しそびれている本題へと、私は会話を誘導する。

「え、あぁ、してるっちゃしてるけどなんで？」

なんでって。なんでって、なによ。

腹の底から込み上げてきた猛烈な苛立ちと共に、今まで言えずにいた言葉たちが口から一気に溢れ出してしまいそう。

だって、あなたが「してるっちゃしてる」というその貯金は、じゃあ一体何用なのだ。私が身を切る思いで貯めてきた定期預金の中の二百万円は、結婚式の費用と住宅購入の頭金の一部で、そのもう一部があなたのそれだと思っていた。

将来あなたと一緒になるために今できることをと思い、貯金に力を入れてきた。短大時代の友人たちとはもうほとんど疎遠になってしまったくらい、食事の誘いもその都度適当な理由をつくって断ってきた。ここ数年はとことん切り詰めて生活してきたのだ。あなたが今日のように友達と飲みに行くたびに、口には出せないもどかしさを感じていた。

それなのに、「なんで」ってなんだ。怒鳴りつけたくなる。だけど、ここですべてをぶちまけてしまえば、いろいろと台無しだ。

でもそもそも、言いたいことを言えない関係ってどうなんだ。というか、まったくシェアできていない未来計画って、ただの妄想と何が違うのだろう。ふたりのために、と思ってやっていることのすべては実は、私の勝手な都合に過ぎないのだろうか。

喉まで込み上げてきていた爆発寸前の怒りを、私はいつものやり方で空しい気持ちへと変換した。その効果は絶大で、喉まで出かかっていたいくつもの言葉たちが奥へ奥へとしぼんでゆく。

悪いのは彼ではなく、勝手に暴走している自分自身だと思った方がまだいい。欲しい未来と現実のあいだの距離は広がらない。

「あれ、ここちゃん？　電波悪い？　もしもし？」

電波って、なに？　私、今、黙り込んでいたんだけど…………。

体から力が抜け、一瞬、なにもかもがどうでもよくなった。ただ、さっきまでゆらゆらと胸の中を行き来していた、いくつもの小さな不安要因が一気にくっついてひとつの大きなクエスチョンマークとなり、頭の上にポカンと浮上した。

この人と結婚したい。この人と将来家庭を築きたい。そう思った瞬間に頭に浮かんだ明るい未来像から逆算するようにして、彼との五年間を過ごしてきた。が、その当時の初期設定に問題があったとしたら、どうしよう。

相手は、本当に、彼なのか。

また、ここに辿り着いてしまった。胸がザワザワし始める。電波が途切れた振りをして、私は静かに電話を切った。

だけどもう、後戻りはできないと思っている。それにもし、もしも、私の勘が正しければ、この計画は不本意なかたちで一気に進むことになるだろう。

でも、きっと大丈夫。リビングを埋め尽くすまみちゃんの家具を見渡しながら心からそう思った。ここ数年で、洋服でも家具でも小物でも、かわいいなって思ったらすぐ急ぎ足で店の前を通過する癖がついた。その一方で、ちょっとでもかわいいと思ったものはすべて男の人に買ってもらえる女だっている。超が付くほど真面目に人生を歩いてきた私を、神様は見ていてくれたはず。時代を超えて人々に愛され続ける古典的な物語の中で、最後に笑うのはいつだって、努力をしてきた人間なのだ。

だからお願い――――。

ただの勘違いであることを神様に祈るような気持ちで、でも万が一の場合を一度頭でシミュレーションしてから、トイレのドアを中から閉めた。

「これって、カルマかなんかなの？」

ライムグリーンの大きなソファに寝転んで、巨大な〝カオス〟を見上げてつぶやくと、目にたまっていた涙が横にこぼれて耳の中に流れ落ちた。

これまで、家族という名の他人によってぐちゃぐちゃにかき乱されてきた私の人生の舵を、自分で取りたいと思ってきた。そのために、絶対に失敗しないように、と慎重に進めてきた計画が、あと少しのところで空中分解してしまった。

幼い頃から悩まされてきた嫌な夢は、こんな未来の暗示だったのだろうか。

夢だから怖い目に遭うんだとばかり思っていたけど、逆だった。

五年越しの計画が一瞬にして狂ってしまった現実の中には、逃げ場がない。目を閉じても眠りに落ちることができず、私は長い夜を持て余した。私はソファに横になったまま、何時間もずっと、天井に両方の耳をくっつけて窮屈そうに立っているカオスの顔を下からぼうっと見上げていた。

しばらく流れていた涙もいつの間にか止まっていた。濡れたままの耳の中が時々むず痒かったけど、手で拭う気力すら湧かなかった。

胸の中にあったのは、泣き叫びたくなるような混乱ではなく、なにをどう考えていいのかも分からなくてぼーっとしてしまうという類いの、けだるく重たいものだった。

バルコニーのガラス戸をふんわりと覆った黄色いカーテンの向こう側が、少しずつ明るくなってきた頃、私は重たい体をやっと起こした。フラフラと左右によろけながらも部屋まで行って、机の上から二番目の引き出しの中から便せんを取ってきた。

カオスが静かに見守る中、私は、夢中になって、愛を綴った。「ありがとう」という言葉を文章の中に繰り返し書くたびに、頭の中の巨大なクエスチョンマークが少しずつ小さくなっていくような気がした。


ばばちゃんが死んだ後、ひとりぼっちになった私に寄り添っていてくれたのは他のだれでもない、あなただった。


ペンを置くと、部屋の中はすっかり明るかった。天井に吊るされた黒いシャンデリアの明かりが、外光と同化している。休むならそろそろ会社に連絡を入れないといけない。昨日早退したばかりだし、体調不良で休むと言えばいいだけだ。嘘ではないし、私が一日休んだところで会社は回る。それなのに、その、たった一本の電話を入れることに、ものすごいストレスを感じた。

〝現実〟から逃げ出した、パパのことを考えた。それから、死ぬまで逃げることができなかったママのことを思った。〝現実〟という言葉を〝私とまみちゃん〟に置き換えたら、泣きたくなった。そしたら「ごめんね」って謝りたくなった。

そのヒトの存在を初めて意識した自分に戸惑っていると、玄関の外で物音がした。

そういえば、まみちゃんがまだ帰ってきていなかった。お金がないからか最近はほぼ毎晩家にいたのに、どこに行っていたんだろう。

「まみちゃん、いるの？」

入ってくる気配がしなかったので玄関のドアを押し開けると、すぐに何かにぶつかった。狭い隙間から、地面に座り込んでいるまみちゃんの背中が見えた。

泣いているような気がしてとっさに顔を引っ込めた。しばらく黙って玄関に立っていると、突然ドアが外側から開けられた。バランスを崩して外によろけて出てしまった私と入れ違いに、まみちゃんが中へと入っていった。一瞬見えたまみちゃんの目が、真っ赤だったのでびっくりした。何かが、あったのだと思った。リビングへと入ってゆくまみちゃんの背中を目で追いかけると、歩くたびに床から浮くかかとの裏が、真っ黒に汚れていた。心配になって声をかけようと思った瞬間、まみちゃんが手に持っていたクマのぬいぐるみに目が釘付けになった。

「嘘でしょ。会ってきたの？」

キキちゃんをソファの上にちょこんと置いたまみちゃんの横顔を、思いっきり睨みつける。

「どうして？　どうしてそんなことができるの？」

私から逃げるようにバルコニーへと歩き、タバコに火をつけたまみちゃんを追いかけていって背中に言葉を投げ続ける。

「不倫なんて不潔だわ！」

「え、そうかな？」

そう言って煙を吐き出しながら私をまっすぐに見つめたまみちゃんの目から、涙がこぼれ落ちていた。泣き顔を見るのは、ママの葬式以来かもしれない。あの時、同じ種類の涙を流したはずの姉が、不倫しておいて被害者面して泣いている。

「そうかなって、なに？　ねぇ、一体、どうしちゃったのよ？」

エアコンの室外機が大きな音を立てて回り始め、熱風が足に吹き付けた。そのリアルな熱にあおられるようにして、昨日の夜に流れ出ていた涙の続きが、怒りと共に体の奥から溢れ出してきた。色んなことがごっちゃになった感情が一気に爆発して、すべての矛先が姉へと向かった。

「ねぇ、どうしちゃったのよ⁉」

まみちゃんの両肩を両手で力一杯摑んで、前後に激しくゆすりながら問いつめる。

「もし私が結婚して、だれかに旦那を取られたらまみちゃんはどう思うの？　ねぇ、どう思うのよ？」

大声を出した私を嘲笑うかのように鼻で小さく笑ってから、まみちゃんは私の腕を振り払った。そして、いつだって私が感情的になればなるほど冷静になるまみちゃんは、冷ややかな視線を私に向けた。

「取る取らないじゃないでしょう、男と女って。そもそも人は、だれのものでもないじゃない」

目の前に立つ姉とのあいだに、もう決して埋まらないかもしれないくらいの距離を感じた。

「それに、相手に子供がいるからその子が可哀想っていうのも、私は違うと思ってる。そういうのぜんぶ含めて、その子の宿命なんじゃないの？　私とあんただって実際そうだし」

ゾッとして、涙さえ、すぅっと奥へと引いていく。

「ここちゃんさぁ、世の中は正しさでは成り立たないんだよ。だって、考えてみて？　ばばちゃんはきっと、ママとパパに出会って欲しくなかったと思うよ。パパは、自分の娘を不幸にした男なんだから。でも、その結果生まれた私たちのことは大歓迎してくれてたじゃん。だから、そういうこと。正論をベースにしたそういう色んな矛盾で、世の中はできてる。分かる？　ここちゃんなら、分かるでしょ？　だって、」

そこまで言ってまみちゃんはププッと笑った。

「ここちゃんって絶対、私なんかよりスケベだもんね」

耳を、疑った。こんな時に何を言い出すのかと思ったら、なんなのそれ、「あんた、頭、おかしいんじゃないの？」。

自分でも驚くくらい低い声で、言葉が口から滑り出た。初めて、まみちゃんのことをあんたと呼んだ。それでも、まみちゃんは傷ついた様子ひとつ見せずに「だって、あれ、小説でしょ？　また、書いてたんでしょ？」とリビングのソファの方へと目線を投げた。

「違うよっ！　あれは、」

とっさに否定しながらも言葉に詰まった私の顔を、「なによ？」と覗き込んだまみちゃんの目はもう潤んでもいなかった。いつもの調子で、「いやぁさぁ～」と話し出す。

「外でセックスしてる女より、うちで本読んだり何か書いたりしてる女の方がずっとスケベだと思うのよ。妄想力だからさ、基本、エロって。でもねぇ、ここちゃんの彼氏が、ここちゃんのインナースケベを引き出せるほどの感性を持ってるとは思えないんだよねぇ。残念だねぇ。そのまま彼と結婚して子供産んで、ここちゃんのインナースケベは四十代後半で爆発すると思うよ」

「……何、言っちゃってんの？」

怒りを通り越して、唖然とする。

「だからさぁ、その時、ここちゃんがまだ不倫なんて不潔って言えるんなら、その時に聞いてあげるよ」

「私、まみちゃんのこと、軽蔑しそう」

「だからぁ、じゃあ、それも含めて、二十年後に、出直しておいで」

笑いを含んだ口調でそう言ってから、挑発的な目で私を見た。そして、すぐに言葉を返すことができないほどに傷ついた私に向かって、トドメを刺した。

「小説も、それくらい経験しないといいもん書けないって。そんなんだからプロになれないのよ」

姉の言葉は私の胸の中の一番柔らかい場所に突き刺さった。堰を切ったように、目から涙が落ちてきた。

どうして、今、ここで、それを引っ張り出してくるのだ。小説家を夢みていた子供時代なんてとっくに丸ごと葬り去った。今となってはそんなもの、石ちゃんにさえ知られたくない、こっ恥ずかしい過去のひとつでしかない。

大嫌い。

不倫を正当化するような女へと変わってしまった今も、姉はこういうところだけは昔から何も変わっていない。絶対に、他人に触れられたくない領域に、何の悪気も持たずにずかずかと乗り込んできては、ずたずたに踏み荒らす。

「なぁによ、その顔。だって本当のことじゃない」

そう言いながら姉が吐き出したタバコの煙をこれ見よがしに顔の前で払いのけてやった。本当は言葉で姉を傷つけ返してやりたいのに、それくらいでしか対抗できない自分が嫌でたまらない。

「ここちゃんはいつだって傍観者だよね。自分は傷つかないように一歩引いて、人の修羅場を見てるだけ。実際に自分の心から血を流してきた人間には勝てないよ?」

私の中で、何かが外れた。

「アハハッ!　笑える!　ねぇ、それってだれのこと?　あんた、もしかして自分のこと言ってるの?　馬鹿なんじゃないの!　っていうかあんたって本当に馬鹿だよね。頭悪いくせにつけあがるのもいい加減にしなさいよ。本を一冊も読み切ったことがないようなあんたに、小説の何が分かるっていうの。それに、私を脇役に追いやったのは何処のだれだと思ってんのよ、アハハ、あんたってほんと笑わせてくれる」

姉は眉間にわざとらしくしわを寄せて、泣きじゃくりながら笑う私を不気味そうに見つめている。私をここまでキレさせておいて、何そんなに怒っちゃってんの、みたいな顔してるあんたを今すぐにこてんぱんに傷つけて、次の瞬間にはもう立てなくなるくらい泣かせてやりたい。

「子供の頃からいつだって私は脇役で、私以外のだれかが起こしたドラマに巻き込まれてきた。傍観者だってあんたは言うけど、それがどんなに私の心を傷つけてきたのか、想像力のないあんたには分からないんだろうね。

じゃあいいよ、ひとつ教えてあげる。あんたがパパのこと殺すって泣き叫んだあの日、私、初めて生理になった。でも、だれにも言い出せなかったよ。ママはもう死んじゃっていなかったし、ばばちゃんもあんたもパパのことでいっぱいいっぱいになってたから、なんだか申し訳なくて言えなかった」

そんなことがあったなんて、思いもしなかったのだろう。唇をぽかんと半開きにして私を見つめる姉のマヌケヅラにほくそえむ。

私の傷で、あんたがもっと、傷つけばいい。

「数日間、パンツにティッシュを重ねてやり過ごした私の気持ち、あんたに分かる？　初潮のお祝いにお赤飯炊いてもらったあんたに、私の気持ち、分かってたまるか！」

初めてあの時のことを人に言った。風化させようと思ってきたあの時のミジメな気持ちが、私の過去の点として定まってしまったような感じがした。だれにも言わずに胸の中にしまってきた時間の分だけ肥大化していたその当時の辛さが、一気に私に襲いかかる。

パンツにティッシュを。もう一度胸の中で言ってみる。切なくて、悲しくて、あまりにも寂しくって、口に出したい言葉たちがどんどん胸の中に溢れてくる。一発でトドメを刺せるような台詞を探していたのに、自分の言葉は、姉ではなく私自身をぼろぼろに傷つけた。

「でも、でもそれは仕方がなかったこととして、受け入れ、た。マ、ママが、死んじゃって」

何度も言葉が涙で遮られてしまう。そのたびに呼吸が乱れて苦しくなった。それなのに、目の前に立つ姉は、泣いてもいない。

自分の涙にむせ返るようにして咳き込んでしまった私の背中をさすろうとして、姉が腕を私の方へ伸ばしてきた。その手を思いきり払いのけて、叫ぶようにして言ってやった。

「ばばちゃんも、あんたも、私も、とんでもなく傷ついていて、その想いは、同じだと思ってきたから。それなのに、どうして、どうして不倫なんかできるの。あの時の気持ち、どうやったら忘れられるの？」

「忘れられるなら、忘れたいくらいだよ」

姉の頬に、すうっと一筋、涙が伝った。

「春人と別れたのは彼に子供ができたからだし、章吾ともう二度と会うことはない」

まみちゃんは強い口調でハッキリと言った。

膝の力がすっと抜けて、私はへなへなとバルコニーの床に座り込んでしまった。強い日差しに照らされていたアスファルトが素足にあたたかく、涙でぼやけた視界の中に、まみちゃんの真っ黒に汚れたかかとが見えた。

「でも、それが私の〝正義〟だからとか、そういうんじゃないし、章吾にはそれが私の〝主義〟だとか何とか言ったけど、本当はそれもちょっと違う」

喋りながら黒いかかとを左右交互に持ち上げて、まみちゃんはフェンスの方へと移動した。

「ただ、見ず知らずの子供を傷つけてしまう一生もんのリスク背負ってまで、欲しいと思えないだけ。そこまでは惚れてないってだけのはなし。

あの人、私たちからパパを奪った、あの女。ずっと憎んできたけど本当は、そんな価値もないくらいのただの馬鹿だと思うのよ。だって、パパが、こんな風に他人に恨まれてまで手に入れる価値のある男だったと思う？

もっと言えば、そんな男なんていない。すべては女の勝手な幻想なのよ。しかもさ、そのことにだれよりも気づいてるのって実は本人なんだよね。そんなことぜーんぶ分かったうえでやってんだから余計にたちが悪い。この人しかいないって自分で自分を洗脳して、どこまでも暴走すんの」

遠回しに私を傷つけようとして言っているんじゃないかと疑ってしまうくらい、グサッときた。

「そもそもそんな存在自体が幻想なんだからどうやったって手に入らないのに、一生もがき苦しんじゃってさぁ、どいつもこいつも馬鹿ばっか」

あんた、どんだけ偉いのよ。自分だけは違うっていうその自信はどっからくんのよって言ってやりたかったけど、腕で目の涙を拭ってから視線をあげると、私に背中を向けてフェンスの前に立つまみちゃんも、同じように右腕で顔を拭っていた。それを見たら、意地悪な気持ちにはもうなれなかった。

顔面にあたる室外機の熱風が不快でたまらず立ち上がった。ほぼ同時に、バルコニーと部屋を仕切っている黄色いカーテンが、ぶわっと音を立てて宙を舞った。私たちの濡れた頬を乾かしにきたかのような突然の大きな向かい風は、涙の跡を擦ったばかりの頬にヒリヒリした。でも、後に続く小さな風は、生暖かくて、肌に心地よく優しくて、もっと泣きたいような気持ちにさせられた。

「私さあ、」

サラサラと、風に髪を揺らされながら、まみちゃんが言う。

「ママのこと可哀想って思うのやめたんだ。ママだって加害者だよ。被害者がいるとしたら、それは、私たちふたり」

「ママのこと、悪く言わないで」

「どうして？」

「もう、いないんだから」

「いるかもよ？　今ここに、いる気がするよ」

「………いないよ。いるなら、会いたい、話がしたいよ」

明け方、石ちゃんへの感謝の気持ちを一通り書き終えた後で、頭に浮かんできたのはママだった。

何も考えずにただただ思うままに言葉を綴っていたら、その手紙は、ママに問いかけるような文章で埋まっていた。リビングの中へと視線を向けると、何十枚もの便せんが、風にあおられ床の上に散らばっていた。

「………ねぇ、ここちゃん」

まみちゃんの方へと向き直ると、

「あんたは脇役なんかじゃないからね」

困ったような笑顔をつくって、まみちゃんが言った。

「人生の脇役は、男って決まってるのよ」

「………」

「だって考えてみて。パパは生きてる。でも、もう二度と顔も見たくないって私たちは思ってる」

また、まみちゃんは私のことを勝手に決めつけた。確かにそれは事実だけど、自分の意思でそう思っているというよりは、パパを憎んでいる女たちに育てられた結果そうなった。私が生まればかりの頃にパパは家に帰ってこなくなったらしいから、私が彼を嫌いになる理由としてはそれだけでも十分だけど、でも、自分の父親を好きになる権利すら、最初から私には与えられていなかったのだ。

さっき、まみちゃんがもっともらしく言い放った格言みたいのだって、所詮は彼女自身の主観に過ぎない。それなのにまたそれで私を洗脳しようとする。いつも、だ。姉は、常に私を自分の後ろに置きたがる。

「じゃあ、主役は、だれ?」

いて欲しい時にはいないのに、突然ひょいっと脇から顔を出して私の人生の舵までいたずらに取ろうとしてくる張本人に、言ってやった。姉のきょとんとした顔を見ていると、伝えたいことが伝わらぬもどかしさを感じてイライラする。

「まみちゃんは、私がどうして本が好きなのか分かる?　自分の意思みたいなものがまったく反映されないこの人生から、読んでいるあいだだけは逃げ出せるからだよ。どうして自分でも書き始めたか分かる?　主人公になりたかったからだよ。ママでもばばちゃんでもまみちゃんでもなく、私だけの物語が欲しかった」

そこまで言うと、また泣いてしまいそうになった。ただ、今鼻の奥をツンと刺激してくるのは、さっきとは違う種類の、切ない涙。

「でも、これから私、摑むから」

まるで自分に言い聞かせるように、私をまっすぐに見つめる姉に向かって言った。

「私は、違うから。まみちゃんともばばちゃんともママとも違うから。だから勝手に一緒にしないでよ。お願いだから、乱暴に一くくりにしないで?」

そう言って静かにまぶたを閉じると、頬にこぼれた涙が熱かった。

「確かに、ここちゃんは私とは違うよ。どうしてここちゃんは、私と同じ環境で育ったのに、結婚なんかに憧れられるの?」

本当に不思議で仕方がないって顔してそんなことを聞くまみちゃんが、むしろ私には理解できない。

「だって、子供の頃に手に入らなかったものを、大人になってから、自分の力で手に入れたいと思うのはフツウじゃない?」

「あぁ、じゃあたぶん、あんたにそういうフツウをあげたのは私だよ」

「え、逆だよ」

すぐに否定したけど、優しい視線を私に向ける姉に対して、あなたを反面教師のようにしてきたとはさすがに言えず、汗でべたりと張り付いた前髪を後ろにかき上げながら、私は大きなため息をついた。

「ううん。本当。いろんなことからあんたのこと、私、守ってきてる」

姉は、本当にそう思っているようだった。姉に、守ってもらったと思ったことなど一度もないのに。

「……もしかして、あのこと、言ってる?」

ひとつだけ、思い当たる出来事があった。でももしまみちゃんがそのことを指してそう言っているんだとしたら、勘違いもはなはだしい。

「まみちゃん、私のこと仲間外れにしてた同級生の女子のこと、脅したじゃない。あれ、まみちゃんにされたことの中で、ものすごく迷惑だったことのひとつ」

「ああ!」と言って急に笑顔になったまみちゃんを見て、びっくりした。あれは、私のその後の人生を変えた大事件だったのに、彼女にとっては懐かしい思い出のひとつなのか。

その、悪気のなさは、罪だと思う。


いじめと呼べるほどのものじゃなかった。同じ六年二組の五人組。私たちは、昼休みを一緒に過ごしたり、放課後にはその中のだれかの家で遊んだりする、いわゆる仲良しグループだった。そのリーダー格の女子に、私はあまり好かれていなかった。

そもそも、その時代の女子グループの〝仲良し〟とは名ばかりで、構成自体に無理があるのだ。最初から、私と彼女は友達でもなんでもなかった。ただ、名前の順が前後だったことで仲良くなったさっちゃんの幼馴染が彼女だった、という流れで私はそのグループに入ることになったのだ。さっちゃんはかわいくておもしろくて優しくて、みんなの人気者だった。そんなさっちゃんも所属する華やかなグループの一員として、私はダサすぎる、と顔ではなく派手さが取り柄のリーダーは思っていたようだった。

「ママと一緒に買い物に行った」と英字のたくさん描かれたカラフルな洋服を自慢してから「琴ちゃんのそれはどこで売ってるの？」と、だれの目にも手編みなことが明らかな私のカーディガンを話題にあげるような、意地の悪い女子だった。

大が付くほど嫌いだった。でも、一年間我慢すれば私たちは中学生になりグループは解散する。ただ、やり過ごそうと思っていた。あと、少しの辛抱だったのだ。

二学期も中盤にさしかかっていた、ある放課後。みんながうちに遊びにきた時に、私に両親がいないことについて、突然彼女が言及し始めた。私のことを思って聞かずにきたけど親友なんだからやっぱり何でも話して欲しい、というような言葉で、私から興味深いゴシップを引き出そうとしている感じだった。

話術のある子で、彼女の言い回しは、他の子たちの中にも当然あった好奇心を正当化した。親友という言葉を使って、彼女は他の三人にも〝知る権利〟を与えてあげた。

私の部屋のドアは閉まっていた。目の前には、ばばちゃんが出してくれたみかんが五つ、木でできた古いトレーの上に置いてあった。四人の視線が集まる中、私は怖くなって泣き出してしまった。さっちゃんには話してもよかったけど、他の三人には、特にその子には、絶対に話したくなかったからだ。

「私たちのことを親友だと思ってくれていないことにがっかりした」という内容の手紙を渡されたのは翌朝で、その放課後、私だけがその子の家には呼ばれなかった。

私が泣いた時、部屋のドアは閉まっていたし、ばばちゃんの前では絶対に落ち込んだ様子を見せないように気をつけていた。それなのにばばちゃんは私の変化にすぐに気がついた。その子が、私の悩みの癌であることも見抜いてしまった。そして、ばばちゃんは、私に直接話すのではなく、当時高校二年生だったまみちゃんに相談した。

どうしてよって、今でも思う。白いメッシュが無数に入った金髪で、ガングロで、荒れに荒れまくっていたまみちゃんなんかを頼りにしたばばちゃんのその誤った選択を、今でも私は悲しく思っている。

『てんめぇ、今度うちの妹泣かしたらてめぇのその犬、ブッ殺すぞ！』

当時のコギャルルックからすっかり綺麗なお姉さんへと化けた二十九歳のまみちゃんが、ドスの利いたヤンキー口調でその時の台詞を再現してみせた。

「な、なんなのいきなり……」

唖然として立ち尽くす私の前で、ひとりで自分にウケてケラケラと笑っている。

「全っ然、笑えないから」と言いながらも、呆れすぎて私も思わず噴き出してしまった。

「ごめんごめん。私もガキだったし、あれは確かにやりすぎたわよ。でも、私にとっての一番大事なもんを泣かすガキ相手に、どうやったら伝わるんだろうって考えたら、そいつにとっての一番大事そうなもんを引き合いに出すしか思いつかなかったのよ」

不意打ちで、一番大事だと言われ、気まずくなった。姉は、天然の魔性だとつくづく思う。だから常に、男の人から追いかけられるのだ。

そんな姉に、最愛のペットを殺すと脅されたその女子は、泣きながら担任に相談したらしい。嘘泣きだと私にはすぐに分かったが、ことを大きく捉えた担任は翌日、ばばちゃんを学校に呼び出した。

　応接間という部屋の中に初めて入った。どうしてこんなことになっちゃったんだろうって、混乱していた。喘息の発作が起きてしまいそうなくらい胸が苦しくて、心臓が痛かった。ばばちゃんが、まみちゃんに代わってその子と彼女の母親に頭を下げることでその場は収まった。が、どうやらその時、まみちゃんも学校に来ていたらしかった。

「琴子ちゃんのお姉ちゃん、すっごいギャルなんだね。びっくりした」

　そう言って私を見つめたさっちゃんの目は、キラキラしてた。

「隣にいた不良っぽい男の人、お姉ちゃんの彼氏なの?」

　今まで話したこともない女子が、さっちゃんの横から顔を出して私に聞いてきた。

「すっごい、かっこいい人だったよね」

「ね。お姉ちゃんも美人だった」

　ふたりはまるで、憧れの芸能人の話でもするかのように興奮しながら言い合っているのだった。

　まみちゃんのせいで何かとんでもない仕返しをされるんじゃないかと怯えていたのに、その一件以来、まみちゃんに脅されたその子までが私のことを見直したかのように態度を変えた。イケてる姉の存在が、何故か、私の地位をあげたのだった。

　突然、憧れにも近い感情を同級生の女子たちに抱かれて、ちょっと嬉しかった部分もあったけど、それ以上に私は人間不信になった。ばばちゃんが出したみかんには手もつけなかったくせに、まみちゃんに会いたいからってうちに遊びにきたがるようになったさっちゃんのことも、苦手になった。

だから、私の学校での人間関係を心配したばばちゃんから中学受験を勧められた時は、すんなり同意した。

急に決めたので勉強時間があまりなかったこともあって、私は唯一受かった中高一貫の女子校へと通うことになってしまった。もちろん、そのせいだけにするつもりはないけれど、青春時代に、まみちゃんみたいな彼氏ができることは一度もなかった。

そんな風にして私の人生の流れを変えた当のまみちゃんは、校門に一緒に来た彼氏と駆け落ちするようにして、その数週間後に家を出たのだった。

結婚願望がないと言い切れるのは、まみちゃんが常に男の人にモテ続けてきたからだと私は思っている。悔しいからそんなこと、絶対に口には出さないけど。

「もし、まみちゃんがお姉ちゃんじゃなくて友達かなんかだったら私、あの時点で絶っ対に、絶交してる」

代わりにもうひとつの本音を笑顔で伝えると、「えー、なんでよ？　アツいダチじゃん」ってまみちゃんは笑った。涙で流れたマスカラの黒が、頬全体にいくつもの筋をつけている。自分が今、子供に落書きされたみたいな顔をしていることも知らないで、

「でもさぁ、同じ母親から生まれたって、ものすごい縁だよね、私とあんた」

なんて、目を細めて感傷に浸っている。

ひと呼吸置いてから、「ねぇ、まみちゃん」と私が切り出したのとピタリと同じタイミングで「ねぇ、ここちゃん」と私を呼ぶ姉の声が重なった。「いつか、子供産んでよ」と続けたまみちゃんにびっくりしすぎて息を呑んだ。目の前で、急にガバッとTシャツをまくり上げ、裾で額の汗を拭いたまみちゃんは気づかない。

暑いからって、裾をそのままブラジャーの下に挟み込んでヘソを出したままの格好で、まみちゃんはやけに嬉しそうに話し出す。

「いるじゃん、たまに。甥っ子とか姪っ子のことチョーかわいがってる、母親よりもずっとオシャレな生涯独身の伯母さん。そういうの、そういうのが、私には合ってるかも」

「子供、産むよ。たぶん、今年中に生まれるんだと思う」

まみちゃんの顔から一瞬にして笑顔が消えた。

「マジ?」

目を大きく見開いたまみちゃんの顔を見て初めて、これは現実に起きていることなのだと実感した。

身に覚えがあるのは、一度きり。ちょうどゴムが切れていて、でも、終わりかけとはいえ生理中だったから大丈夫だと思っていた。あれは、まみちゃんがまだここに越してくる前の四月のことで、それ以来、生理がきていなかった。もともと不順だし、まみちゃんが越してきたストレスでまた遅れているだけだと思っていたのだけど、気づけばもう八月なのだった。昨日、気持ち悪くなって会社のトイレで吐いて初めて、もしかしたらと思ったのだ。

「鈍いよね。私らしくない。まみちゃんが来たことにすっかり気を取られてて、生理がきてないことさえすっかり忘れてた。でも、うん。九十九パーセント以上〝マジ〟って箱に書いてあった」

不安をかき消すように、わざとちゃかして言ったのにまみちゃんの沈黙が重たくて、なんだかすごく怖くなった。

「でき婚ばっかする芸能人のこととか、私、見下してたのに、」

また、ちょっと笑って言おうと思っていたのに、声が震えてしまった。

子供はいつか絶対に欲しいと思っていた。でもだからこそ、きちんと結婚をして環境を整えてから迎え入れるつもりでいた。そのために、そのためにも、早く結婚がしたいと思っていた。

「なのに私も、順番、狂っちゃった………」

いつもまみちゃんのだらしなさを注意している私がこんなことになってしまって、なんだかすごくばつが悪かった。

情けなくて、悔しくて、今にも泣いてしまいそうで、両手で顔を覆い隠した。強い日差しと室外機からの熱風とで暑いくらいなのに、まぶたにあたる指先がとても冷たかった。

「あんたどんだけ偉いのよ」

吐き捨てるように言ったまみちゃんに、今はやめて、と心の中で叫んでいた。今だけはどうか私を責めないで。顔を覆った両手を上にずらし、手の平をまぶたに強く押しつけた。

「自分で決めようだなんて傲慢よ」

「…………」

「私が姉で、あんたが妹。すべての順番なんて、神様が決めるのよ」

「…………ううっ」

意外な、愛あるその言葉に、胸を打たれて膝から崩れた。熱いくらいのアスファルトの上にペタリと座り込んで、両手を顔に押しつけたまま泣きじゃくった。

昨日から心の中をグルグルしていた濁った感情が、まみちゃんの優しさによって薄れてゆく。きつく閉じたまぶたの内側に、真っ白な正方形の紙が浮かんでくる。

ここは、あの、紙がぐちゃぐちゃになっちゃう夢の中。そこに、ヒールの高い靴を履いたまみちゃんがカツカツと歩いて入ってきた。しわが入り始めた紙を前にして震えている私を、とても不思議そうに眺めてまみちゃんが言う。

「紙がぐちゃぐちゃになった、から、なに？　別にそんなのどーーーーだってよくね？」

――――確かに。

心の中でまみちゃんの口癖をつぶやいて、顔をあげたら確信した。もう二度と、この夢をみることはないだろう。

「やっぱいなー！　なんか信じられないけど、想像するだけでもうチョー嬉しいんだけど！　男の子かな女の子かな、たぶん女の子だろうなー」

まみちゃんが、目をキラキラさせて私を見つめている。耳障りな音と共に回り続けていた目の前の室外機が、いつの間にか止まっていた。

二十五歳になったその日に、籍を入れた。また一から書き直した手紙で石ちゃんに妊娠したことを伝えると、驚きながらも喜んでくれて、今度は時間をあけずに返事をくれた。早い方がいいからとすぐに彼の両親にも報告し、私の誕生日に入籍しようと言ってくれた。

式はせず、それぞれ貯めていたお金は出産育児費用と新居の敷金礼金にあてることにした。家を買うのは、子供が生まれてから考えることになった。

まみちゃんが越してきた日の段ボール箱の数とは比べ物にならないくらい、私の荷物はとてもコンパクトにまとまった。家を出て行く日、まみちゃんはずっとバルコニーでタバコを吸っていた。「じゃあ行くね」って私が言ってもこっちを振り向かなかったのは、泣いているからだって分かっていた。

バルコニーのフェンスから外を眺めながら、「すぐに会いに行くから」って言ったまみちゃんの、タバコを持っていない方の手に私はあの時後ろから、右手を伸ばしかけた。でも、石ちゃんが見てると思ったら急に恥ずかしくなってすぐに引っ込めてしまったんだ。

本当は手を、つなぎたかった。

まだ、とても幼かった私に姉の手は、とても大きく感じられたことを思い出した。でも、薄くて華奢で、熱くも冷たくもなくて、サラッとしてた。いつも、ちょっと痛いくらい強く、まみちゃんは私と手をつないでくれていた。

ばばちゃんちに引き取られた、四歳くらいの頃の記憶。手の平に蘇る、当時の姉の、手の感触。それを自分の手の中に抱きしめるように、ギュッと拳を握って、私は石ちゃんと共に家を出た。

Chapter
4

Mami chan

9 months later

孤独って、
これ？

真っ白なフリルが何層にもついた小さなロンパースを見つけたら、思わず手を伸ばしていた。ガーゼのような柔らかな肌触りに、胸の奥がきゅっとなった。その指でタグをひっくり返し、値段を確認していると同年代くらいの女性店員に声をかけられた。この素材は、オーガニックシルクというものらしい。それにしても、この生地の面積に対して八千円は高すぎる。でも、

「きもちいいだろうなぁ、かわいいだろうなぁ」

自分以外の人間の服を手に、こんな風に心が躍り出すことがあるなんて知らなかった。

去年の夏の終わり、検診帰りのここちゃんから「男の子だった」という電話を受けた時も、私だけは赤ちゃんが女の子であることを知っていた。私が甥よりも姪を希望していたということではない。ただ、とにかく、うちは女系が強いのだ。

ばばちゃんは七人姉妹の末っ子で、それは、私とここちゃんのひいおばあちゃんが七人も子供を産んだのに、ひとりも男の子が出てこなかったということを意味していた。そのばばちゃんが産んだのも娘だし、その娘である母が産んだのも私とここちゃんなのだ。

だから、どんどんお腹が大きくなっていくここちゃんが準備していった赤ちゃんグッズが淡いブルー一色に染まってゆく中、私だけは密かにピンク色のおくるみを買ったりして、その日がくるのを待っていた。

予定日から一週間遅れて、陣痛からも三十六時間かかって、そのあいだに年が明けた。元日、ここちゃんは遂に出産した。

出てきたのは、女の子だった。

ここちゃんは、分娩台にぐったりと寝そべったまま石ちゃんと目を見合わせて驚いたらしい。家でひとりで待ちくたびれていた私は、やっと鳴った携帯を手にマンガみたいに飛び上がった。ほ〜ら、やっぱり！　だから言ったじゃん！　って思ったら、笑いが止まらなくなるくらい嬉しくなった。

そんな風にしてゆっちゃんは、生まれた瞬間から私をとても特別な気持ちにしてくれた。つけっ放しにしていた目の前のテレビが騒がしかった。

おめでとうございます。おめでとうございます。

ありがとう！　ありがとう！　ありがとう！

耳に入ってくる新年の挨拶が私にはすべて、ゆっちゃんの誕生を祝う声に聞こえていた。

産後一時間足らずの憔悴し切った声でも、ここちゃんは面会時間外だから明日来るようにと念を押すことを忘れなかった。でも、私はもう居ても立ってもいられなかった。この日のために集めてきたピンクやらレースやらリボンやら水玉やら豹柄やらを、白地にテディベア柄のギフトボックスいっぱいに詰め込んで淡いパープルのリボンをかけたゆっちゃんへのバースデープレゼントと、ママになったここちゃんのために用意したダイパーケーキ——真っ白な紙オムツと真っ赤なリボンでイチゴケーキ風に装飾されたものにした——を両腕に抱えて、玄関のドアを背中で押し開けたんだ。外に出ると、真っ黒な空から、ふるいにかけられた粉砂糖みたいな白い粉雪がチラチラと舞い降りていた。

ホワイトニューイヤーだ！　心の中で叫んだその言葉の音色に胸が弾んだ。

あぁ、なんて素敵な夜を選んで、生まれてきたんだろう。いったいどんな、子なんだろう。

頭の中に、ばばちゃんの真っ赤な手編みのカーディガンを着た、十歳くらいの女の子の後ろ姿が思い浮かんだ。妄想の中の彼女は、それくらいの年齢だった頃のここちゃんの記憶とシンクロしているようにも見えたけど、まだ出会ったことのないまったく知らない女の子。

それなのにこの子は、私の家族。ここちゃんの他にもうひとり、かけがえのない存在がこの世界に誕生したのだ。実感が、腹の底からぐっと込み上げた。

その子に早く会いたくて、一秒でも早く会いたい気持ち一心で、真っ暗な一本道をひたすら走った。大通りまで出ないとタクシーひとつ通っていないこの田舎が憎かった。吸い込む空気が冷たすぎて喉が切れそうだった。

だけど私は、あの時、雪の中を全速力で走りながら、人生のあまりの美しさに泣きそうだった。ようやくつかまえたタクシーに乗り込むと、オムツでできた巨大なケーキを手に抱えていることもすっかり忘れて、行き先の病院の名と共に、父親が危篤だなんていう嘘が口から滑り出た。

両脇が真っ暗な大通りを、ブッ飛ばすようにして進んでくれた。でも、窓からの眺めがネオンで明るくなるにつれて、速度を徐々に落としていった。カウントダウンの後で都心の道は混んでいて、飾りっ放しのクリスマスイルミネーションがキラキラと輝く目の前の景色は、なかなか変わってくれなかった。

もどかしさで苛立つ気持ちを抑えるように窓を開け、外の冷たい空気を吸い込んだ。吐き出した息が、外で白く濁っていた。身を乗り出すようにして空を見上げると、ビルとビルのあいだにできた黒い隙間はブラックホールみたいで、そこから舞い降りるぼたん雪が水玉模様のようだった。

元日に雪が降るのは、何年ぶりだと、言っていたんだっけ。これは積もりそうですね、という男の人の浮かれた声が、車内にうっすらとかかるラジオから聞こえていた。ゆっちゃんが生まれたのは、三十年間生きてきて見た中で一番、ロマンティックな夜だった。

「今の季節なら薄手のカーディガンと合わせて着ていただいてもかわいいですし、夏にはもちろん一枚で――」

店員はそう説明しながら、私が持っているのと同じロンパースを棚から手に取って、クルッとひっくり返して後ろ側を見せてきた。

フリルと一体になった肩ひもが後ろでクロスするデザインになっていて、そのひもの長さを三段階に調節するための小さなボタンが両脇についている。

ゆっちゃんの、マシュマロみたいに柔らかな背中の上で、真っ白なフリルがクロスする。想像しながらうっとりとため息を漏らした私を見て、「これうちにもあるんですが、着るとすんごくかわいいんですよ」と目を細めた店員が、「贈り物ですか？」とすぐに続けた。

そっか、ママには見えないか。ちょっとがっかりした自分に、胸のどこかがザワめいた。


「ありがとうございました」と頭を下げる店員に軽く会釈をしてから店を出ると、木々の緑の隙間から照りつけるオレンジ色の夕日が眩しかった。頭にのせていたサングラスをサッと目におろしたその手で、ここちゃんに電話をかけた。

発信音を鳴らす携帯を左耳に押しあてながら、スクランブル交差点の前で信号待ちしている人たちのあいだをすり抜けた。道玄坂へと続く、小さな横断歩道をタバコ屋の方へと渡る。

ほぼ毎日通っている道だけど、この時間の渋谷は久しぶり。ギャルブランドの紙袋を肩にかけた若い女の子の集団に、首から会社のビルに入るためのカードをぶら下げたサラリーマン、ベビーカーを押すママたちなど、深夜や明け方とは違う層の人々がガヤガヤと賑わう、夕方の空気が新鮮だ。

もう出ないかな、とあきらめかけた頃、発信音が鳴り止んだ。

「ねぇ、ベビー服のかわいい店を見つけたって前に話したの覚えてる？　いつも前を通る時間は閉まってるんだけど、今日これから早番でさ、通ったら開いてたから入ったの。そしたらチョーかわいい服見つけて思わず買っちゃったんだけど、近々届けに行ってもいい？」

ここちゃんの「もしもし」も待たずに一気に喋ると、ちょうど前を通りかかった宣伝カーの爆音にここちゃんの声がかき消された。

「え？　なに？　よく聞こえない」

ゆっくりと目の前を過ぎてゆく、ド派手な衣装を着た色黒の男たちの写真を眺めながら声を張り上げた。

「高いのは買わないでいいからねって言ったの」

なんとか聞こえたここちゃんの声は、どんよりと曇っていた。

「なんでよ？　もしかして、迷惑？」

んなわけないじゃん、金持ちでもないのに一万弱するシルクのお洋服を買ってあげちゃう伯母ちゃんなんて、私以外に何処にいんのさ。

「違うよ。嬉しいけど、でも、どんどん大きくなってすぐ着れなくなるからもったいないよ」

別にいいじゃん私の金なんだから、と言おうと思ったけど、去年借りた七万をまだ返していないことを思い出してやめた。きっと、ううん絶対、ここちゃんもそのことを覚えている。けど、言ってこないのは、それ以上の金額を既に私がゆっちゃんに貢いでいるからかも。そんなんだから一年経っても返す金が貯まらない、というのも本当だけど、現金を渡すよりゆっちゃんへのプレゼントを買う方がずっと楽しいのだから仕方ない。

あ、もしかしたら私のそういうところが迷惑なのかもしれない。

「ここちゃんち、いつ行っていいの〜?」

109《マルキュー》の左脇を通り過ぎ、道玄坂をぐんぐん上がりながらわざと甘えるような声で聞いてみた。

「結愛《ゆあ》と一緒に家にいるだけだから、別にいつでも」

淡々とそう答えたここちゃんの、何かが、私の中で引っかかる。

テンションがすごく低いのは、疲れているからか。声があまりにも小さいのは、ゆっちゃんが寝ているからなのか。いや、それは別にいいのだ。寝不足の日々がずっと続いていると言っていたし、そばで見ていても育児は想像していた以上に大変そう。ゆっちゃんが今せっかく寝ているのなら、そりゃあ起こしたくはないだろう。

私が気になるのは、ううん、気に食わないのはそこじゃない。ここちゃんが、娘の名前を呼び捨てにすることだ。

――結う愛、と書いて、ゆあ。

DQNネームだけは絶対に避けつつも、程よいオリジナリティと女の子ゆえのかわいらしさを求めてつけた名前が、結果的にその年に最も多くつけられた名前ランキングの十位以内にランクインしてしまったというところが、なんともここちゃん夫婦らしい。

せっかくあんなにも美しい夜に生まれたのに、それがまったく名前に反映されていないだなんてもったいない、と私は言ったのだけど、ここちゃんは私の話には聞く耳すら持ってくれなかった。とにかくひたすら、「名前は石ちゃんが決めることになっているから」の一点張りだった。

どうせ、妊娠中に読み漁っていた育児本の中にでも書いてあったのだろう。夫に育児参加を促すための有効な手段のひとつだと。自分が名付けたことで、父親にも自分の子供だという認識を芽生えさせよう、とかなんとか。

そんなのわざわざ本を買って読むまでもないくらい、そこら辺に既に出回りまくっているだれかの一意見に過ぎないのに、ここちゃんは、そういうものをいちいちバカが付くほど真剣に信じ込むところがある。何故、自分の経験を無視して、活字になっているという理由だけで他人のぼやきを信じることができるのか。

私に真実《しんじつ》の子という名前をつけたパパが大嘘つきで、育児に参加するどころか他に女をつくってどっか行っちゃったことや、琴を習っていたママがその音色を、琴の子と自分で名付けた下の娘に一度も聞かせることなく死んじゃったことこそ、真実なのに。

でも、ママが私たちを「まみちゃんここちゃん」って呼んでいた優しい声だけは、今も私の耳の中に残っている。妹のことを「ここちゃん」と呼び始めたのは五歳の私だった。ママはそれをすごく気に入って、すぐに自分もそう呼び始めてくれたことが幼心に誇らしかった。「琴子がここちゃんなら、ママは真理子《まりこ》だからまこちゃんになるし、真実子《まみこ》もまこちゃん。ママとまみちゃんはおんなじだね」

ママが、まだ赤ちゃんだったここちゃんを腕に抱きながら、愛おしそうな目線を私の方に向けてそう言ってくれた時、パパがつけたというだけで不満だった——どうしてママがつけてくれなかったのって思っていた——自分の名前を、私は初めて好きになった。

そして、ママがいなくなった後、私たちのことをママが呼んだのと同じように「まみちゃんここちゃん」と毎日何度も呼びかけながら育ててくれたのはばばちゃんで、ばばちゃんは名前を愛子といった。それを初めて聞いた時、「ばばちゃんはあこちゃんだね」って、私は得意気に言ったらしい。

そんな私たち家族に新しく生まれた赤ちゃんのこと、ゆっこちゃんって呼びたかった。だからあの夜、「雪子がいい」と私は言った。

力を入れすぎてしまえば壊れちゃいそうなくらいに小さくて、小指の爪なんて1ミリに切ったセロハンテープみたいに脆くって、くっきりと長い切れ込みが入っただけの目はまだ開いてもいなくって、でも、確かな重みと、白い布越しにも伝わってくるほかほかとした体温を持つその子を、初めてこの腕に抱きながら。

古風な名前だからこそ今となってはきっと品よく個性的で、由来もすごくシンプルで、音もかわいいし、まみちゃんここちゃんゆっこちゃんってなんて素敵なのって、話しながら自分の言葉に興奮していたら、

「やめてよ」

となりのベッドで横になっていたここちゃんは苦笑しながらそう言った。生まれたという報告を受けてからずっと頭の中に流れていたメロディが、その時プツッと鳴り止んだ。

私たちに共通する「子」を、ここちゃんが産んでくれた特別な女の子につけたいと、強く願った私の気持ちは、出すぎたものだったのだろうか。何故、私たちの歴史なんて知りもしない、わずか数年前にどっかからひょいっとやってきたような男に、自分が命を懸けて産んだ子に名付ける権利

をそのままあげてしまうのか。

もちろん、父親だからだと言われてしまえばそれまでだ。頭では理解はできても、納得がいかなかった。だれかに愚痴ったところでだれにも同情してもらえないだろうなと思ったら、悔しくてたまらなかった。

でも、もういいのだ、それは。私が思っていた名前と「ゆ」は一緒だし、勝手にゆっちゃんって呼ぶことにした。ただ、ここちゃんが結愛と呼び捨てにするのを聞くたびに、静かに傷つく自分がいる。きっと、旦那がそう呼ぶから、ここちゃんもそう呼んでいるのだ。

この新しいスタートにすべてを賭けているように見えるここちゃんに、今までの私たちが共に歩んできた人生を丸ごと否定されているような気持ちになる。寂しい。


「じゃあ、仕事終わったらその足で行く〜」

胸の中のモヤモヤをかき消すような明るい声で言ったのに、「え？　今日⁉」と聞き返された。ゆっちゃんが生まれた直後、「石ちゃんとふたりで育児するペースをつくってるとこだから」という台詞でキッパリと外にはじき出されたことを思い出したら更にムカついた。

はぁ？　むしろなんで今日じゃねぇんだよ。いつでもいいって言ったのそっちだろうが。

喉まで出かかった言葉をぐっと呑み込み、ゆっちゃんへのプレゼントをひっかけた指で髪を後ろにかき上げた。短い髪に、指がまだ慣れていない。

「十時過ぎには終わるから、そのまま行くからね」

強引に言い切ってやった。反応がないのでそのまま切ってやろうと思ったら、

「ありがと、まみちゃん。助かる………」

疲れが滲み出た弱々しい声で、ここちゃんが言った。意外な反応に、調子が狂う。そんな風に私を頼りにしてくれるなんて、数ヶ月前のここちゃんからは想像もできないことだった。

「今日、石ちゃん仕事で遅くなるって言ってたから」

気づけば緩んでいた頬が、その余計な一言で引きつった。

そんなにも旦那が生活の中心にいるのならもういっそ、ご主人様とでも呼べばいい。なに、旦那のことだけちゃん付けで呼んでんだよ。しかも、苗字だし。ていうか自分だってもう、石ちゃんのくせに。

「じゃ、終わったら適当に電話するわ」

言いながら、交番の角から道玄坂に宣伝カーが入ってきたのが見えた。こっちに近づくにつれて、そこから鳴り響く甲高い女の声もどんどん大きくなる。ここちゃんに私の声が届いたか分からなかったけど、もう一度言う気になれなかったのでそのまま通話を切った。

バーへと続く目の前の階段を下り始めると、背中に殴りかかるような音量で一気飲みコールが聞こえてきた。否、コールをそのまま替え歌にした高収入バイトの宣伝ソングだ。うざいにも程がある。巨大な車体に丸ごと印刷されたキャバ嬢チックなギャルの笑顔がパッと脳裏に浮かんだが、振り返るまでもなく音はどんどん遠のいていった。若い女たちがうじゃうじゃいるスクランブル交差点方面へと走っていったのだろう。

何故だろう。そう思ったら、眉間にグッと力が入った。

高収入バイトのターゲットから、外れて初めて見えたこの現実を、先輩ヅラして教えてやりたい。109《マルキュー》からの買い物帰り、宣伝カーに載っているドデカいQRコードに携帯をかざしちゃったりするギャルがもし、実在するなら、その子らに。

キラキラしたあんたたち限定で、特別に用意された、甘い罠。そこには、暗い闇もセットでついてくる。その果てに落ちることだけは免れたとしても、ね。得ばかりしているように錯覚しているあいだにどんどん過ぎてゆく時間そのものを、大損こく。

若いうちにラクをしたツケを支払うしんどさは、約十年の時差を持って襲ってくるんだよ。目尻にかけて0・2ミリずつ長くなるまつエクを施したって隠せない、小さな笑いじわを鏡の中に見つける頃、あんたらが〝将来〞って呼んでいた時期がきてしまったことに気づくんだ。まだなにも始めていないのに、青春はとっくに終わっている。残酷なくらい、月日はあっという間に流れ去る。

よいしょっと。

店のドアの前に置いてあった看板を両手で持ち上げ、脇に寄せた。階段の上に置いておいた荷物をもう一度手に取って、鍵を探るためにバッグの中を覗き込むと手にポタッと汗が落ちた。

働くって、こんなに大変なことだったんだ。もう三十なのに、そんなことすら知らなかった。

ドアを左手で押し開けたまま、右腕を高く伸ばして壁についたブレーカーをあげた。店の奥の天井についたシャンデリアが光り、店内がパァッと明るく照らされた。

営業中の薄暗い照明ではごまかせても、こうしてみると粗が目立つ。黒い絨毯の上にところどころ落ちている白い塵やら毛先のほつれやらの点を、線で結ぶようにジグザグと目で追ってゆくと、去年の夏、初めてここに面接に来た時に座った豹柄のソファに目がいった。

高級感を漂わせるつもりで選んだ家具なのだろうけど、雑居ビルの地下二階に位置するこの店のアングラ感を引き立てる結果に終わっている。たとえば、このソファの横の大きな鏡。アンティーク調のフレームの金メッキは骨董品どころか〝ドンキ〟っぽく、店の安っぽさに拍車をかけている。まぁ、渋谷というこの街には合っているし、ここのオーナーの彼女——あのギャル——が内装を担当したと聞いて納得した。財力のある男に気に入られたことで〝高い女〟を気取っている彼女の本質が、反映されたインテリア。うんざりする。

鏡に自分の姿が映り込んでいることに気がつくと、自然と背筋がスッと伸びた。かけたままだったサングラスを外しながら髪の短い自分を見て、だけど私は彼女とは違う、と強く思う。

先月、なんとなく伸ばし続けていた髪をバッサリ切ってショートにした。遂に、バーテンダーの見習いへと昇格したからだ。

もう、これ以上時間を無駄にできないという焦りが募る中、時給千円のウェイトレスとして働いた八ヶ月間はとても長く感じられた。辞めない限り、一生この中で飼い殺されるんじゃないかと何度も思った。でもそのたびに、あの明け方に飲んだ館さんのカクテルの味が蘇っては、私をここに引き留めた。

この店の中で唯一高級感を放っている人間がいるとしたら、館さんだ。彼は、一流ホテルのバーで二十年以上勤めていた経歴を持つ者らしく、いわゆる正装は求められていないカジュアルなこの店でも黒いボウタイをしめてカウンターに立つ。バーテンダーを絵にかいたような五十代後半のおじさまだ。店の雰囲気に吸い寄せられるようにして集まってくる若い客層の中で、彼の存在は浮いている。
　そんな館さんと並んでカウンターに立つことが許されたのだ。「明日からカウンターに入ってい
い」と佐々木に告げられた数分後には、髪を切るという思いつきに夢中になっていた。
　明け方に仕事が終わると、その足で開いている美容院を探して駆け込んだ。長い髪を切り落とし
た後の自分の顔がいまいちしっくりこないのはメイクと服のせいだと思ったので、ショップの開く
時間までそのまま渋谷で時間を潰した。そして、店を何軒か回った後で、オールインワンタイプの
黒いノースリーブのパンツスーツを一着ZARAで購入した。
　アイメイクはせずにまつエクのみにして、代わりに真っ赤なリップをつけて出勤した。更衣室で
買ったばかりのパンツスーツに着替えると、鏡に映った新しい自分の姿に満足した。それまでずっ
と履いてきたルブタンのピガールは、となりで着替えていたウェイトレスのアキちゃんにあげた
（人件費がかかりすぎている、といつも私に嫌味を言っているくせに佐々木がある日突然雇ったそ
の子は、色白で小さくて天然の、いかにも佐々木が好きそうな十九歳だ）。
　そして、この日のために前からロッカーの中に用意しておいた、フィリップ・リムの箱を取り出
した。ヒールの高さだけはキープしつつ、価格を四分の一以下に落とした新品の黒いパンプスで、
私は遂に、館さんが立つカウンターの裏に入ったのだ。
「しっかしこれじゃあ大女と小人だな、おい」

横一列に並んだ館さんと私の身長差を見て、すぐに佐々木がおもしろおかしく騒ぎ立てた。その一言で、感動もクソもなくなった。「おい、見てみろよ」と、佐々木に手招きで呼ばれたアキちゃんもさすがに頬を引きつらせていたが、私は苦笑いなんかじゃ流せなかった。

「館さんに、謝るべきだと思います」

キッパリとそう言うと、ぎょっとしたような顔で私の方を振り返ったのは、館さんだった。余計なことを言うのはやめてくれとでも言うように、思いっきりしかめた顔の前で手を左右に素早く振った。

あの時の、館さんの迷惑そうな顔が忘れられない。好きな人に拒絶されたようで、ショックだった。

館さんは数年前に前職をリストラされ、無職だったところを以前客として館さんを慕っていたオーナーに拾われたらしい。それを喋っていた時の佐々木のやけに浮かれた口調は館さんにとって不快だったはずなのに、その時も彼は黙ってグラスを拭いていた。

館さんのことを考えていたのにいつの間にか、鏡に映っている自分を見ながら、スタイルがよく見える角度まで上半身をひねって手を腰にあてていた。そんな自分に呆れながらも、唇を突き出して顔の表情もキメてみる。

やっぱり、買って正解。休日にわざわざ新宿まで行ったかいがあった。伊勢丹のカウンターでタッチアップしていた時に、イメージ通りの発色をする口紅を見つけた。

ADDICTIONのモンローウォーク。そのネーミングも気に入った。明るい赤だから、きちんと塗るのではなく、指でとんとんっと唇に数回叩きつける程度で色をのせている。うん、すごくいい感じ。

鏡の中の私は、デニムのショーパンとグレーのパーカにハーフブーツという適当な格好をしているのに、オシャレに見える。いわゆる美人顔ではないからこそ、十代、二十代はロングヘアと濃いメイクで派手に飾り立ててきたけど、ショートにした途端、頭が小さく見えることでスタイルのよさが強調された。全体の印象から女っぽさが抜けた分、赤い唇が品よく馴染んでいる。

どうして今までしてこなかったんだろうって思うくらい、短い髪は私の魅力を引き立てた。

「ひゃっ！」

鏡の中に突然映り込んだ人影に声をあげてしまった。飛び上がるようにして振り返ると、七：三でキッチリ分けた黒髪をジェルで固めた、いつもの館さんが入り口のところに立っていた。心臓がまだドクドクと脈打っている胸に手を当てながら、なんとか呼吸を整え、「おはようございます」と軽く頭を下げた。

告げられていた時間より、随分と早い出勤だ。昨日、カウンターの裏で鍵を渡された時は、信用されている証拠のように思えて嬉しかった。でも、やっぱり私には任せられないと思い直したのだろうか。初日のあの一件以来、館さんとのあいだにわだかまりのようなものが残っている。

でも、こちらの方にゆっくり歩いてきた館さんは、カウンターの前で足を止めて、「おはようございます。今日もよろしくお願いいたします」と、私なんかを相手に手を抜くことのない丁寧な挨拶をするのだった。そして、いつも必ず、だれもいないバーに向かって一礼する。館さんのスーツのパンツには、今日もピシッとセンタープレスされたラインが入っている。

「今日は本当にすみませんでした。お酒代は、私の給料から差し引いて頂いて構いません」

自分の素足に額が触れるくらい深く、頭を下げた。仁王立ちしている佐々木の威圧感よりもずっと、その一歩後ろにいる館さんの沈黙が、私には重たくて辛かった。

私が割ってしまったヘネシーは、館さんの馴染みのお客様がキープしているものだった。いつもフラッと来ては数杯飲んで終電までには帰っていく、四十代くらいの女の人だ。私がここに立つようになってからはまだ見かけていないけど、カウンター席に座ってひとりでブランデーを飲む女性は珍しく、その後ろ姿をホールからよく眺めていたので覚えていた。

「まぁ、一万六千円のVSOPでよかったな。XOだったら二万五千円だったもんな」

佐々木が下品な顔して笑っている。もともと減っていたところまで分量を細工して新品とこっそり入れ替えるつもりでいるのかもしれない。でも、それでは、嘘になってしまう。

昔働いていたキャバクラでは、当然のようにそのやり方でボトルを管理していた。ボトルの残り分量をメモしておいて、また来店した時にその量だけ酒を注いで出していた。それが普通だと思っていたので、館さんがどんなに在庫が増えようと、ボトルをそのまま管理しているのを見て感動したのだ。それは、ボトルキープの価値をあげる。

あると思うのだ。このお酒はここで、あなたのもとで、飲み切るという見えない約束のようなものが。また来る日まであなたが取っておいてね、という信頼と共に。

それを、私が途中で壊してしまった。

「どうせ男のことでも考えてぼーっとしていたんだろ」

佐々木の言葉はいちいちカンに障るが、返せるような言い訳も持ち合わせていない。十七時に開店してから私があがる二十二時になるまでのあいだに、バーカウンターに座ったのはたったの一組だけだった。手持ち無沙汰な状況に耐えられず、頼まれてもいないのに勝手にボトルを拭き始め、棚に戻そうとした時にバランスを崩してよろけて落としてしまったのだ。

「本当に、すみませんでした」

もう一度謝って顔をあげると、ずっと黙っていた館さんが私の目を見て言った。

「前から言おうと思っていたのですが、そのハイヒールで狭いカウンターの裏をばたばたと動き回られるのは、正直言って、邪魔です」

目を見開いたまま、しばらく瞬きすらできなかった。「明日からは、靴を替えてきます」やっとの思いでそう言うと、「ヒールのないものにしてください」とだけ言って、館さんはカウンターの方へと戻って行った。気色悪い笑みを浮かべて私を見ている佐々木に背を向けてタイムカードを押し、逃げるようにして店を出た。

「もう来なくってもうちは構わないぞ～」

階段を上がり始めると、背中の向こうから佐々木が茶化したような声を投げつけてきた。聞こえなかった振りをするために、急に駆け足になったりせず、目の前の段を一歩ずつ上がってゆく。

嫌いすぎてゲロ吐きそう。こんなにも人に嫌悪感を抱いたことはないかもしれない。それなのに毎日顔を合わせなきゃならないんだから、働くって本当にしんどい。

何故、人を見下すことにだけ長けたような下品な人間が、店長を任されているのかずっと疑問だった。オーナーが店に来た日の、佐々木の別人のような豹変ぶりを白けた気持ちで思い出す。自分に得をもたらす人間に対するあまりの媚びようは、もはや尊敬に値するくらいのレベルだった。

でもあの時、オーナーの目に〝変わった〟と映ったのは佐々木ではなく、私の姿だっただろう。最後に会った時は、ベガスの高級ホテル、ベラージオのプールサイドで彼の親友の背中に腕を回し、蛍光ピンクのビキニ姿でタメ口をきいてはしゃいでいた。そんな女が、自分が経営する店の中でも一番小さな渋谷のバーの、キッチンの床にしゃがみ込み、いっぱいになったゴミ袋をまとめていたのだから。

そもそもオーナーは私の様子を見に来たのかもしれなかった。でも、私に話しかけることなく早々と店を去ってくれた。かける言葉がなかっただけかもしれないけど。

オーナーと私のあいだに何かあったのだと勝手に勘違いして噂をまき散らしていた佐々木は、店の外まで出てオーナーを見送った後すぐにキッチンに飛んできた。私は意地でも顔をあげなかったけどニヤニヤとした目で見られているのは分かっていた。腹が立ったけど、そんなのはすべてどうでもいいと強い気持ちで自分に言い聞かせ、まとめたゴミ袋を持って立ち上がった。

そして、何もなかったような顔をして片付けを続けたけど本当は、あまりにも落ちぶれた私の姿がオーナーの口からすぐに春人に伝わるのだと思うだけで、気がおかしくなりそうだった。今すぐに奇声をあげてブッ倒れ、この汚れた床の上で死んでしまいたかった。でも私は黙って、ゴミ袋の底からポタポタとしたたり落ちていた茶色い液体――佐々木が夕方に食べていたカップラーメンの汁だと思う――を布巾で拭いていた。

そんな明け方だった。私服に着替えて更衣室から出ると、「一番好きなお酒はなんですか?」と館さんが初めて話しかけてくれた。

「エクストラアネホ」

一番を聞かれてとっさに思い浮かんだのは、皮肉にもベガスのプールで飲んだテキーラだった。ショットグラスにストレートでつがれたそれは、チョコレートのように茶色かった。オーダーを間違えられたと思っていたら春人に、これはテキーラを三年以上熟成させたものなのだと教えられた。

四人でグラスを合わせ、ライムと塩を含んだ口の中に流し込むと、テキーラのゴージャスな香りが口の中に一気に広がり鼻に抜けた。舌先がジリジリと痺れるほどに濃厚で、喉の奥が燃えるかと思うくらい刺激的な液体は、癖になるほど美味だった。

「そうですか」

更衣室前の狭い通路に向き合って立ったまま、私より随分と背の低い館さんが静かに言った。その淡々とした言い方に、カクテルの名前を聞かれていたのかもしれないと思ってもう一度考え直していると、館さんが顔をあげて私を見た。

「癖が強くて独特な味がするテキーラは、一番というくらいに難しいけれど、使い方次第で、それはもう、とても美味しいカクテルになる」

心が弱っていたからか、まるで、自分のことを言われているかのように感じてしまった。どこからか涙が込み上げてくるのを感じた私は、とっさに館さんから顔を背けてうつむいた。

ジジジッと、タイムカードに時刻が印刷された音がした。彼に続いて、私も押した。館さんはゆったりとした足取りで店の中に戻って行き、カウンターの裏側へ回った。そして、こちらへどうぞというように、私の目を見ながら、手の平をすっと目の前のカウンター席に向けてくれた。

その時、館さんがこっそりつくって出してくれたマルガリータは、私の一番を塗り替えた。


「あれ？　なんか私服だとイメージ違うね。あがり？」

階段を上がり切ると、エレベーターを待っていた男たちのひとりに話しかけられた。この通りの並びにあるクラブの関係者で、うちの店でよく打ち合わせをしている馴染み客だ。

「あ、まぁ、はい」

客だから失礼はないようにと思いながらも、うざかった。

「なんだよーせっかく今から行こうと思ってんのに。あ、じゃあこれ、この後よかったら来てよ」

手渡されたクラブイベントのフライヤーを一応受け取りながらも「今日は予定があるので」と断ったところでエレベーターが来て、男たちが丸ごと視界から消えてくれた。よかった。早くゆっちゃんをこの腕に抱いて、その温もりを感じたい。もし許されるならゆっちちゃんを抱きしめながら、声をあげて泣きじゃくりたい。

今から向かうと電話しようと携帯を取り出すと、メ——ルが二件入っていた。ここちゃんからのメールはたったの一文、断りの内容だった。悪いと思ったのだろう、最後に私の明日の予定を聞いていたが、返信する気にはなれなかった。どうせ、旦那が早く帰ってきたのだろう。もう一件は、春人からだった。そっちもたったの一言「会いたい」と。連絡がくるのは数ヶ月ぶりだったけど、それはもう、私の心を乱すことすらしなかった。

向かう先を失った私は、足を引きずるようにゆっくりと道玄坂を下った。斜め前の、坂を上がってくる女の子たちの集団はたぶん、さっきもらったフライヤーのイベントに行くのだろう。そんなことを思いながらすれ違うと、その中のだれかが、ジミー・チュウの新しい香水をつけていた。口紅を買った時に伊勢丹で、試香紙に吹きかけて持ち帰った香りだから知っていた。

手に持ったままだった携帯のアドレス帳をなんとなく開いた。そこに並ぶ名前を眺めながら下へ下へとスクロールしていったら、駅前に着く頃には底についた。千を超える番号が入っているのに、こんな時に聞きたい声が見つからない。十年以上同じ番号を使ってきたから変えられないと思っていたけど、こんなんならもう、変えてもいい。そうすればもう、春人からのメールも見なくて済む。iPhoneの上の自分の親指に目がいった。短く切られた爪は、未だに見慣れない。

香水は、ウェイスレスを始める時に、ネイルは、カウンターに立つことになった時にあきらめた。自分なりのケジメをつけて仕事に向き合っていたつもりなのに、邪魔だとまで言われてしまうと、裸の爪ひとつ見ても泣きたくなる。

明日からはこの目線も、12センチ低くなる。

夕方ここを歩いていた時は汗ばむくらいだったのに、ショーパンから突き出た太ももが寒くって仕方ない。

大勢の人で賑わう雑踏の中にいるけれど、今私が消えても、だれひとりとして気づかなそう。でも、それが寂しいとか悲しいとか思う感情すら湧いてこない。

孤独って、これのことかな。

無になった心を、予定のない時間の中で、思いっきり持て余す。手に持ったままだった携帯を、捨てるようにバッグの中に放り込む。

さっきからうっすらとカレーの匂いがすると思っていたら、スクランブル交差点の真横に新しくカレー屋ができていた。アイドルグループのガキたちが歌う陳腐なラブソングが、徐々にボリュームをあげて近づいてきていた。「ぼくが守ってあげる」という失笑ものの歌詞を爆音で鼓膜に突き刺し、宣伝カーは去ってゆく。

覚悟を決めて足をつけ、歩き始めた〝現実〟は、

私の孤独を、美化することすら許してくれない。

Chapter

4

Coco chan

正解は、
どれ？

光沢のある淡いパープルのリボンが、クルクルと宙を舞い、目の前でチョウチョ結びをつくってゆく。まるでスローモーションのような、優雅な動き。それをふしぎな気持ちで眺めていると、結び目が真ん中でキュウッと締まった。と、思ったらホンモノの小さな蝶々になった。それも、嘘みたいに鮮やかな、紫色をした。

瞬きすることも忘れて立ち尽くす私の前をヒラヒラと通り過ぎ、蝶々はバルコニーの方に向かって飛んでいった。

どこに行くの？　アイボリー色の小さなソファの上に裸足でよじ上った私が聞いている。これは夢なのかもしれない、と頭の片隅で考えながらも、一瞬の隙に見失ってしまった蝶の紫を白っぽい部屋の中に探していると、ブワッという音と共に、黄色いカーテンが部屋の中に入り込んできた。

ここは、実家のリビングだ。このソファは私ので、つまりはまみちゃんが越してきた時に捨てられたものなのに、あれはまみちゃんが持ち込んだカーテンだ。時間軸がおかしい、と思ったら急に何故だか怖くなった。自分のお腹に手を当てると、そこは既に平らだ。

じゃあ、結愛はどこにいるんだろう。血の気が一気に引いていく。どこかに寝かせておいたような気がするけどそれがどこだか思い出せない。なくしてしまったのかもしれない。

歯が、ガチガチと音を立てて震え始めた、その時、
ふぇっ。

耳のすぐ近くで聞こえてきた小さな音を合図に、パチリと両目のまぶたが開いた。コンタクトレンズが目の中で乾いているのを感じて瞬きをすると、来た。

ぶぅぇぇえん!!!

結愛の泣き声に、心臓が内側からビクッと飛び出したような勢いで上半身が起き上がる。自分で体を起こしたというよりも、こういう時、何かを思うより先に体が勝手に動くのだ。

「よ、よしよし、大丈夫だよ」

結愛をあやしながらも、自分自身に言い聞かせる。小さな体を大の字にして、結愛は全身で泣き叫ぶ。

「大丈夫だからね、今、おっぱいあげるからね」

結愛の上にそっと覆いかぶさるような体勢になり、お尻とシーツのあいだに左腕を差し入れてから右手で首の後ろを支え、自分の胸に抱き上げた。

柔らかな後ろ髪が、汗でぐっしょり濡れている。寒いといけないと思って毛布の上に布団をかけたのだけど、暑すぎたのかもしれない。

「あぁ、ごめんねごめんね」

腕の中で、目をギュウッと閉じながら苦しそうな顔をして泣いている結愛を見るだけで、申し訳

なさに胸が張り裂けそうになる。授乳用パジャマの胸のサイドについたボタンを指で外そうとしているのだけど、気持ちが焦って上手く外せない。

悲鳴のような叫び声に、既にパニックを起こしそうになっている私を更に責め立てるように、結愛の泣き声はその激しさを増してゆく。「よしよし、よしよし」と言い続けている自分の声が、どんどん荒くなっていく。

やっとボタンが外れた。母乳パッドをつけたブラジャーをずらして乳房を出すと、飲みやすい位置まで結愛を抱き直し、泣きながら大きく開けていた口の中に乳首を入れる。と、ものすごい勢いで吸い付いてきた。

その瞬間、泣き声がピタリと止み、深夜の薄暗いベッドルームに静寂が戻った。

トクトクトク、とハイペースで脈打つ自分の心臓の音が聞こえるようだ。結愛に泣かれると、その泣き声を合図のようにして体に緊張が走り、胸の奥がソワソワと焦り出す。

カチカチカチ、と実際に聞こえているのは壁にかかった時計の秒針の音で、見上げると深夜二時半を少し過ぎたところだった。前回の授乳からちょうど三時間ほどが経っている。寝かしつけたらシャワーを浴びるつもりでいたのに、どうやら一緒に眠ってしまっていたようだ。

あ、日付が変わったから、今日で満四ヶ月。

ふぅっと大きく息を吐きながら腕の中の結愛を覗き込むと、汗が額を伝って、自分の左まつ毛の上に乗っかった。

涙に濡れた丸いほっぺたを小刻みに動かしながら一生懸命おっぱいを飲んでいる結愛にそれが落

ちぬよう、首を横に向け、汗を肩で拭い去った。喉が、ひどく渇いている。暑い。

結愛のお尻を自分の太ももの上に置いて、そこに添えていた右手を外して枕の下からリモコンをたぐり寄せた。エアコンの設定温度を、二度下げる。

分娩台の上で、我が子の異変を察知するセンサーかなにかを体に埋め込まれたのかもしれない。本気でそう思うほど、結愛にまつわるすべてのことに対して、私はものすごく敏感だ。母親は、みんなそうなのだろうか。それとも、もともと神経質なところがある私だけが、異常なのだろうか。

寝落ちしてしまうくらい体は疲れているのに、そのセンサーは常に入りっ放しのため眠りは浅く、わけの分からない夢をみたりする。

そういえば、さっきも夢をみた。まみちゃんが出てきたような気がするけど、出てこなかったようにも思う。なんせ、寝ようと思って横になったわけでもないからいつ眠ってしまったのかの記憶もないし、三時間の睡眠も体感としては数分程度。出産でボロボロになった体を休める暇もなく、日々の過労が容赦なく積み重なっていく。


短大の友達が持たせてくれた安産のお守りの効果も空しく、超がつくほどの難産だった。予定日を一週間過ぎても自然に陣痛がこなかったので、促進剤を投与することになった。そこまでは、初産の妊婦には珍しくないことだと聞いていたので冷静に対応できた。

でも、薬が効いていざ陣痛が始まると、その痛みは想像を遥かに超えていた。声も出ないくらいの鈍痛に襲われ、腹部を丸めてベッドの上で海老のようになってじっと耐えていたら今度は、悲鳴をあげずにはいられぬほどの激痛へと発展してゆくのだ。それを何度繰り返しても出産に至るまでの本陣痛には繋がらず、その状態が三十六時間も続いたのだった。

もちろん、夜は薬の投与を止めて眠る時間を設けてくれたが、朝が来たらまたあの点滴に繋がれるのかと思ったら、恐怖で涙が出てくるほどだった。出産とはもっと、自然で神秘的なものだと思っていた。それなのにまるで、拷問を受けているみたいだった。

その間、石ちゃんは何度か会社に顔を出しに行きながらも付き添ってくれていた。怖いよ、と泣く私の手をずっと握っていてくれた。その温もりがあったから、目を閉じて、眠ることができたんだと思う。

本陣痛が始まってからは、そんなことを思う余裕なんてなくなった。それどころか、手に触れられることすら嫌で、分娩台の横のレバーを握りしめてひとりで痛みと戦った。最後の方は石ちゃんが部屋にいるのかどうかも認識できないくらいだった。

顔をあげ、血管が切れぬよう目を開けたまま最後の力を振り絞っていきむと、股のあいだからツルリとあたたかいものが滑り出た。

赤ちゃんの泣き声が病室に響き渡った瞬間、赤ちゃんが無事に生まれ、この地獄のような痛みから遂に解放されたことへの安堵感で、そのまま失神しそうだった。力尽きて分娩台の上に頭から倒れ込むと、石ちゃんに額にキスされた。あ、いてくれたんだって思ったことをうっすらと覚えているが、その直後に「女の子です」と言われた衝撃の方に感情のすべてを持っていかれた。

五ヶ月検診で男の子だと言われてからそう信じ切っていた私たちは、目を見合わせて驚いた。エコーの時にたまたま足のあいだにへその緒を挟んでいたんじゃないかしら、と助産師さんが話していたような気がするけど、それは石ちゃんが責めるような口調で彼女に何故かと聞いたからだと記憶している。

本当に死を連想させるくらいの痛みの果てに、赤ちゃんが健康に生まれてきてくれたことが、私にとってはすべてだった。それなのに、息子の誕生を心待ちにしていた石ちゃんは落胆ぶりを隠しきれない様子だった。というより、文字通り命がけで赤ちゃんを産み終えたばかりの私にも、隠すつもりがないようだった。

そのあまりの温度差に、私はあの時、傷ついたんだと思う。分娩台の横を落ち着かない様子で行ったり来たりしている石ちゃんを、視界と感情から、追い出すことに成功した。

早く赤ちゃんをこの目で見たくて、この腕に抱きたくて、起き上がることはできないながらも病室の中に赤ちゃんを探した。カンガルーケアを希望していたのに、だれも赤ちゃんを私の方に連れてきてくれないことが気になっていた。

「大丈夫ですよ。赤ちゃん、元気ですよ」

私の心境を察して声をかけてくれた助産師さんへ視線をやると、白い布についた自分の真っ赤な血が見えた。念のために状態をチェックしたいということで、赤ちゃんは病室の外に連れて行かれてしまった。

元気に生まれたのだからきっとすぐ会える、と何度も自分に言い聞かせながら、私はしばらくのあいだ、両足をバカみたいに大きく開いた状態のまま分娩台に仰向けになっていた。「ちょっとチクッとしますよ。痛かったら言ってくださいね」

先生があそこを縫っている時間が、とても長く感じられた。わざわざ伝えるほどの痛みは感じなかったけど、出産時に血もたくさん出たみたいだし、あそこがどれくらい切れてしまったのか気になった。でも、石ちゃんがいたから聞けなかった。

お尻の穴すれすれのところまで裂けてしまったらしい。ちゃんと治るから大丈夫だと先生は言ったけど、これは全治数ヶ月の大怪我だと思った。こうしてベッドの上に普通にお尻をつけて座れるようになったのも、本当につい最近のことだ。

結愛が吸っていない方の胸が、張ってきた。時計を見ると、左側のおっぱいをあげ始めてから十分近く経っている。そろそろ右も飲んでもらいたい。胸の中に母乳を持て余した状態が続くと、内側が岩のように硬くなってきて、ものすごく痛くなる。

左だけ飲んで寝られてしまったら、困ってしまう。でも、穏やかな表情でおっぱいを飲んでいる結愛を、一瞬でも乳首から引き離すのは可哀想なんじゃないかと思うと、なかなか右側のおっぱいに移せなかった。

そうこうしているうちにまた、まぶたが落ちそうになってきた。振り切れぬ睡魔に襲われ、意識が朦朧とし始めた。まぶたの外側が急に明るくなって初めて、目を閉じていたことに気がついた。

なにかと思って目を開けると、石ちゃんがドアを開けて寝室に入ってきたところだった。いないことにも気づかなかった。てっきり、ベッドの下に敷いた布団で寝ているとばかり思っていたが、そういえばいつものいびきが聞こえていなかった。

起きているのなら、石ちゃんにお願いしたいことがある。今、眠たくて仕方がないのだけど、それと同じくらい辛いのが、口の中がカラッカラに乾いていることだった。

「石ちゃん、」

呼びかけてから、そこに続ける言葉を、ぼうっとする頭の中で必死に考えた。

「ごめん、麦茶か何か、持ってきてもらえるかな？　喉がカラカラで…………」

「…………」

一瞬の間を置いてから、ドアのところに立っていた石ちゃんが何も言わずにキッチンの方へと戻って行った。

その、間ひとつに、ものすごく嫌な気持ちにさせられた。もし、私が逆の立場だったなら、労いの言葉と共に、当然のこととして麦茶の一杯くらいすっ飛んで取りに行くのに。どうして、こんなにも頑張っている私に対して何かしら不満があるかのような空気を漂わせ、なんで俺が、みたいな間をひとつ置いてから無言で歩き去っていくなんてことができるのか。私にはまったく理解ができない。

もしかして、朝から仕事があるのに、とでも思っているのだろうか。そんなこと言ったら、九時出社のために八時に起きる石ちゃんに対して私は、またあと二、三時間後には結愛と共に起きるのだ。産休中の私より、仕事をしている自分の方が疲れているると思っているのだろうか。そう考えただけで、腹の底からマグマのような怒りが込み上げてきたが、そんな感情に向き合う余裕がないくらい右側の胸がカチカチに張ってきた。

石ちゃんに対する苛立ちに任せて結愛の唇から乳首を一気に引き抜いた。ぶぅええん、と一瞬泣いたその口に右の乳首を突っ込むと、すぐに吸い付いた。ごくごくと中から母乳を吸い出されると、凝り固まっていた岩が少しずつ溶けてゆくようで、肩に入っていた力も少しずつ抜けてゆく。

「はい」

「ありがと」

受け取った麦茶を一気に飲み干すと、石ちゃんが開けっ放しにしたドアから入ってくる明かりが気になった。結愛は真っ暗な方がよく眠る。このまま寝て欲しいから一秒でも早くドアを閉めに行って欲しいが、石ちゃんはそのまま布団の中に入ってしまった。

「石ちゃん、悪いんだけど」

そこまで言って、泣きたくなった。彼が開けっ放しにしたドアを閉めてもらうだけで、どうしてこんなにも気を使わないといけないのだろう。この気持ちをそのまま口にすれば喧嘩になる。だから言葉を選んでいる。そこまでしているのに、石ちゃんはそれでも、私が何かお願いするたびに露骨に嫌な顔をする。それこそが、産後既に数えきれないほど繰り返している夫婦喧嘩の原因だった。

ここちゃんが大変なのは分かっているし、俺はいちいち嫌な態度を取っているつもりはない、と石ちゃんは言った。すべて、産後で精神的に不安定になっている私の被害妄想だと。その発言だけでも十分に私を傷つけているのに泣きながら訴えると、じゃあ俺は何て言えばいいの、と石ちゃんはうなだれた。そして、言ってくれればその通りにするから教えてくれよ、と怒鳴られた。

逆ギレされたことに絶望しながらも、一度自分を私の立場に置き換えて、私の気持ちを想像してみて欲しいとお願いした。が、そうしてくれている様子はどこにも見られない。

「ドア、閉めてもらってもいいかな？」

精一杯の優しい口調で頼んでみた。なにも、もう布団に入って寝ようとしている石ちゃんに意地悪をしようと思って言っているわけじゃない。それだけは分かって欲しい。今、私は授乳中で、麦茶にしてもドアにしても、自分で行きたくても行けないからお願いしているということは一目瞭然だと思うのだけど。

「………」

まだ、起きている気配だけを漂わせ、石ちゃんは私の言葉にピクリとも反応しなかった。おかしくなりそう。

どうしてそんなことすらしてくれないの？　結愛がこのまま起きちゃったら世話をするのは私なんだよ！

頭の中の声をそのままぶちまけられたら、どんなに楽だろう。でも、それをしてしまえば余計に面倒なことになる。だから必死だ。怒鳴りたい気持ちをなんとか抑えていると、石ちゃんはむくりと布団から起き上がりドアの方へと歩いて行った。

そして、パタンという大きな音を立ててドアを閉め、真っ暗になった部屋の中に消え入るような声で、嫌味たっぷりにつぶやいた。

「ねぇ、俺たち、いつするの？」

耳を疑った。それから、彼の神経を。

このショックをそのまま受け止めたらどこかが壊れてしまう。とっさにスイッチをオフにした。分娩台の上にいた時と同じように、石ちゃんという存在をシャットアウトした。

いつの間にか、結愛は乳首をくわえたまま腕の中で眠っていた。そうっと結愛の顔を胸からずらすと、濡れた乳首がツルンと抜け出て間抜けだった。結愛は口をぽかんと小さく開けたまま、すぅすぅと寝息を立て始めた。ベッドの上に寝かせようかと思ったけど、もう少し、この温もりを腕の中に抱いていたかった。

前髪と呼ぶには随分と短くて柔らかい産毛を横に流すように指で撫で、額にそっとキスをした。乾いた唇に、結愛の肌があったかい。口からは、ほんのりと甘いミルクの香りがする。この子が生まれてきてくれてよかったという想いを遥かに超えて、こんなにもしあわせな感情が用意されていたこの世界に、生まれてくることができたことに感謝する。

こんなにもかわいい存在を、私は他に知らない。我が子に対する母親の想いはまるで恋のようだと言うが、こんなにも愛おしい気持ちを恋と呼ぶのなら、私はこれまで恋を知らなかった。

あんなことを言った数分後に部屋中に響き出した石ちゃんのいびきが、不愉快極まりない。言葉で外に出さぬ分、怒りが、内側でどんどん肥大しながら沸騰し、はらわたがクツクツと煮えくり返る。本当は、もう今にも爆発しそうだからこそ、無理にでも意識を、結愛にだけ向ける。

朝になって、もし晴れていたら、エルゴで抱っこして買い物がてらお散歩に行こう。四ヶ月記念の写真も撮ろう。その写真をまみちゃんにメールしたら、きっとだれよりも喜んで、かわいいかわいいと褒めちぎってくれるだろう。想像するだけで、嬉しくなる。

ほら、気持ちが軽くなってきた。

夜のこの授乳時間が、精神的にも肉体的にも一番きついけど、昼間の育児時間を楽しめるだけの余裕は出てきた。三ヶ月を過ぎて首も据わってきた頃から、自分なりのペースをつかみ始めている。

結愛とふたりきりの方が、ずっと気が楽だ。石ちゃんに心を乱されたせいですっかり目が冴えてしまったけど、明日のために一分でも早く眠りにつこう。

結愛をそっととなりに寝かせるために前に伸ばしていた足を折り曲げた瞬間、あそこの縫い目が引きつるように痛んだ。それでも結愛を起こすわけにはいかないのでそのまま歯を食いしばってシーツの上に膝を立てると、ポタポタッと汗が数滴、結愛の額の上に落ちてしまった。

と思ったら、涙だった。

シーツと結愛の首のあいだからゆっくり腕を引き抜いた。すると、その微かな振動に敏感に反応した結愛が、おっぱいに吸い付くみたいにちゅぱちゅぱと唇を動かした。起きてしまったのかと一瞬焦ったが、結愛はまたすぐに口をポカンと開けて眠りについた。まだ乳首をくわえているつもりだったのかと思うとかわいくて、私は止まらなくなった涙を流し続けながらも微笑んだ。

マットレスを揺らさぬよう気をつけながら足を伸ばし、大の字で寝ている結愛の邪魔にならぬよう体を横にして寝そべった。結愛の寝顔に顔を近づけて、まぶたを閉じる。あたたかい寝息が鼻先にふわっとかかるたび、しあわせな気持ちで心が満ちる。

こんなにも小さいのに、いてくれるだけで心強く思えるのがふしぎだった。結愛だけが、この世界で唯一の味方のように思えてくる。

家を出ると日差しが暖かく、でもまだ少しヒンヤリとした午前中の空気が心地よかった。歩くたびに、ゆるやかな風が頬に当たる。腕の中の結愛も、風を感じるたびに気持ちよさそうに目を閉じたりしていた。結愛が快適そうにしていることが、何よりも私の心を落ち着かせる。

近所のスーパーに行く前に公園に寄って、ベンチに腰掛けた。結愛がエルゴと胸の隙間から顔を出しては外の景色を眺めていた。そのたびに結愛の目線になって、木の葉っぱが風に揺れてユラユラ泳いでいるみたいだねとか、あれは鳥さんだよチュンチュンって鳴いているでしょうとか、話しかける自分の声に癒された。

私の唇が動く様子がおもしろいのか、結愛は上目遣いでじっと私の口を見つめていて、ユラユラとかチュンチュンとか言うたびにニコッと笑ってくれた。それがもうたまらなく嬉しくって、公園を出てからも、黒い車がビュンビュンとか黄色い信号がチカチカとか、景色と照らし合わせて思いつく限りの擬音語を連発してみたのだけど、結愛は途中で飽きたのかもう笑ってくれなかった。そんな気まぐれな結愛に振り回されている自分がおかしかった。

大根の葉っぱが突き出したスーパーのビニール袋を腕に食い込ませ、エルゴの中でぐっすり眠っている結愛の重さを両肩にズシリと感じながら、帰り道をぐんぐん歩いた。今、私はしあわせだって、十分すぎるくらいに実感していた。信号待ちで立ち止まった時に向かいのクリーニング屋のガラス戸に映り込んだ自分の姿は、疲れた主婦そのものだったけど、額にかかった乱れ髪すら、私を誇らしい気持ちにさせた。

ずっと、こういうお母さんになりたいと思ってきた。今ドキのオシャレなママとかそういうんじゃなくて、全身から子供を第一優先にしていることが伝わってくるようなお母さんに、なりたいと思っていた。

ママはそういうタイプではなかったはずだ。写真でしか知らないけど、ママは、子供たちの匂いがしないどころか、高価な香水の香りが漂ってきそうな派手なタイプの美人だった。その顔がどことなく私に似ていて、それがずっと嫌だった。

石ちゃんにそっくりの寝顔に頬を近づけて、一緒に倒れ込むようにそっとベビーベッドに寝かせた。が、失敗した。泣いて起きてしまった結愛におっぱいを飲ませようとしても全力で拒否され、その後一時間以上、オムツを替えても何をしてもダメだった。もう、こっちが泣きたくなるくらいなのに、結愛はそれでも容赦なく泣き続けた。

すべてがスムーズにいっていた午前中の穏やかな時間が、ひっくり返ってしまった。エルゴの中でたっぷり寝てしまったからか、昼寝どころか夕方になっても一睡もしてくれなかった。そのくせ眠そうで、機嫌が悪い。

やっとつかみ始めたと思った矢先に、生活のリズムが指先からすり抜ける。この一ヶ月のあいだにもう何度も経験しているこの感覚に、脱力する。「よしよし、よしよし」と、あやす声も弱まっていく。

疲れた。

抱いたまま座るとぐずるので、もう何時間も狭い部屋の中をグルグルと歩き回っている。テレビの前のローテーブルの上には、昨日石ちゃんがポストから取り出して置いたままになっているチラシだらけの郵便物が散乱してる。その下にはたぶん、リモコンやらマンガやらがぐちゃぐちゃに置かれてる。見ているだけでイライラしてくるので早く片付けてしまいたいけど、昼間に買ってきた食材すらまだ冷蔵庫の中にしまえていない。結愛を抱きながらお肉や卵は中に入れたけど、しゃがむ姿勢が嫌だったのか途中でギャン泣きされてしまい、キッチンの床に置きっ放しになっているスーパーの袋からはまだ、大根が突き出ている。

容赦なく私を困らせてくる結愛と共に閉じ込められたこの狭い空間が、どうしようもなく散らかっているその事実が、私をどこまでも追い詰める。

綺麗好きなのはいいことだと思ってきた。今も思っている。でも、片付けたくてもそれができない状況になってみて初めて、まみちゃんの鈍感さを羨ましく思う。潔癖と呼ばれるこの性格が、まさか育児のハンデになるとは思わなかった。色んなことが急に分からなくなってきて、自分は母親に向いていないんじゃないかとまで思えてきて、あぁなんかもう、
死にたい。

本気でそれを望んでいるわけじゃないのにとっさにそう思ってしまったことがショックで、涙が出てきた。

今、だれよりもそばにいて欲しいのは、死んじゃったママだ。

結愛が大きな泣き声をあげ、私は静かに涙を流した。まるで、ふたりで一緒に、泣くというひとつの行為をしているみたいだ。そう思って目を閉じたら、耳を刺すような激しい泣き声が遠のいていって、ママの声がした。

「大丈夫よ。赤ちゃんは泣くのが仕事！　そのうち疲れて寝るわよ」

「こんなに泣いて、どっか痛いとかだったらどうしよう」

「おっぱい飲めてるし、大丈夫よ。ここちゃんもまみちゃんもよく泣いたんだから！」

目を開けたら、ここは散らかり果てた部屋の中で、結愛は泣き止む気配すらなくて、今、ここにいてくれないママを、憎いと思った。

「バッカじゃないの？　そういうところがいつまで経っても末っ子なんだっつーの。今はあんたがゆっちゃんのママなんでしょ？　しっかりしなさいよ！」

「うるっさいわね！　あんたに育児のなにが分かるのよ‼」

突然聞こえてきたまみちゃんの声に、頭の中で思いっきり言い返してやったら不思議と胸がスカッとした。

そうだ、私が結愛の変化に敏感なように、赤ちゃんも母親の精神的な乱れをすぐに察知してしまうと育児本に書いてあった。

「結愛、今日で四ヶ月なんだよ〜。そうだ、撮ろうよ。お写真。まみちゃんがくれたかわいいお洋服でも着てみようか〜？」

意識して明るい声を出し、結愛を抱いたまま寝室のドアを足で押し開けると、結愛の泣き声が少しずつ弱まっていった。

「これはね、結愛が生まれた時に、どうぞ〜って持ってきてくれたんだよ〜。よかったねぇ、嬉しいねぇ」

左腕に抱いた結愛に話しかけながら、大きな箱にかかった淡いパープルのリボンを片手で解いていった。

まみちゃんがくれた洋服は上からかぶるタイプの――つまりは首が据わってからでないと着せられない――ものばかりだったのでしばらく箱ごと飾っておいたのだけど、久しぶりに開けたら既にサイズアウトしてしまっているものもいくつかあった。

70だし、これならジャストだろうと、白地にネイビーの水玉が入ったカルピスみたいな模様のワンピースを選んで取り出した。ただ、袖のないキャミタイプのものを素肌に一枚で着せる勇気はなかったので、今着ているロンTの上から着させることにした。

「あれ？　ちょっときつい？」

ワンピを頭からかぶせて内側から腕を通そうとすると、上手く入らなかった。見た目以上につくりが小さめで、生地がまったく伸びない。肘の曲げ方が悪いのかと思って、もう一度腕を通そうとしたら、強く引っ張るようなかたちになってしまって結愛を泣かせてしまった。

すぐに脱がせようと思ってワンピをそのまま上に引っ張ると、今度は結愛の頭が襟口に引っかかってしまった。ストレッチが一切利かない硬い生地が、結愛の柔らかな頬に食い込んでいるのを見て血の気が引いた。突然視界を布で覆われてしまったことにショックを受けた結愛は、泣きすぎて声も出ていない。

こんなもの、もう二度と着せるかっ！

見た目重視でつくられたクソがつくほど憎たらしい服を放り投げ、パニック状態の結愛を抱き上げた。

泣き疲れて眠った結愛をベビーベッドに寝かせ、リビングに戻って椅子に腰をおろしてから、どれくらいの時間が経ったのか分からなかった。鳴り響いた携帯にハッと我に返って電話に出ると、それはまみちゃんからで、このタイミングでまさかの「ゆっちゃんに服を買った」という報告だった。

「すごくかわいいショップがあって」と興奮した様子で話してくるまみちゃんを傷つけないように、もう洋服はいらないというようなことをやんわり伝えながら、そんな自分に違和感を覚えた。

相手を怒らせないために、言葉を選ぶ癖がついていた。石ちゃんとの生活の中でついたものだと思うと、バカらしくなった。そんな石ちゃんに遠慮してまみちゃんの訪問を断り続けながら孤独を深めていた私は、バカだと思った。

もしかしたら、石ちゃんよりもまみちゃんの方が結愛のことが好きなんじゃないかと思うことがある。石ちゃんは自分の娘が生まれたという事実を頭で理解しているだけで、嬉しいとか愛おしいなんていう感情はまだ追いついてきていないように見える。「ゆっちゃん、ゆっちゃん」と結愛を呼ぶまみちゃんの声からは、新しい家族の誕生を喜んでいる気持ちが電話越しにも伝わってくる。

私以外の人が、結愛のことを心の底から愛おしんでくれているのを感じると、涙が出そうになる。

結愛に対する愛情をだれかと共有し合うことでしか、この疲れは癒されない。

まみちゃんが遊びにきてくれることが決まると、すぐに椅子から立ち上がって片付けを始めた。リビングが整頓されていくにつれ、乱れていた心も少しずつ落ち着いていった。

風呂場に膝をついて風呂桶の中を洗っていると、泣き声が聞こえたような気がした。シャワーを慌てて止めて耳を澄ましてみたけど、結愛は泣いていないようだ。

よく、空耳のように、結愛の声が頭の中に聞こえることがある。でも、やっぱり気になったので様子を見るため風呂場を出た。

ベッドの上の結愛を見た瞬間、心臓が止まるかと思った。結愛はまぶたを閉じて仰向けになったまま、口から大量のミルクを戻していた。死んでいるんじゃないかと本気で思い、濡れていた手のまま結愛をとっさに抱き上げた。目を覚ました結愛が、口の中にたまっていたミルクにむせるように咳き込んで、それからワッと泣き出した。体が、ものすごく熱かった。

まっさきに石ちゃんに電話した。数コール鳴ったところで出ないと判断してすぐに切り、その指で結愛を産んだ病院に電話をかけた。外来時間を過ぎているからなのか、何十コール待ってもだれも出ない。左腕に泣き続ける結愛を抱いたまま携帯を首に挟み、もう片方の手で病院に行くための荷物をまとめた。

やっと電話口から女性の声がして、「月齢も低いので念のため救急に来てください」と言われた時にはもうタクシーの中だった。エルゴと私の胸のあいだにすっぽりと挟まっている結愛は、すうすぅ寝息を立てていた。小さな額にそっと手の平を当てる。

「ちゃんと声を出して泣くこともできて、おっぱいも飲めて、今もぐっすり眠れているのなら、まず問題はないでしょう」電話を切ってからも、女性の言葉を頭の中で何度も繰り返して心を落ち着かせている。熱もないようだ。

薄暗いタクシーの中、私に身を預けて眠る結愛を見ていたら、自己嫌悪が加速した。

三ヶ月検診の時に聞いた、母乳の場合は飲む時に空気が入りにくいという言葉を、都合よく解釈しすぎていた。ゲップをさせなかったのは今回だけじゃない。おっぱいを飲みながら寝てしまった結愛を、そのままベッドに寝かせてしまうことなんてよくあった。やっと寝たのに、ゲップさせるために縦に抱き直すことで起こしてしまうのが嫌だったからだ。

救急外来は、子供たちとその母親たちで混み合っていた。ここにいるだれもが皆、我が子に対する必死な想いを抱いているんだと思ったらそれだけで目に涙が込み上げた。が、次の瞬間には、椅子にぐったりと横になっている三歳くらいの男の子を見て、その子の病気が結愛にうつってしまったらどうしようと思ってしまった。この中に充満している様々な菌から少しでも結愛を遠ざけるため、待合室の一番端っこに移動した。

昼間はあんなにも寝て欲しいと思っていたのに、結愛がずっと眠っていることが心配でたまらなかった。

何度か電話をかけても、石ちゃんはつかまらなかった。仕事中なのは分かっているけど、こんな緊急時にも連絡がつかないなんて、親としての自覚が足りなすぎる。でも、もしかしたらどこもそうなのかもしれない。その証拠に、ここにいるのは母親ばかりだ。と、思った矢先に、スーツ姿の男がひとり、すぐ真横の自動ドアから駆け込んできた。

「パパ！」

そう言ってこちらを振り返った女の子の、嬉しそうな顔から目が離せなくなった。額に貼られた冷えピタさえ、幸せの象徴のように私には見えた。その家族をチラッと横目で見るたびに、どうしようもない孤独を感じた。

今、伝えれば、まみちゃんは仕事を放り投げてでも来てくれる。そう思うことで、心細い気持ちをなんとか支えた。でも、だからこそ、そのことは伝えずに今日の約束をずらして欲しいとだけメールした。あのまみちゃんが、真面目に働いているのだ。私には言わないけど、相当無理もして必死になって頑張っているのだろう。私も、自分の足で立たなきゃ。

私が結愛を守っていく。石ちゃんの関心がこちらに向かない分、私がより強くなればいい。どうして連絡すらつかないんだろうと考え続けるよりも、頭の中から石ちゃんという存在をはじき出してしまった方が、精神的にずっと楽だ。

――とは思ってみたものの、そんな風に完全に割り切りながら生活を共にしていくのは、やはりほぼ不可能だった。「心配ないでしょう」と、結愛を診断してくれたお医者さんに言われた時は心の底からほっとしたというのに、家に戻るタクシーの中ではまた、何の異常もないのに病院まで連れてきてしまったことが果たして正解だったのかどうかで思い悩んでしまうのと同じように。

安心と不安、期待とあきらめ、日々、その繰り返し。

玄関のドアが開く音が聞こえてきたのは、結愛が二度目の眠りに入りかけていた時だった。添い寝した状態で壁にかかっている時計を見ると、深夜一時をとうに過ぎていた。

石ちゃんのこんなに遅い帰宅は初めてで、事故にでもあったんじゃないかと心配していたくらいだった。無事に帰ってきたと分かった瞬間、それまでの不安な気持ちが一気に怒りに変わった。

今すぐにリビングに飛び出して行って、この手で石ちゃんのワイシャツの胸元を摑んで顔を近づけ、どんな顔をして帰ってきたのか見てやりたかった。どんなに鈍い人間だって、幼い子を抱えた妻から履歴が埋まるほどに着信があれば緊急事態だと分かるはずだ。それをどうやったら無視できるのか聞いてやりたい。

父親失格。いや、それ以前に、人としてどうかと思う。

結愛が深い眠りに入ったのを確認し、ベッドからそっと起き上がったのとほぼ同時に、部屋の外からシャワーを出す音がした。

その瞬間、もう、顔を見る気も失せた。

今日私が、どんな思いで救急に駆けつけたのか。その前に今日、結愛に何があったのか。何ひとつ知ろうともせず、私たちの様子をここまで見にくることもせずにまず、シャワーを浴びるなんて。

昨日の発言に続いての、今日のこの行動。彼がどんな人間なのかが、完全に見えてしまった気がする。この失望を、自分の中でどうごまかせばいいのか分からない。今、本当は顔も見たくない彼と向き合ったとして、どこから話せばよいのか。どういう態度で、どういう言葉で何を伝えれば、彼は分かってくれるのか。それがまったく分からず、頭を抱えた。

今日の出来事を、「結愛がミルクを大量に吐いたので救急に行った」という過去形の一文にしてしまえば、その時の緊迫した状況も私の心情も何もかもが伝わらない。すべては過ぎたことであり、今ここで気持ちよさそうに眠っている結愛だけが、「でも大丈夫だった」という報告と共に彼の目に映るのだ。

そしたらきっと石ちゃんは、「そっか、じゃあよかった」みたいな軽いテンションで、シャンプーのいい匂いがする濡れた髪を気持ちよさそうにタオルで拭きながら、いつものようにテレビの前へと移動するのだ。その後ろ姿に向かって、もう三日間も髪を洗うことすらできてないことを私が言えば、「じゃあ今シャワー浴びてくればいいじゃん」と、彼は面倒臭そうに言うだろう。

結愛が生まれてから、もう何度繰り返してきたか分からないすべての流れが、ハッキリと見える。それをもう一度繰り返したところで、この恨みにも近い怒りの感情が、より色を濃くするだけなのだ。

ベッドの上に腰掛けて、結愛を寝かしつける時にするように、自分の胸を手で軽くトントン叩いてみた。こういう時、どういう対応が一番効果的なのかをできるだけ冷静に考える。

頭に浮かぶ選択肢は、三つあった。

一．彼にすべてを吐き出し怒り狂って泣き崩れる。

二．すべての感情を自分の中でシャットダウンして彼はもういないものとしてやり過ごす。

三．言葉を選びながら自分の気持ちを伝え、彼の人間的成長のために貴重な時間と体力を使って向き合う。

もう、ぜんぶやだ。特に、最後の。何度もやってみたけどこっちが消耗するだけでまったく意味なんてなかったし。共に子供を育てるパートナーであるはずの夫を、なんで私が一から育て直さなきゃならないんだ。石ちゃんが、私と結婚して実家を出たその日まで、彼を散々甘やかしてきた彼の母親に、この怒りは飛び火する。

子育て中の女の人が、夫のことを大きな子供がもうひとりいるみたいだと言うのを聞くことがあるけど、彼女たちはそれにどう耐えているのか聞きたかった。結婚には忍耐が必要だということも本の中でよく読んできたけど、それはこういうことなのか。このような我慢をし続けることで初めて得られるのが、私が幼い頃から夢みてきた家族というものなのだろうか。

また、答えの出ないところに行き着いてしまった。もう、自分の思考からも逃げ出したいと思ったら、考えれば考えるほどに覚醒していった意識がだんだん朦朧としてきて、まぶたが重たくなってきた。

シャワーの音が止まった。ということはもうすぐ、こっちまでパンツを取りにやってくる。そう思ったら、とっさに結愛のとなりに横になって目を閉じていた。


正解は、どれ？

あの時、寝た振りをしたところで記憶が消えているから、石ちゃんが部屋に入ってくる前に本当に眠ってしまったんだと思う。でも、その寸前に、そう思ったことを覚えている。

もう自分で考えるだけの余力がなかった。どうすればいいのか、だれかが教えてくれれば、その通りにするから、だから助けてって思っていた。

私が欲しいのは、パパとママがいて子供が笑っているしあわせな家庭。たった、それだけだったのに。

Chapter 5

Mami chan

捨てたいのは、
どれ？

冷たい。

となりに立つサラリーマンのビニール傘からしたたり落ちる雨水が、サンダルを履いた私の足の指を濡らしている。車内が揺れたタイミングで足を左側にずらしたら今度は、だれかの傘の先が刺さるようにして足首に当たった。

痛いので足を後ろにそっと蹴り上げると、だれかのパンツの布にヒールが引っかかった。すぐに足をさげて後方に向かって謝ってみたものの、車内に響き出したアナウンスに私の声はかき消された。

ドアが開くと、人の波に押されて私もホームの上へと流された。家を出た時にはまだ降っていなかった雨が、想像以上の激しさでバチバチと屋根を叩いていた。腕に抱えたプレゼントをしっかりと抱き直してからもう一度電車に乗り込むと、濡れた床に細いヒールがツルッと滑って転びそうになった。

さっきまでの混雑が嘘みたいに、車内は、渋谷を境にガランと空いた。発車時の揺れにまた転びそうになって、とっさにドア横の手すりにしがみついた。

ドアのガラスに額を押し当てると、ヒンヤリと冷たくて心地よかった。

反射して映る自分の顔を間近で見つめていたら、思い出した。あたりまえのように、タクシーで移動していた頃のこと。電車の乗り換えにはいつまで経っても慣れないし、雨の日の満員電車ほどに嫌なものなんてないから、当時の生活が恋しくないと言えば嘘になる。でも、それでも私は、あの頃の自分よりも今の自分の方がずっと好きだ。

何かにしがみつかなきゃ歩くことすらできなかったくせに、そんな情けない自分にも気づけずに、高い靴を履いて粋がった。きっとあの夜、デートの前に玄関で、履くことに決めていたルブタンを選ばなかった理由は、雨のせいだけではなかったと思う。

下りたかったんだ。まるで対等であるかのように、目線を彼と同じ位置へと持ち上げてくれる靴の上から。そうして彼より小さくなった私を、あとちょっとのあいだだけでも、守って欲しいと思っていた。

過去のズルさを認めることができるのは、あの頃よりずっと、心が強くなったから、だよね？　絶対に、そうだと思わない？

自分に向かって問いかけていたら、目の前に映っている自分の顔の上に、ばばちゃんの笑顔が重なって見えた。だれかに褒めてもらいたいと子供みたいに思うたび、浮かんでくる。

ばばちゃんの下がった目尻には、三本線が入っている。幼い頃、ばばちゃんの膝に抱かれながらよく指でなぞっていた。深くて優しい、ばばちゃんのしわ。ヒヨコの足みたいって思って、絵にもよく描いていた。

懐かしさを噛み締めながら目の前のそれに手を伸ばすと、ガラスの質感は指先に硬く、その冷たさが哀しかった。

まつ毛の先が触れるところまで顔を近づけ目を凝らすと、ちょうど駅のホームに入っていくところだった。乗車待ちの人たちの姿が次々と視界から吹き飛んでいくのを見ていたら自分が風になったみたいに錯覚した。

みんなして黒っぽい服を着ているのはどうしてだろう、なんて思ったけど、私も全身黒だった。ドアと胸のあいだに挟んだ真っ赤な袋をギュッと抱きしめた。それは袋越しにも、柔らかい。このコがゆっちゃんにとって、大事な存在になりますように。

外に出て広げた途端に、ばばちゃんの日傘がズブ濡れた。

夕方から雨になるという予報を聞いてふと思い出して、わざわざここちゃんの部屋のクローゼットの中から探し出して持ってきたのに。レースだという時点で雨に対応していないことに何故気づかなかったのか、自分でもバカだと思う。

フリルというフリルがすべて雨を吸収し、びっしょりと重たくなった日傘を細長いビニールに入れて、代わりの傘を買うために薬局に入った。ビニール傘はすべて売り切れていて、千円もする傘を買う羽目になった。

その大きな黒い傘と、ビニールに入ったばばちゃんの黒い日傘をドアの横に並べて立てかけた。言われていた通り、インターフォンは押さずにここちゃんの携帯にワン切りしてから、玄関の前で待っている。涙みたいな鼻水が流れてきたので、黒いジャケットの袖を鼻の下に押し当てる。

ここちゃんの新居は、駅から遠い。バスも出ているらしいが、駅前のロータリーに無数に並んだバス停を見るだけで迷子になったような気持ちになって、その時点で毎回乗る気が失せる。ここちゃんは「徒歩十五分」と言うけど、実際に今日は三十分くらいかかった。この雨の中、数時間後には今来た道をまた戻るのかと思うと、気が遠くなってくる。

それにしても、ドアの奥からは物音ひとつ聞こえてこない。ママたちの〝パーティ〟とは、こんなにも静かなものなのか。ヒソヒソ声で喋るだけの会なのかもしれない。すべてが未知の領域だ。

足元でクシャッと音がした。ビニールに入った日傘が、黒い傘にもたれかかるようにして傾いていた。まるで、カップルみたいだと思ったら、棺桶に入ったばばちゃんにもたれかかるようにして泣いていた、喪服姿の老紳士を思い出した。彼の顔をよく覚えていないことも あって、ここ数ヶ月間ほぼ毎日会っている館さんの顔と、記憶の中の彼のシルエットとが何故か頭の中で重なった。実際には、館さんの方が彼よりずっと若いはずだけど。

そんなことを考えていたら、鍵が外される音がして、ドアが少しだけ押し開けられた。その隙間に手を挟み込んでこちら側に引くと、焼きたてのお菓子と赤ちゃんのミルクが混じったような匂いがした。

「うわっ！　おっきくなったねぇ！」

ここちゃんに抱かれたゆっちゃんが目の前にいてびっくりした。小さな手にギュッと力を入れてここちゃんの白いカーディガンを摑みながら、目を丸くして、とても不思議そうに私を見つめている。ふっくらと丸い頰に、小さな涙の粒がポツンと丸いかたちをしたまま乗っている。かわいすぎる。

「出ようと思ったら、起きちゃったの。ね？」

そう言ってここちゃんは、優しい目線をゆっちゃんに向けた。そして、せっかく私を見てくれていたゆっちゃんに目隠しをするようにしてゆっちゃんの顔の前に手でひさしをつくった。

「まみちゃん、ごめんね。早くあがって」

なんて言いながら、外から入ってくる空気がゆっちゃんに当たっていることを気にしているようだった。

「ねぇ、六ヶ月ってこんなにおっきいの？　それともゆっちゃんがおっきいの？　もうそんな風に抱っこできるんだ。ってことは首とかもう据わったの？　ね、私も抱っこしていい？」

質問が止まらなくなった私を見て、ここちゃんはすごく嬉しそうにうふふと笑った。

「検診では平均だって言われたけど、結愛どんどんおデブちゃんになってきてるよねぇ〜。いっぱいおっぱい飲んでるからかなぁ〜」

ゆっちゃんに話しかけるようにして答えながら、ここちゃんは部屋の中へと入って行った。後ろから足を見て、痩せた、と思った。そのまま視線をあげると、やはり妊娠前よりも細くなったここちゃんの華奢な腰に、数ヶ月前に会った時からは見違えるほどお肉がついた、ゆっちゃんのムッチムチの足がぶらさがっていた。

なんだかここちゃんが、ゆっちゃんにどんどん吸い取られていっているみたいだ。

「これ」

ここちゃんに誘導されるままに洗面所で手を洗い、リビングの椅子に腰掛けてからやっとゆっちゃんの方に両腕を伸ばすと、ここちゃんに白い布を手渡された。

「あ、手なら拭いたから大丈夫だよ」

「違くて、上から着てもらってもいい？」

「え？」

ゆっちゃんを抱く気満々だった腕でそれをひろげると、それは大きめのTシャツだった。

「なんで？」

「だってまみちゃんタバコ臭いんだもん」

「……嘘でしょ」

「本当だよ。さっき玄関で思った」

「いや、そうじゃなくて……。ま、別にいいけどさ……」

とりあえずジャケットを脱ぎ「これじゃダメなの？」と中に着ていたTシャツを指差したが、ここちゃんは首を横に振った。仕方なく旦那のものと思われるTシャツを頭からかぶったら、急にムカムカと、今までためてきた怒りが込み上げてきた。

二ヶ月前に約束をドタキャンされてから何度か連絡したのに折り返しひとつなかったここちゃんから、久しぶりにメールがきたのは夜だった。結愛のハーフバースデーパーティをしたいからもし都合がよかったら遊びにきて欲しい、と。やけに遠慮がちな言葉遣いから、ここちゃんの私に対する気まずさが伝わってきた。だから私はここちゃんを責めることなくふたつ返事でOKし、出勤前にわざわざここまで会いに来た。

それなのに、臭いから着替えろって、なに？

「なんかしたくって、クッキー焼いちゃった」

ゆっちゃんを左腕に抱えたここちゃんが、右手に白い皿を持ってキッチンから出て来た。なんか言ってやろうと思っていたのに、香ばしくて甘い匂いに包まれてしまった。目の前のテーブルに置かれた焼きたてのクッキーは、いい感じにキツネ色の焦げ目がついている。ハート形とクマ形の二種類があって、それぞれが交互にかわいく並べられている。

「っていっても、結愛はまだ食べられないから、まみちゃんが食べてね～」

〝パーティ〟だと言っていたから私はてっきり、ここちゃんの友達も何人か来るのかと思っていた。でもどうやら、私だけみたいだ。

椅子の横には、まだ渡せていなかったオーガニックシルクのロンパースと、昨日の夜に自分で包んできた赤い紙袋があるけど、こんなんだったらもうひとつくらい、何かプレゼントを用意してくればよかった。

「ゆっちゃんは、幸せだね。ママにこんなによくしてもらって。ハーフバースデーなんてあるの、私、知らなかったよ」

クマの形をしたクッキーに手を伸ばしながら、友達がいないのかもしれない妹を気遣った。

「うちらの時はなかったよね～」

ここちゃんはそう笑ってから「足」と言って私の左足の上に組んだ右膝に視線を落とし、ゆっちゃんのお腹を私の方に向けてゆっくりと抱き直した。

「コーヒー淹れるから、抱いててもらえる？」

組んでいた足を戻し、「手は、どうすればいい？」と聞くと、「普通に支えれば大丈夫だよ」と言いながら、私の太ももの上にゆっちゃんのお尻をちょこんとのせた。抱き合うようにして小さな背中に両腕を回すと、ゆっちゃんと目が合った。泣かれるかもと思ったけど、ゆっちゃんは丸いほっぺたをニッと持ち上げて私に向かって笑ってくれた。

「もぉぉおっ、なんて、かわいいの～」

体が芯から溶けそうになって、

「ゆっちゃぁん」

名前を呼んでみる。

「伯母ちゃんだよ～」

私のまつ毛に、ゆっちゃんが手を伸ばしてきた。

「それはねぇ、まつエクだよ～」

ここちゃんは、そんな私たちの様子に安心した様子でスタスタとキッチンの方へと歩いて行った。ここちゃんの視線から解放されたその隙に、私はゆっちゃんをギュッと抱きしめたり、耳のあたりに唇を当てて、匂いをクンクン嗅いでみたりした。

石鹸みたいな優しい香りは、ゆっちゃんの髪の毛からなのか、綺麗に洗濯されたロンパースからなのか。おっぱいみたいな甘い香りは、ゆっちゃんのなめらかな肌からなのか、それともゆっちゃんが吐く温かい息からなのか。

フワフワの肌に触れながら清潔で甘い赤ちゃんの匂いを鼻から一気に吸い込むと、しあわせすぎてクラクラした。

ここちゃんがキッチンから出てきた気配を感じ、ゆっちゃんの首筋に擦りつけていた鼻をパッと離した。

「ねぇ、口元がよく似てる」

顔をあげ、ここちゃんを見て私は言った。

「そう？　石ちゃんにソックリじゃない？」

「……………」

ゆっちゃんのあまりのかわいさに夢心地だったのに、ここちゃんの一言で現実へと引き戻された。

なんなのそれって、前から思ってた。喜ばれると思ってあなたに似ていると伝えたのに、「いいや旦那似だ」と母親になった友達に言い返されるたびに。母親たちは、子供が旦那に似ている方が嬉しいものなのか。子供がいない私には分からないことなのかもしれないけど、ここちゃんにそう返されたのは不愉快だった。

「これ、熱いから気をつけてね」

ここちゃんはそう言ってコーヒーカップをテーブルの端に置いてから、私の目の前に来てゆっちゃんを抱き上げた。

「え、ここちゃんは飲まないの？」

「カフェインはやめてるの。完母《カンボ》だから」

「かんぼってなに？」

「完全母乳。粉ミルクは一切使わずにおっぱいだけで育ててるってこと！」

誇らしげにそう答えたここちゃんに対して反発心が芽生えたのは、ゆっちゃんを早々と取り上げられたからかもしれない。私だって、コーヒーなんかより、ゆっちゃんをもっと抱いていたかった。

「なんか前に子供いる友達が、完全母乳のお母さんたちがやけに誇らしげでムカつくって言ってたの思い出しちゃった。今のここちゃん、まさにそんな感じだったわ」

そう言ってアハハと笑った私の前で、ここちゃんの目つきが変わった。

「まみちゃんには、まみちゃんには、分からないかもしれないけど、」

震える声で名前を繰り返し呼ばれた時点で、やばい、と思った。

「母乳だけで育てるのって、すごく大変なことなんだよ？」

ヴォリュームを抑えたヒステリックな声が、ママにそっくりでビックリする。

「こうやってコーヒーを我慢するのもそうだし、自分が食べるものにいちいち気を使って、毎日頑張っておっぱいをあげてるの。どうしてだか分かる？　母乳が赤ちゃんには一番いいからだよ。それを誇りに思ってなにがいけないっていうの？」

座っている私を、ここちゃんは上から思いっきり睨みつけてくる。なにもそんなに怒らなくても、と思ったが、そんなここちゃんの腕にはゆっちゃんがしがみついているので、なんだかふたりから責められているように感じてしまう。

「ご、ごめん……」

ついさっきまでは、クッキーを焼いたりして〝いいお母さん〟をしているここちゃんのことを心から尊敬していたのに、急にちょっと意地悪な気持ちになってしまったことを私は謝った。こんな些細なことでも感情的になってしまうくらい、ギリギリの精神状態で頑張っている妹を、傷つけるつもりはなかった。

「ため息つきたいのは、こっちの方だよ！」

ここちゃんの声が飛んできた。うんざりしながら目線だけあげると、ここちゃんの目は真っ赤。あぁ、なんか、旦那にでもなった気分。子供の頃からここちゃんは神経質で生真面目で頑固だったけど、母親になったことで、それに拍車がかかっている。

「だから、ごめんねってば」

面倒なことになったと思いながらも、これ以上感情を逆撫でするようなことはしたくないので、とりあえずもう一度謝った。

「てか、なんで？　なんでわざわざそんな意地悪なこと言う必要があるの？」

出た。相手に謝られたことで、更に激しく泣き出す癖。ここもうんざりするくらい、ママにそっくりだ。これじゃ旦那も大変だろうな、と思ってしまう。

「意地悪っていうか、そんなつもりじゃなくてさ。私、ここちゃんにミルクあげるの好きだったのになって思ったの。ここちゃんは覚えてないだろうけど、私よく哺乳瓶でミルクあげてたんだよ？」

落ち着かせようと思って、話しながら思い出したことをそれらしく言ってみた。が、どうやらまた新たな地雷を踏んでしまったようだ。

「もしかして、ママ、母乳じゃなかったの？」

「知らないよ！　両方なんじゃないの？　分かんないけどさー」

めんどくせー、あー、マジでこいつ、めんどくせー。

口に出さないように何とか押し込んだけど、抑えきれぬイライラが声に滲み出た。

「つか、なんで？　粉ミルクあげちゃダメなの？」

まだ赤ちゃんだったここちゃんにミルクを飲ませていた時の気持ちを思い出したら、私まで感情的になってしまった。その時の気持ちを、大人になったここちゃんにだけは踏みにじられたくない。

「あんたは覚えていないだろうけど、私は覚えてるのね。ここちゃんのこと、すごく大事に思ってた。みんなでここちゃんのこと、かわいいかわいいって言いながら育てたんだよ！」

「ほら、ママにはばばちゃんがいたけど、私にはママがいない」

「は？　なにが？」

「結愛を産んでから、ママのことをよく思い出す。ママさえいてくれたらって、思わない日は一日もない。育児、本っ当に大変なんだよ。だから。でもそう思うたびに、ママもこんなに頑張って私たちのことを育ててくれたんだなって考えるんだけど、そうすると同時に、本当にこんなにしてもらってたのかなって疑うような気持ちも芽生えてくる。ママが生きていた頃から私の面倒をみてたのはばばちゃんだったんじゃないかって。だから、母乳ひとつでもショックだし、」

「つうかさ！」

もう聞いていられなくて、ここちゃんの話を途中で遮った。

「確かにママにはばばちゃんもいたし、私もいた。でもそれは悪いことなの？　ここちゃんはぜんぶひとりで抱え込んでるみたいだけど、そうやって育児をしてるここちゃんの方がママより偉いとか、そういうことなの？」

「私もいたって……」

「なによ？」

「その時まみちゃん、まだ五歳くらいでしょ？」

「だからなによ？」

「まみちゃんは一人前のつもりだったかもしれないけど、まだ手がかかる子供じゃない」

一体、なんなのよその、上から目線。

「じゃあ、もういいじゃん！　なんかよく分かんないけど、ママだって大変だったと思えればその怒りは収まるんでしょ？」

「そういうことじゃないよ」

「じゃあ、なにが不満なのよ？」

「分からない。自分でもよく分からないんだけど、ママが、今そばにいてくれないことに対して怒ってるのかもしれない。だって他のママたちはみんな産後に里帰りしたり、実家に帰ったり、お母さんに来てもらって手伝ってもらったりしてるんだよ。もう、羨ましいって気持ちを通り越して、それができないってことが私にとってはかなり切実な問題なの。まみちゃんにはただのわがままに聞こえるかもしれないけど、子供がいるママに言えば全員が全員、それは大変だねって同情してくれるくらいのことなんだよ、分かる？」

ムカついた。ここちゃんは今『母親になった』という最新のカードを使って、私より優位な立場に立とうとしている。末っ子だからか知らないけど、いつだってここちゃんは自分の方がオトナだということを私に分からせようと必死だ。

これは、ママも含めた私たちの、いつもの喧嘩のやり方だ。ママが私にしたように、私は自分の妹に、この手を使って勝ってきた。まだ相手には理解できないような内容をもって相手を黙らせるのだ。

まぁ、それが悔しい気持ちはよく分かる。だからこそ、ここちゃんは私にライバル心のようなものを持っているかもしれないけど、残念ながら私にとってはいつまでも、ここちゃんは私より小さな妹だ。子供ができようが、孫が生まれようが、生きている限りそれは永遠に変わらない。

「あんたには分かんないって勝手に決めつけといて、分かるかって聞かれても困るんですけど」

ひとりでヒートアップしている妹に、顔色ひとつ変えずに言ってやった。そんな私の冷めた態度がいつものように火に油を注ぎ、更に激しく怒り出すのかと思いきや、ここちゃんの目からは既に涙が引いていた。

「なんで、なんで死んじゃったのよ？」

こっちを見ているのに何も見えていないかのような、うつろな目をしてここちゃんがつぶやいた。

「でも、結愛ができて、もっと考えるのは、幼い子供たちを残して死んじゃったママの気持ち。どんなに、どんなに悔しかっただろうって思うと……」

言葉を失ったのは私の方だった。

この秘密はこのまま一生、妹には告げずに墓場まで持っていく。それが正解なのだと改めて思ったら、その重さに引きずられるようにして気持ちが沈んだ。もう、ここちゃんの目を見ることができなかった。

雨粒が窓ガラスを叩きつけるような音が聞こえている。目の前の皿に手を伸ばし、ハート形のクッキーを選んで口に運んだ。バターの香りが強くて甘さは控えめな、いつものここちゃんのクッキーの味がする。

腕の中でグズり始めたゆっちゃんを揺らしながら、喉のどこから出しているんだと思うくらいの優しい声で「ごめんねごめんね」って、ここちゃんが言い続けている。

それが私には、私たちに謝る、ママの声のように聞こえていた。

ハチ公口の改札を出ると、雨が強さを増していた。急がなきゃ。ホームに下りた時点で、出勤時間を既に数分過ぎてしまっていた。壁画の前で雨宿りをしている人の列をかきわけて、腕にかけていた黒い傘を手に持った。ふと、横の交番に貼られている白い掲示板が目に入った。交通事故で死亡した人数の欄に2という数字のカードが差し込まれていた。

ばばちゃんの死も、こんな風に表示されていたのだろうか。

手元の小さなボタンを押すと、バッと傘が開いた音がして視界が黒で埋まった。

今日は、ばばちゃんの命日だった。

授乳中だったここちゃんに代わって包みからキキちゃんを出してみせると、ここちゃんは目を細めて「覚えてたんだね」って私に言った。ばばちゃんの命日とゆっちゃんの六ヶ月記念日が重なったから、私に食べてもらいたくてクマの形をしたクッキーを焼いたと話すここちゃんに、忘れていたとは言えなかった。

「ごめんね」って謝ったのはここちゃんだった。ララちゃんを捨ててしまったことをどんなに後悔しているか話してから、キキちゃんが結愛の初めてのテディベアになることが本当に嬉しいって言ってくれた。

キキちゃんを近づけると、ゆっちゃんは嬉しそうな顔をして腕を伸ばした。片目のビーズが外れて出てきた涙みたいな糸の輪に、小さな指を入れようとして遊び始めた。その様子を眺めていたここちゃんの優しい横顔を見ていたら、このふたりがこの先もどうかしあわせでありますようにと、神様にお願いせずにはいられなかった。

駅前の人混みを抜けると、傘を盾のようにして道玄坂をぐんぐん上った。途中で傘を一瞬だけずらして脇の小道に視線を向けると、今日もあった。

この時間、いつもここに、同じバイクがとめられている。出勤後は、ある時もあればない時もある。持ち主の姿は一度も見たことがないが、バイク中にベタベタと貼られたステッカーから想像するに、二十歳前後の若い子だろう。ふと見るといつもあるなと思ってから、チェックするのが出勤前の日課のようになっている。

大股で坂を上がるのはなかなかキツい。汗で湿ったTシャツが背中に張り付いているのが分かる。勢いを増し続けている雨がバチバチと目の前の傘を打ち、横殴りの風が雨粒と共に頬に当たる。ゆっちゃんとここちゃんは今、キキちゃんと共に家の中にいると思うと安心する。

小さな口をポカンと丸く開けて心地よさそうに眠っているゆっちゃんの顔を思い出したら、心が安らいだ。でもすぐに、今週二度目になる遅刻を佐々木になんて言われるかと思ったら、右目の下がヒクついた。時々こういう症状が出るのでこの前ネットで調べたら、どうやらストレスが原因らしい。

タイムカードを差し込むと二十六分もの大遅刻だったが、その上に貼られたシフト表によると今日は佐々木が休みだった。ツイてる。ほっと一息ついて乱れた髪を手ぐしで整えていると、店に立っていたアキちゃんが私を見つけて駆け寄ってきた。派手なルブタンが、適度に今ドキな感じでかわいいのにどこか垢抜けないアキちゃんから浮いていた。

「お客さん、たぶんだけど、まみさんのこと待ってます」

アキちゃんがつけまつ毛の端が微妙に浮いた目を見開いて、小さな声で私に言った。

「靴を見て、それもらったのって私に聞いてきたから、たぶんまみさんの知り合いで」

アキちゃんを押しのけて店に飛び出した。奥のバーカウンターのスツールに腰掛けていた春人が、顔を回して肩越しにこちらを振り返った。

パッと目が合うと、春人はまたカウンターの方にゆっくりと向き直った。猫背ぎみの丸い背中を見ながら立ち尽くしてしまった。話すことなんて何もないし、館さんもアキちゃんもいるこの場所で、何を言われるんだろうと思うだけで逃げ出したくなった。でも、カウンターの裏に回る以外の選択肢を私は持っていなかった。

店に来るなんて、ルール違反だ。

春人の前に立っていた館さんが、私に場所を譲るようにしてすっと脇にずれた。遅刻してしまったことを謝らなければいけないのに、春人が聞いていると思うと、喉まで出かかっている「すみませんでした」をどうしても口にできなかった。春人が、私を見ているのが分かって、私は下唇を噛み締めた。黒いカウンターの表面に映り込んでいるシャンデリアを見つめていると、息が、苦しくなってきた。

「髪、切ったんだね」

春人の声がした。

「…………」

「似合ってるよ」

ゆっくりと視線をあげると、黒ブチ眼鏡の奥から私をじっと見つめる春人と目が合った。

「それ、伊達？　似合ってないよ」

本当にそう思ったから言っただけなのに、春人は「まみちゃんは変わらないね」と目尻に嬉しそうな笑いじわを入れながら眼鏡を外した。最後に会った日から、口髭の長さひとつとっても1ミリも違わないいんじゃないかというくらい、本当に何も変わらない。手元のブランデーを見つめながらはにかんでいる春人にうんざりする。

なに、喜んでるのよ。そういうところもまったく変わってない。基本的に、女は全員自分のことが好きだと思っている。だから、ただの辛口な本音ひとつとっても、自分に心を開いた合図だという勘違いを引き起こす。

「まみちゃんって、呼ばないで」

その慣れ慣れしさも、女慣れしたプレイボーイの証のつもり？　彼のそんなところが大好きだった過去の自分にげんなりする。

「バッカみたい！」

吐き捨てるように言うと、さすがの春人も黙り込んだ。

平日の雨の夜。春人以外に客はいない。アキちゃんは、全神経をこちらに向けているからこそ、バーの方を見ないようにしているといった感丸出しで突っ立っている。彼女の後ろのドアから、新たな客が入ってくる気配はない。

カランカランッと、氷がガラスにぶつかる音だけが静かな店内にうっすらと響いている。春人は背中を丸めてうつむいて、ブランデーの中の丸氷《まるごおり》を指で回しながらその様子を眺めている。

薬指の、結婚指輪が外されたままだった。私がそうさせたのだと思ったら、当時は感じもしなかった罪悪感に襲われた。昼に見たゆっちゃんを抱くここちゃんの姿が、春人の奥さんと重なった。

早く家に帰ればいいのに。そう思いながら春人に背を向けた。生まれた子供だって大きくなっていて、かわいい盛りなんじゃないか。そう思ったらまたゆっちゃんの姿が浮かんできて、春人の神経を改めて疑った。もし私が男なら、あんなにも愛おしい存在を傷つけるような真似は死んでもできない。そう思うのは、私が女だからだろうか。いや、違う。そういうことをシレッとやってのける女はごまんといる。ただ女だから嘘が上手く、家族にバレにくいってだけのこと。

私が結婚も子供を持つこともしないと決めているのは、だからかもしれない。もし自分がそんなことをしてしまったらと想像するだけで、全身の血が逆流し出すような恐ろしさを感じる。それは間違いなく、パパへの恨みからだろう。

グラスを並び替えていた手が止まった。

どうして私は、一生許すつもりのない憎い男のことを、パパと呼び続けているのだろう。今まで考えたことがなかったことが不思議なくらいだ。それだけ自然なこととして、私はパパをパパと呼び続けていたことになる。

「あの靴、履いてるところを見てみたかったな」

この人は病気なんだと思った。恋愛に対する依存が、あまりにも強すぎる。彼は私のことが忘れられないと思い込んでいるんだろうけど、私はその対象に設定されているに過ぎないのだ。振り返ると、春人の目が潤んでいた。ララちゃんを捨てて後悔していると言った時のここちゃんの目と、重なって見えた。

「あなたは、両手に溢れるほどたくさんのものを持ってるじゃない」

目の前にいる春人をまっすぐ見つめて言った。

「否定はしないよ」

春人は、私の方を見ようとしない。

「そうでしょう？　だれもが人生の中に欲しいものとして挙げるようなものを、すべて持ってる」

「そうかもしれない」

「じゃあ、その中で、捨てたいものはどれ？」

「………」

「そんなにあるのに満たされていないってことは、何かが足りていないってことでしょ。でも、もういっぱいすぎて隙間がないような状態なんだから、何かを新たに手に入れるためにはまず何かを捨てなきゃいけない。どれを捨てるの？」

「何かを捨てたら、君は戻ってきてくれるの？」

そう言って春人は顔をあげて私を見た。

「そういう話をしているんじゃない」

「僕はそういう話をしにきたんだ」

意外な言葉に、声が出なかった。いい加減に〝足るを知れ〟と追い返してやるつもりだったのに、私の目の奥を突き刺すような春人の目線に追い詰められていた。そこから目をそらしたいのに、離せない。

「そんなこと、私はこれっぽっちも望んでいない」

ハッキリと吐き捨てるように言ったつもりだったのに、声が随分と小さくなった。

「どうして？」

私を責めるような力強い口調で春人が聞いてくる。

「どうしてだよ？　分かるように言ってくれるまで帰らない」

そのだだっ子のような言い草に、私の中で何かが外れた。気づいたら拳でカウンターを叩いてしまっていた。ドンッという鈍い音だけで、そこにガラス類が割れる音が混じっていなかったことを確認してから、ほとんど泣きそうな気持ちで私は言った。

「帰って。もう、お願いだから。ものすごく迷惑なのが分からない？　あなたにはそう見えないかもしれないけど、これは私の仕事なの」

私から視線をそらし、春人が大きなため息をついた。

「一度は大事に思っていたものを、そんな風にバッサリと切り捨てられる君が、僕には理解できないよ」

「まったく同じ台詞をそのままあなたに返す」

「…………。でも、僕を捨てたのは、まみちゃんだよ」

信じられなかった。まるで自分だけが被害者であるかのようにのたまう春人が、許せなかった。

「ひとつだけ教えてあげる。この一年間、捨て切るのにすごく苦労した。あなたが私に植え付けた、身の丈に合わない変なプライドっていうの？　愛人を囲うって表現、よくできてるなって感心しちゃった。あなたはまるで囲いだった。私はその中で、あなたなしでは絶対に実現しない生活レベルに漬け物みたいに浸かってたの。ぬか味噌みたいな底なし沼にバッカみたいに浸かってたわけよ。そのあいだに足の筋力は随分と衰えていたし、あなたがいなくなってからもそこから抜け出るのはすごく大変だったし、今もまだちょっと臭うかも。愛人臭っていうの？」

「どうして？　なんでそんなこと言うんだよ？　僕は、君を愛人だなんて思ってなかったし、本当に心から惚れていたし、それは君に、絶対に伝わっていたはずなのに……」

「帰って」

消え入るような声で言いながら、春人の視界から消えたくてカウンターの下にしゃがみ込んだ。目から溢れ出た涙を、春人に見せてはいけないと思った。ゴムのような素材でできた黒いマットの上に涙がポタポタ落ちるのを、だまってじっと見つめていた。

しばらくして、カウンターの向こうで春人が椅子を引いて立ち上がった音がした。

「ありがとうございました」

館さんとアキちゃんの声が重なった。その声を聞くまで、すぐ近くに館さんがいることも忘れていた。腕のいいバーテンダーは気配を消す天才なのだと、教えてくれたのも春人だった。そう思ったらもっと泣けてきた。

ほんとは知ってるよ。あなたが私のこと、本当に大好きだったってこと。でも、あなたは最後まで気づかない。私だってあなたのこと、本当に大事に思ってた。

「遅刻したうえに、こんなことになって、すみませんでした。本当にごめんなさい」

館さんに頭を深く下げていると、目の前にハンカチを差し出された。その優しさにまた涙が出てきてしまって顔をあげられずにいると、館さんがどうぞというようにハンカチを持った手を揺らした。「すみません」とハンカチを受け取り目に当てた。

「若い時は本当に色んなことがあって時にとても苦しいけれど、過ぎてしまった人間から言わせてもらえば、すべてが眩しいですよ」

「………」

「私にも娘がいて、あなたと同じくらいの年になっているのかな」

勝手にずっと独身だと思っていたのでびっくりした。顔をあげると、館さんは春人のグラスを下げてからカウンターを布巾で拭いていた。横顔が、微笑んでいるように見える。

「最後に会ったのが八歳の時だから、いつも思い出す娘の姿はその頃のままで、街ですれ違っても気づくことができないかもしれない。でも時々、あなたを見ていて、娘もこんなに大人になっているのかなって思うんですよ」

「私にも、ずっと会っていない父がいます」

言わずにはいられなかった。

「そうですか。でも、私は会ったっていっても、遠くから見ただけなんです。妻が再婚しまして、娘はその方のことをお父さんって呼んでいました。私のことは、パパって呼んでくれていたんですけどね。私がなれなかったよき父親になってくださったその方に、今はとても感謝しています。妻、いや、元妻といた時の私は、本当に、ろくでなしでしたから………」

館さんは穏やかな表情でそう言って、ジャケットの裏ポケットから小さな紙を取り出して私に手渡した。運動会か何かの集合写真をその子のところだけ切り抜いてから無理矢理引き延ばしたような写真で、下敷きのような硬いプラスチックで丁寧にラミネートされていた。乳歯の抜けた前歯をニーッと見せて笑っている小学生くらいの女の子の顔の上に、ポトッと涙が落ちてしまった。

いつも無口な館さんが、自分の過去を話してくれた。私に心を開いてくれたとかそういうことではなくて、だれでもいいからずっとだれかに話したかったことを、もう押し込んでいられなくなったという感じだった。画質が粗くて顔もハッキリとは分からないような小さな写真を、こんなにも大切に持ち歩いている館さんは、きっとだれかに娘を見せたくて、自慢したくてたまらなかったんだ。そう思ったら、もう一度しゃがみ込んで嗚咽《おえつ》するまで泣きたくなった。

「娘さん、今もパパって呼んでると思います。心の中で、館さんのこと」

そう言って写真を返すと、館さんはそれをジャケットにしまって早々と私に背を向けた。カウンターの端っこで、館さんの背中が小刻みに震え出したのを見なかった振りをして、洗い場の蛇口を思いっきりひねった。春人が飲んでいたブランデーの残りが一気に薄まりグラスから溢れ出た。館さんがアイスピックで丁寧につくった丸氷は、溶けて小さくなっていたけど、水圧に流されることなくグラスの中にプカプカと浮いていた。

「まみさん、超かっこよかったです」

更衣室に戻ると、着替えていたアキちゃんがロッカーのドアから乗り出すようにして顔を近づけてきた。

「やめてよ」

「ううん、本当に。特にぬか味噌のところなんかもうチョー迫力あったし、経験がある大人の女って感じで」

「やめてってば、そんなのむしろダサいでしょ。今日は迷惑かけちゃってごめんね」

「ううん全然！　私もまみさんみたいなかっこいい女になりたいって思いました」

「私なんて全然だよ。ここも彼絡みのコネで入ったバイトだし、今も彼にもらったものに囲まれて暮らしてるし。かっこいい女ならぜんぶばっさり捨てたりするんじゃない？　でも私は、物は物で別ものっていうか、気に入ってるからそのまま使ってる。そういうとこ、セコいでしょ？　そこらへんがまだ〝臭う部分〟っていうか。まぁ、だから、似た者同士でつき合ってたんだろうね」

「でも、この靴はあたしにくれたじゃないですか。あたしだったら、そんな気前のいいことできないから、やっぱりまみさんかっこいい！」

アキちゃんはいい子だけどやっぱりすごくバカなんだな、と思いながらタイムカードを差し込んだ。


ゴミ袋を持って階段を上がり切ると、初夏を思わせる快晴の朝が広がっていた。一瞬、時間軸が分からなくなって混乱した。外の世界では、雨の夜はとっくに明けて、新しい一日が始まっていた。大雨でデトックスされたような、雲ひとつない青空を見たら、思い立った。携帯番号を、今日これから変えに行こう。

傘を二本、腕にかけて道玄坂を駅の方に下り始めた。昨日買った黒い傘は店に置いておこうかとも思ったけど、ばばちゃんの日傘から離しちゃいけないような気がして、一緒に持ち帰ることにした。

　歩きながら、ばばちゃんの恋人の顔を思い出そうとしてみたけど、やっぱりまたすぐに館さんの顔にすり替わってしまった。背が高かったことは覚えているけど、もし今ここですれ違ったとしても気づけないかもしれない。

　命日だった昨日、あの人もばばちゃんのことを想ってくれていただろうか。そうだったらいい、と初めて思えた。

　あの人さえいなければ、と何度思ったか分からない。彼のせいではないと頭では分かりながらもずっと、彼を責めてしまう気持ちを抑えきれなかった。

　でも、あの日、ばばちゃんはオシャレをしていた。落ちていたものです、と警察の人に渡された靴には、数センチだけどヒールがあった。もう年だから履けないけど昔はハイヒールが大好きだったと、ばばちゃんが言っていたことを思い出して、私はあの時その場で泣いた。

　娘をやっと育て終えたと思ったら、夫を病気で亡くし、その直後に娘も失った。その後、ひとりでふたりの孫娘を育てることになってしまったばばちゃんは、人生に満足していただろうか。私たちはばばちゃんに救われたわけだけど、私たちをしあわせにしてくれていた分、ばばちゃんは何かを犠牲にしたはずだ。

　そんなばばちゃんに、あの人が、素敵な時間をプレゼントしてくれていたのかもしれない。一緒に住んでいたここちゃんでさえ、ばばちゃんが亡くなったその日まで恋人の存在に気づいていなかった。だからこそ、私たちは余計に混乱してしまったのだ。

でもそれも今思えば、ばばちゃんらしい。ほんのちょっとでも私たちを悲しませる可能性があると判断したら、何が何でも隠し通すような人だった。ママとパパがいない私たちを、とても大事に守ってくれた。ばばちゃんが私たちに寄せてくれた同情は、愛情そのものだった。「可哀想にねごめんなさいね」って謝りながら抱きしめてくれるばばちゃんがいたから、自分のことを可哀想だと思ったことなんて一度もない。


足を止めて、空を見上げた。雲ひとつない青で、視界が埋まる。

ばばちゃん、そこから私が見える？　ばばちゃん、ありがとう。


目線をおろすと、いつもの場所にバイクがとまっているのが見えた。黒い車体にベタッと貼られたチェ・ゲバラと目が合って、吸い寄せられるようにフラッと小道に入ってみた。バイクの近くにしゃがみ込んで、ステッカーを一個ずつ見ていった。

ニューエラのキャップについている丸いシールに、赤いマルボロのステッカー。キラキラ光るマリア像に、米国旗。空港のバゲージクレームでこんな風にステッカーだらけのスーツケースを見るたびに、憧れていたことを思い出した。その後で春人とおそろいのヴィトンのモノグラムのものが流れてくると、ひどく退屈な気持ちになったことも。そうだ。自分で始めればいい。ハンズあたりで安いスーツケースを買って、旅に出るたびにその国でステッカーを買って一個ずつ増やしていくの。その一個目を貼るまでには時間がかかるかもしれないけど、いつかきっと、素敵なスーツケースが出来上がる。

これからのことを思って胸が躍るなんて、どれくらいぶりだろう。未来に楽しみを持って初めて、人は前を向けるのかもしれない。

あ、これはテキーラのボトル！　でもデザインがちょっと残念な感じ。

目の前のステッカーを勝手に品定めしながらはしゃいでいた。持ち主はきっと今ドキの若い子で、もっと若いガールフレンドを後ろに乗っけて走ったりしているんだろうな。なにそれ超青春じゃん。てか、高速をブッ飛ばしたらどんなに気持ちいいんだろう。

スーツケースもいいけど、この人はこれに乗ってどこにだって行けちゃうんだ。そう思ったら羨ましくなって、ショートパンツを穿いた脚を大きく開いて座席にまたがってみた。

思っていたより席が高くてフラついていると、

「あれ？」

道玄坂の方から男の人の声がした。こっちの道に入ってこようとしていたみたいだけど、バイクに座る私を見て驚いたような顔をして、首をかしげながら回れ右して去っていった。二重まぶたのクリッとした目が印象的な、三十代半ばくらいの男の人だった。

「あれ？」

と言いながら彼は一秒も経たないうちに戻ってきて、「それ僕のバイクですよね？」と戸惑った様子で私に聞いた。

「へぇ。意外！」

「え？」

「もっと若い子かと思ってたから」

「ええ？」

「あ、ステッカーから想像するに、二十歳くらいの子かなって思ってたから」

「えええ？」

挙動不審な動きをしながら「え」を連発する様子がおかしくって笑ってしまった。そりゃ、変な女が自分のバイクに座ってたんだからびっくりして当然なんだけど。

「三十四歳くらい？」

「え？　僕ですか？」

戸惑いながらも、話しかけられてまんざらでもないって感じで照れ笑いしている。その様子がかわいくって、もっといじりたくなった。

「他にだれもいないじゃん」

笑って言うと彼も笑って、「プラス二歳です」って答えてくれた。

「最近の三十六歳ってこんなに若いんだ。バイク、いいなーって思って。これ全部、集めたの？これとか、旅先で買ったとか？」

座席の近くに貼ってある『I ❤ NY』のステッカーを指差すと、「いや、それは近所で」ともじもじ答えるので何処に住んでいるのかたずねると「吉祥寺」と言うので噴き出した。

「でも、ぽい！　めっちゃ吉祥寺っぽいね、なんか格好とかも」

「ええ、そう？」

照れくさそうに鼻の先に手をやりながら白い歯を見せて笑う彼のこと、すごくいいなって思った。

「今まで仕事だった？　いつもバイクあるから」

「あ、うん」

「夜型の仕事って、疲れない？」

「疲れないよ」

「え？　嘘、私は疲れるよ」

「僕は仕事では疲れない」

「なんで？」

「好きだから、かな」

「へぇ、いいね。何してるの？」

もっと話していたくって、質問ばかりしてしまった。

「カレー屋さん」

「さん？　さん付けで呼ぶの？」

おかしくって笑っていると、

「違うよ、いや、違ってないけど、そういう名前なの。カレー屋さんって店の名前。知らない？

数ヶ月前に駅前にオープンした」

「あ、知ってる！　なんかカレー臭いなって思って振り返ったらカレー屋ができてたから。あそこで働いてるんだ！」

振り返った瞬間のことまでよく覚えていた。すごく寂しくて、色んなことがしんどかった夜だったから。

「カレー臭いって、いい匂いだなーって感じで？」

はしゃいでいた私の前で、彼はやけに真剣に聞いてきた。

「ううん。なんだよこの匂いって感じで」

「ええ、それショックだわ。美味しいのに！」

そう言って顔をしかめた彼は、本当に悔しそうだった。

「ふうん。なんか、そこまで愛を持てるっていいね」

「だって、オヤジの味だもん」

「え？　お父さんの店なの？」

「いや、オヤジの味のカレーを出す、僕の店」

「意外！」

「え、なにが？」

「バイトなのかと思った！」

「ええ？」

「だって、オーナーとかには見えないもん。あ、これはいい意味で！」

「いい意味じゃないでしょ」と苦笑しながらも、「でも本当にそんなかっこいいもんじゃないからさ。借金して店出しただけ。出すのはだれだって出せるからね」と真面目な顔に戻って言った。

「どうして、お父さんのカレーなの？　店を出そうと思うくらいの愛情って、すごいと思う」

「俺は、オヤジのカレーで育ったのね。毎日カレー」

あ。僕から俺になった。最初に「あれ？」って言った時に立っていたところから一歩も近づいてこない彼との距離が、ちょっと縮まったようで嬉しくなった。

「毎日？　毎日カレーなの？」

「いや、大袈裟に言ってるわけじゃなくてね、本当なのそれ。俺が小五の時からオヤジは仕事しながらひとりで育ててくれたから、カレーが精一杯だったんだよたぶん。でも、美味かったし、全然オッケーだったんだけどね」

「お母さんは？」

「…………」

黙ってしまった彼を見ていたら、とっさに言っていた。

「私のママは、私が小五の時に自殺したの」

「…………」

自分の暗い過去で男の関心を引くやり方なんて、それこそ小学校卒業と同時にやめた。突然こんなことを話してしまった自分が恥ずかしかった。それなのに、止まらなくなっちゃった。

「でもママは、本当に死ぬつもりはなかったのかもしれない。だって、マンションのバルコニーか

「ら飛び降りたんだけど、うち四階なのね。死ぬには微妙な高さでしょ？　大怪我して病院に運ばれて、亡くなった場所は病院だったから、まだ小さかった妹はママは病気で死んだって今でも思ってる」

「………そっか」

受けとめてもらって初めて気づいた。ここちゃんにも、だれにも、言えなくて、ずっとずっとしんどかったたってこと。

「妹に、言わないであげてるんだね」

「どうして分かるの？」

「え？　今の話聞けば、分かると思うよ」

「あ、そう？」

「うん」

「でも、うん、そうなの。だから、聞いてくれてありがと」

「いや、俺は全然、大丈夫だけど」

「ほんと？」

「え、うん」

「じゃあ、あとひとついいかな？」

答えを待てずに、喋っていた。

「ママが死んだ後で私と妹を育ててくれたばばちゃんはね、交通事故である日突然死んじゃったの。

フツウじゃない死に方って、残された人を苦しめるよね。でも、私がそう感じることをなによりも望まない人だったから、そういう風には思いたくはないんだけどさ。まぁ、フツウの死に方ってというものがどんなものなのかも分からないけどさ」

「死に方、かぁ」

そう言いながら彼はデニムのポケットからタバコの箱を取り出した。ステッカーは赤マルなのにマイルドセブンだった。「私にもちょうだい」と言ったらライターを持って近づいてきた。一本くれて、自分のより先に火をつけてくれた。

「私、できることなら死にたくないな。ずっとこのまま、ずっとこうして生きていたいな」

煙を吐き出しながら、空に向かって言った。

「へぇ、なんかそれ新鮮だね」

「え？　なにが？」

「死にたいって言葉はよく聞くけど、生きたいって気持ちを、こうやって普通に会話してる中でだれかが言ったの、初めて聞いた気がする。でも、いいね」

「うん。生きたいって、いいよね」

「強いんだね、きっと」

「うん、けっこう強いんだと思う、私」

「俺にも弟がいるからそう思うんだけど、妹のこと、ずっと守ろうとしてきたから強いんだよ、きっと」

「うん。そうなのかも」と言いながら彼の腕をつかんでバイクから降りた。地面に置いていたバッグの中から携帯を取り出すと、

「どした?」

クリッとした目を丸く見開いた彼を横目で見ながら発信ボタンを押し、携帯を耳に当てながら答える。

「妹に電話しようと思ってたこと思い出したの。これから番号変えようと思ってるんだけど、知らない番号からの電話には絶対に出ない人だから、今連絡しとかないと」

留守電に切り替わってしまったので携帯をしまっていると、

「今、俺、番号聞かれるのかと思ったのに、全然違った……」

淡々としたその話し方が私の笑いのツボにはまって、思わずその場にしゃがみ込んでしまった。

「くくっ。超ウケる」

「ええ。そんな笑うとこかな?」

そう言いながら、彼も私のとなりにしゃがんだ。

「番号新しくしたら、俺にも教えて?」

「まつ毛、濃いね」

顔を傾けてそう言うと、彼は突然ガバッと立ち上がってしまった。

「今、私、キスするのかと思ったのに、全然違った」

彼の真似して言った台詞に自分でウケながら立ち上がると、目の前に彼の真顔があったのでもっ

と笑ってしまった。

「ねぇ、あなたっておもしろすぎる。名前、なんていうの？　私は、真実子」

「俺は、高崎正太郎《たかさきしょうたろう》」

フルネームか。と思ったらまたツボに入ってしまった。私はひとりでバカみたいにひーひー言って大笑いしてから両腕を高くあげて空を仰ぐように上を向いた。

ビルに挟まれた細い路地のかたちに切り取られた空は、まるで天国の入り口みたいに見えた。灰色のクレヨンで塗りつぶしたようなビルの隙間に見えるのは、水を含ませすぎた筆で描いたみたいな、澄んだ青。そこから降り注ぐ眩しい光が、泣いた後の目に染みた。死んだ人だけじゃなく、過去の恋愛も、あそこに吸い込まれるのならありと思った。

となりで、正太郎が、同じ空を見上げてる。

Chapter
5

Coco chan

隠したいのは、
どして？

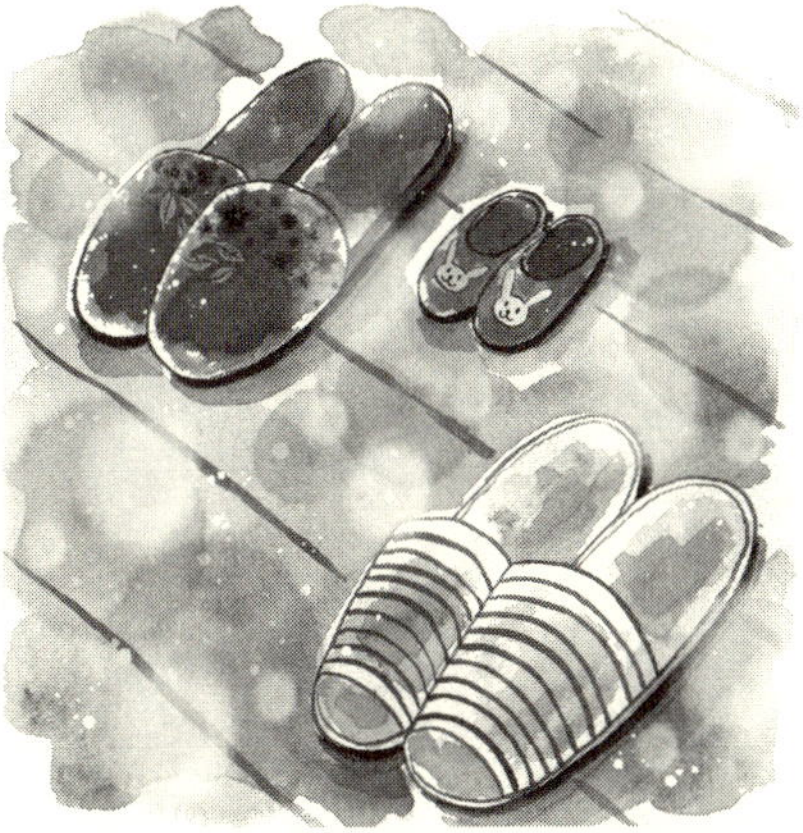

どうでもいいことが、頭から離れない。考える必要も意味もまったくないようなくだらないことなのに、何故かそのことばかり考えてしまっている。

今日は結愛の午前中の昼寝の時間を使ってクッキーを焼き、夕方の昼寝のあいだはまみちゃんと話し込んでしまったので、家事が大幅に遅れている。まみちゃんが帰ってから急いで掃除機をかけたけど、その前に鮭を冷凍庫から出しておくべきだった。

いつもならこの時間には夕食の準備も結愛のお風呂もすべて終わっていて、石ちゃんの帰りを待ちながらパジャマ姿の結愛とプレイマットの上で遊んでいる。今日で六ヶ月。ひとりでお座りできるようになった結愛とふたりで過ごす夜の時間が、慌ただしい一日の中で一番穏やかだ。

でも今は、結愛をエルゴでおぶってタイルの上に膝を付き、浴槽を洗っている。早くお風呂に入れないと睡眠のリズムまで狂ってしまう。最近やっと九時前後には寝るという習慣がついてきたので、そのペースだけは絶対に崩したくない。

だから今、気持ちがものすごく焦っている。スポンジを持った手も素早く動かしている。それなのに、お義母さんのあの一言がどうしても頭から離れない。

スポンジの泡を流すために蛇口をひねると、勢いよく水が出た。脳みそを取り出して、この水でザブザブ洗えたらどんなにスッキリするだろう。そう思った次の瞬間にはまた、お義母さんの声が頭の中に響き出す。

「おねえさんのところにいらっしゃぁい」

そう言ってヒラヒラと、結愛に向けて伸ばしたお義母さんの指先に光った、マニキュアのピンク色まで、鮮明に思い浮かぶ。眼球を取り出して、この泡だらけのスポンジで洗いたい。

どうして、こんなに嫌なんだろう。

五十をとうに過ぎた人だけど、孫娘に対して自分のことをおねえさんと呼んだって別にいいじゃないか。なんの悪意も含まれていないし、だれにも害のない一言だ。考えようによっては、おちゃめでかわいいおばあちゃんだと受け取ることだってできるはずだ。それなのに、石ちゃんの母親のそういうところが、気に障って仕方がない。あの甘えるように媚びた声に、完全に取り付かれてしまっている。

今日、まみちゃんが結愛に向かって自分のことを「伯母ちゃん」と言っているのを聞いた時、その対比にやられてしまったのだ。

もともと石ちゃんの母親は、まみちゃんの対極に位置するようなタイプの女性で、だからこそ私は彼女が好きだった。石ちゃんはずっと実家住まいだったから結婚する前にも何度か会ったことがあって、家に遊びに行くたびに、石ちゃんと結婚したい気持ちが大きくなった。

「お邪魔します」と家にあがると、玄関に置かれたかごからお客さん用のスリッパを出して「いらっしゃい」と迎えてくれた。「紅茶とコーヒーどっちがいい」と聞いてから、ソーサーとマッチした花柄のカップに紅茶を入れて出してくれた。「かわいいですね」と褒めると、「女の子がいないからそこに気づいてくれるだけで嬉しいわ」と微笑んでくれた。

お義母さんが、私を歓迎してくれていることがすごく嬉しかった。石ちゃんちの中にあたりまえのように流れている〝家にお母さんがいる〟空気に、物心ついた頃から既に母親がいなかった私は、何よりも憧れた。

晴れた日曜日の午後に、息子が家に連れてきた彼女に紅茶を出すのってどんな気持ちなんだろう。あの頃、目の前に座る彼女の優しい笑顔を見ながらよく考えていた。この人が持っているもの——子供がいて夫がいる生活——こそ、女のしあわせそのもののように思えた。自分の未来に欲しいとずっと夢みてきたものを見た気がした。

だから私は、そんなものはまったく望んでいないと言い切るまみちゃんから、できるだけ遠くに、お義母さんのすぐ近くに、できるだけ速く走って行きたいと思っていた。

母親代わりだった祖母もいなくなってしまった、ひとり暮らしには広すぎる古いマンションから一刻も早く出たかった。そして、理想形のように思えた石塚家の家族の一員になりたいと願っていた。そうすることで、気に入らない自分の過去を、完全に過去のものとして封じ込めてしまいたかった。

今だって、そう思っている。お義母さんの生活だって、あの頃から変わっていない。なのに、どうしてだろう。お義母さんの何かが、私を追い詰める。

長男である石ちゃんが結婚して出た実家には、今も年子の次男が住んでいる。お義母さんは毎朝、だれよりも早く起きて化粧をし、フリルのついた少女趣味のエプロンを身につける。男たちの身の回りの世話をするために、朝から晩まで家の中を走り回っている。黒いベロア生地の上に花柄が刺繍してあるスリッパを足につっかけたお義母さんが階段を上がり下りしている音が、耳の奥の方から聞こえてくるようだ。

　蛇口から出していた湯をシャワーに切り替えて、その音に意識を集中させる。シャワーを持っていない方の手で浴槽の縁につかまって「よっこらしょ」と結愛を背負って立ち上がった。浴槽についた泡を流したら、給湯ボタンを押し、寝室に行って結愛のオムツと着替えをバスタオルの上にセットするのだ。湯がたまるまでにほうれん草を炒めよう。風呂に入れ終わる頃には鮭も解凍されているはずだ。淡々と、やるべきことをやっていこう。

　そう思っていたのに、石ちゃんのものと思われる縮れた陰毛が泡と共に吸い込まれてゆくのを見つめながら、私はまたお義母さんのことを考えている。彼女がまるで靴であるかのようにいつも履いているあのスリッパは、ばばちゃんが昔うちのトイレに置いていたものとよく似ている。家の中も外見も小綺麗にしているけれど、ちょっとずつ趣味が悪いのだ。

「かわいいから思わず買っちゃった」と、先週末遊びに行った時にお義母さんが見せてきた結愛用の小さなスリッパは真っ赤で、白い糸でうさぎの顔が描いてあった。まだ歩けもしないのに、それは他の家族のものと一緒にちょこんと玄関マットの横に並べてあった。私はきっとこれからも、お客さん用のかごの中に入った硬いスリッパを使うのだろう。

石ちゃんが風呂に入っているあいだに、お義母さんは彼の着替えのパジャマを洗面所にきちんと用意した。替えの下着はもちろん、もうすぐ夏だというのに靴下まで。一番上には、新品の歯ブラシが置いてあった。

十ヶ月前まで一緒に住んでいた息子の歯ブラシを新しく買ったのならどうして、ついでに私の分も買おうと思わなかったんだろう。風呂上がりに二階の和室に戻り、石ちゃんのものと二本持ってきていた歯ブラシを自分の分だけポーチから出した時、ひどく寂しい気持ちになった。これは一種の嫌がらせなのかもしれないと、勘ぐらずにはいられなかった。

一階からは、石ちゃんとお義母さんの笑い声が聞こえていた。ふたりで結愛をあやして楽しんでいるのだと思ったら、居ても立ってもいられなくなって急いで階段を駆け下りた。一秒でも早く、結愛をこの腕の中に取り返したかった。

その時に見たリビングの光景が、今も脳にこびりついている。ドアを開けたら、「おねえさんのところにおいでぇ」とお義母さんが結愛に腕を伸ばしていて、石ちゃんが「おねえさんって年じゃないでしょ」と言いながら笑っていた。息子にツッコミを入れられたことが嬉しくってたまらないって顔をして「やだわぁ。まだおばあちゃんには見えないでしょう」とお義母さんは更に甘ったるい声を出していた。

すぐ近くに立っている私に気づいたのは、結愛だけだった。私を見た途端に私を求めるようにしてグズり出した結愛を、ふたりから奪うようにして抱き上げた。それでもふたりは、私の方を振り返ろうともしなかった。

「あらあら、全然平気だったのにママを見ちゃうとダメなのねぇ」

「違うでしょ。ばあさんが自分のことおねえさんとか言うのが怖かったんだよ」

母と息子の恒例の漫才なのか知らないが、まるで恋人同士みたいに笑い合っているふたりを見て、気持ち悪いと思ってしまった。

「ばあさんってだれのことぉ？　えぇ？　私ー？」

その声が脳内で再生された途端、あまりの嫌悪感に吐きそうになった。ふたりの息子たちと夫に対して、自分が家の中の唯一の女のコであることを常にアピールしているような態度がどうしても気に食わない。あれはブリッコそのものだ。家族の男たちはまったくそれに気づかないが、血の繋がっていない部外者の、同性の私だけがひとりで違和感を覚えている。でもそれを石ちゃんに言ったところで、私が損をするだけなのだ。

まるで、中学時代に逆戻りしたかのようなストレスに心が蝕まれる。その悩みのくだらなさが、私を更に落ち込ませる。

母親って、息子に対して、あんな風に媚びたような声を出すものなのだろうか。それとも、私が、男の人がひとりもいない家庭で育ったから過剰に反応しているだけなのか。

お義母さんに対して苛立っていたはずなのに、いつだって最後には、自分のコンプレックスに行き着き終わる。

結婚というひとつの大きな節目をもって、過去を封じ込められると思っていたのは大きな誤算だった。結婚生活の中に用意されていたのは、自分が育ってきた環境を、新たな視点からひとつずつ指でなぞってゆくという果てしない行為だった。その苦しさを、今、実感している。

　気づいたら私はまたしゃがんでいて、手にはスポンジを握っていて、表面がピカピカに光るまで浴槽を磨き上げていた。ぐったりと重い疲労感を胸に引きずったまま浴室を出て、洗面所の鏡に映った結愛を見ると、いつの間にか眠ってしまっていた。

　結愛の重さに腰が耐えきれなくなってきた頃、インターフォンが鳴った。ちょうどフライパンの上の鮭に焼き色がついてきた時で手が離せなかったので、石ちゃんが勝手に入ってくるのをキッチンに立ったまま待つことにした。

「なんか焦げてない？　家ん中、空気悪いよ」

　リビングに入ってきた石ちゃんの声だけが聞こえてきたので、私は慌ててコンロの上の換気扇を回した。火を止めて鮭とほうれん草のバター炒めを皿に盛りつけてからリビングに出ると、もう石ちゃんの姿はそこにはなかった。嫌な予感が的中し、浴室からシャワーの音が聞こえてきた。

　まるでそれが外で働いてきた者の当然の権利かのように、真っ先に風呂に直行するその行為自体もどうかと思う。が、それは一歩譲っていいとしても、結愛を入れるために張った湯に汚れた体で先に入られたら最悪だ。それだけは止めようと洗面所のドアを開けると、スーツの上下とワイシャツが床の上に脱ぎ捨てた状態のまま落ちていた。

　もう、何度言っても直らない。せめてジャケットとパンツくらいは部屋で脱いでから移動できないものなのか。明日も着るんだから濡れちゃったらどうするの、とまるで母親が幼い子供に注意するように〝それをしたらダメな理由〟を説明しても、石ちゃんにはまったく伝わらない。

きちんと話して理解をうながせばできるようになりますよ、と三、四歳用の育児冊子にも書いてあるようなことが、あと数年で三十路になる男に通用しない。石ちゃんは、しつけの時期を二十年以上前に過ぎてしまったため、もう手のほどこしようのないデカい子供だ。今は結愛の世話だけでも目が回りそうで、それこそ石ちゃんの手を借りたいと思っているくらいなのに、まったく役に立たないどころか仕事を増やす。

左右バラバラの方向に飛び散った靴下が、私に拾われるのを待っているように見えてくる。彼の実家の洗面台の上にちょこんとのせられていた新しい靴下を思い出す。同居はしていなくても、私はここで毎日、お義母さんの影と一緒に暮らしている。その影が、私が次に取るべき行動をいちいち示してくる。彼をこんな風に育てたのは、あの世話好きなお義母さんその人だ。

一度も実家を出たことがなかった石ちゃんからは、生活能力が丸ごと欠落している。これはもう、家事ができないうんぬんの話ではない。たとえば、どれくらい掃除機をかけずにいるとどのくらいのホコリがたまるのかとか、食材を買い足さないとどれくらいで冷蔵庫が空になるのか、という日常生活にまつわるすべてのことを感覚として持っていないのだ。毎日だれかが掃除をしないと家の中が汚れるということも、だれかが買い物に行って料理をしなきゃテーブルにご飯が並ばないということも、石ちゃんは知らないんだと思う。考えてみたことすら、きっとない。

中学生くらいからばばちゃんに代わってほとんどの家事をやってきた私には、彼のような人間がいるということ自体が驚きだった。

でも、石ちゃんはそんな私に自分の母親と近いものを感じていたのかもしれない。確かに私は、石ちゃんがうちに遊びにくるたびに料理をつくり、彼が置いていった洋服も洗濯した。家の中だっていつも綺麗に掃除してあった。だけどそれは、そこが私の家だったからだ。敷金礼金もすべて私の貯金から出して引っ越してきたこのふたりの家で、専業主婦のお義母さんが当然のこととしてやってきた彼のすべての身の回りの世話を、これから死ぬまで私がやるものだと思われてはたまらない。

「ねぇ、ちょっと、石ちゃん！」

シャワーの音が止んだので慌てて浴室のドアを押し開けると、目の前に突き出ていた石ちゃんの尻にぶつかった。

「入らないで！」

まさに湯船に足を入れようとしているところだった彼を慌てて止める。

「結愛をまだ入れてないから！」

「は？　なんでだよ？」

「お湯が汚れるから」

それだけ言ってドアを閉めた私を、石ちゃんはさぞ不快に思ったことだろう。でも私から言わせてもらえば、また洗面所にスーツを脱ぎっ放しにしたことを指摘せずに見逃してあげたことを感謝して欲しい。彼にとって嫌なことをふたつ同時に言うと、石ちゃんはキレる。たったそれだけでキャパシティオーバーになって、数日間不機嫌になり口をきいてくれなくなる。つき合っていた頃から気づいてはいたけど、約一年になる彼との共同生活から、より詳しいデータを学んだ。

「いたたたたっ」

思わず声が漏れた。こうして限界をとうに超えた腰を深く折り曲げて、結愛を背負ったまま床にしゃがみ込み、靴下をひとつひとつこの手に拾うたび、彼に対して持っていたはずの愛情が、恨みにも近い怒りの感情へとひとつずつ置き換えられていく。

結愛をひとりで風呂に入れ、やっとの思いで寝かしつけてからリビングに戻って椅子に腰掛けると、ビリッと電気が通ったかのような激痛が腰にはしった。テーブルの上に両腕を投げ出し、そこに倒れ込むように頬をのせると、バターで汚れた皿が見えた。その奥には、テレビの前に横たわっている灰色の物体が見える。また、いつものジャージを着て、つけっ放しのテレビの前に寝転んでパソコンをいじっているのだろう。

皿くらい、自分で下げたらどうなんだ。そう思ったらまた、パタパタとスリッパを鳴らしながら皿をキッチンに下げに行くお義母さんの影が見えそうになったので、慌てて顔を伏せた。目を閉じた瞬間にスリッパの刺繍が脳裏に浮かんだので、伏せたばかりの顔をあげて目を開けた。

テーブルの表面をぼんやり見つめながら、それにしてもよく泣いたなぁと結愛のことを考える。気持ちよく眠っていたところを起こしてしまったからだろうけど、風呂に入れているあいだもずっと泣いているなんて初めてだった。湯から出したら更に激しく泣き始め、手足をバタバタさせるので着替えさせるのもひと苦労だった。

おっぱいを飲ませようと乳首を口に入れてみても、泣くことに口を使っているのでなかなか吸い付けなかったようで、そのことに怒ってまた泣いているみたいだった。ずっと泣きっ放しだし湯上がりだし、ものすごく喉が渇いているんじゃないかと思ったら心配になって、なかなか飲まない結愛がもどかしかった。

「絶対に母乳じゃなきゃだめ。私はふたりとも完母で育てたから、風邪ひとつひかない丈夫な子に育ったの。粉ミルクなんて、赤ちゃんに缶詰のご飯を食べさせるようなものよ！」

　自分の乳首から母乳がしたたり落ちるのを見ていたら、聞こえてきた。お義母さんの言葉に、じわじわと追い詰められている。妊娠中に聞いた時は、ごもっともだと心から同意し、私も絶対に完母で育てようと思っていた。

　でも、産んでから気がついた。保育園は、粉ミルク。仕事復帰が決まっている私には完母は不可能だった。そのジレンマが、結愛を預けることへの罪悪感に輪をかけるようにして私を苦しめる。

　まみちゃんは、私にミルクをあげるのが好きだったと言っていた。その時は過剰反応してまるで子供みたいに八つ当たりしてしまったけど、本当はちょっとほっとした。

　粉ミルクで育った私の方が、石ちゃんよりずっと丈夫だからだ。石ちゃんなんて、週一ペースで下痢してる。二十数年前に完母で息子たちを育てたことを、未だにあんなにも誇りに思っているなんて、よほどつまらない人生を送ってきたのだろう。考えれば考えるほど、憎らしくなってくる。

　私の苛立ちが伝わったのか、結愛が噴火したように号泣した。乳首に吸い付くどころか、乳房から顔を背けて泣き続けた。

　なにやってんのよ早く飲めばいいのにバカじゃないの。

　イラッとしてとっさにそう思った。相手はまだ生まれたばかりの赤ちゃんなのに、石ちゃんに対してだって吐かないような暴言を、心の中でとはいえぶつけてしまった。

ショックだった。我が子に手をあげるような母親がいるというニュースを耳にするたびに、心の底から軽蔑してきたが、彼女たちが手をあげたのはこういう瞬間だったんじゃないかと思ったら、恐ろしくなった。

もちろん、私はそんなことは絶対にしない。そう強く思ったら、大事な結愛を抱く手に力が入った。あ、力を入れすぎてはいけないんだと思ったら、怖くなって指先が震えた。

「ごめんね」

結愛の寝顔に謝った。そして、今日まみちゃんにもらったキキちゃんをそっと結愛の足元に置きながら、育児を自分ひとりで抱え込んでしまっていることを少し反省した。ひとりでやる以外に選択肢がないように思ってきたけれど、もう少し上手に周りを育児に巻き込んでいくやり方だってあったのかもしれない。

今日こそきちんと話し合おう。そう思ってここに戻ってきた。でも、あまりにも疲れていて、声を出す気力も湧いてこない。

数メートル先で寝転んでいる石ちゃんに届くようにするには、声を多少張り上げないとならない。頑張って呼びかけてみても聞こえない振りをされるかもしれない可能性を考えると、その瞬間にイラッとすることで消耗するエネルギーをセーブしたくなる。そのまま喧嘩になったりしたらそれこそ面倒だ。

でも、こうやっていつも先延ばしにしてきたのだ。石ちゃんに対して言いたいことは山ほどあったはずなのに、ため込みすぎてしまって、今更何をどうお願いしたら私の負担が軽くなるのかも分からない。そうだ。元の原因だって石ちゃんにあった。期待するだけ裏切られた気持ちになって疲れるので、すべて自分でやるという結論を出したのだった。

　でも、これからはそうはいかない。来月から、職場復帰することが決まっている。近所の保育園は全滅だったが（ここの区は、東京都の中でも待機児童の数が最も多い）、会社の近くの保育園に枠が取れた。生まれてから離れたことなど一秒もないので、今は正直、不安しかない。結愛と離れて仕事をしているところなんて、想像しただけで寂しくて泣けてくる。でも、八月に復帰すると会社に言ったのは私だし、先延ばしにしたら余計に離れづらくなる気もする。

「石ちゃん、来月からのこと話そうよ」

　顔をあげ、私は言った。十分に、石ちゃんに届くだけの声が出た。それなのに、視線の先にぐったりと横たわっている体はビクとも動かない。

「ねぇ、石ちゃん、聞こえてるなら、返事をして？」

　気持ち悪くなるくらい、優しい言い方をしていた。自分の声じゃないみたいだった。いつかＮＨＫの特番で見た、親子関係をこじらせてしまった息子に対して、必要以上に気を使っている母親みたいだと思った。

　こんなんだからいけないのだ。産んだ覚えのないでかい体を眺めながら、私は探した。彼が私の〝恋人〟だった頃の気持ちを記憶の中に探してみる。

　思い出したのは、私が石ちゃんのことを好きになったきっかけだった。いつか結愛に聞かれるようなことがあったら、パパならママのことを好きになってくれそうだったからママから告白したの、と私は正直に言うのだろうか。それとも、事実を少し素敵に味付けて話すのか。

余計にげんなりして我に返る。違う。石ちゃんのいいところを探そうと思っていたのだ。なんでもいい。なにかひとつ、フェアからはほど遠い私の家事と育児の負担分に対して、割り切るための理由を見つけたい。じゃなきゃ、この話し合いだって上手くいかない。

来月から、今以上に大変になるのは私なのだ。仮にこの話し合いが上手くいき、来月から彼が生活態度を少しは改め、家事や育児にも今よりは協力するようになったとしても、だ。

そして来月の月末には、私の口座にも給料が振り込まれる。それは、産休に入る前のように、家賃も生活費も割り勘に戻ることを意味している。そのこと自体に不満はないが、そうなれば自動的に石ちゃんの家庭への貢献度が更に下がる。

だからこそ、「でも優しいから」とか、「でも好きだから」とか、なんでもいいからなにかひとつ、彼のことが必要な理由を見つけなければきっと、この関係は破綻する。

「ここちゃん、今までごめんね。朝ご飯も夜ご飯も、お弁当までつくってくれて。家もいつも綺麗に掃除してくれて、結愛のことも全部まかせてしまってごめんね。本当は、すごく感謝してるんだ。来月から、大変になると思うから俺もできるだけ協力する。一緒に、頑張っていこうね！」

私の方を振り返り、石ちゃんが目をまっすぐ見つめてそう言ってくれた。

――――ところを想像したらそれだけで目頭が熱くなった。たとえばそういうことだ。たったそれだけでもいい。結局行動が伴わずに口先だけになってしまったとしても、だ。その一言があれば、しばらくは頑張れる。嫌なことがあってもそのたびに、「でも私が結婚した人は、根は優しい人なんだ」って思えることで、心はずっと楽になる。

もう、何分経っただろうか。目の前の石ちゃんは、返事をしてという妻からのあまりにも小さくて悲しいお願いすら無視して、パソコンの上に置いた指だけを動かしている。画面の上の方に、フェイスブックの青いラインが見えている。私との話し合いはそりゃあ楽しい類いのものではないだろうけど、だからって友達とのネットでの会話に逃げるなんて、本当に学生のバカ息子みたい。

いつから私は、彼のうざったい母親役になったのだ。それだけでも腹が立つが、石ちゃんがお義母さんにそんな態度を取っているところは一度も見たことがない。どうして私だけがそんな風に扱われながら、お義母さんみたいに彼の世話に追われなきゃいけないのだ。

もう、こんなの無理だよ。

でも、結愛のパパだから。

それ以外の理由を探していたのに、結局またそこに行き着いてしまった。

世の中にごまんといる男性の中から彼を選んで結婚したのは私であり、それは自分の意思によるものだ。でも結愛の父親は、生まれた時からこの人ひとり。私は自分の娘から、父親を奪うようなことだけはしたくない。

だから私は今日も、あまりの怒りに震え始めた指先を手の中に強く握りしめ、深呼吸をして気持ちを整え直してから、もう一度、優しい声で話しかける。

「石ちゃん、なんか、怒ってる？　だったら、言ってくれないと分からないよ」

ここから見える彼の横顔をずっと照らしていたパソコン画面の青白い光が、ゆっくりと顔からそれていった。石ちゃんが、こっちを向いた。私を見る、その目を見て驚いた。

何故、あんたが私を睨みつけるのだ。

「なんで俺が怒ってるか、ここちゃん自覚がないんだったらそれ、相当だよ？」

耳を疑った。

「嘘、でしょ？」

声が掠れた。

「もしかして、お風呂に入らないでって言ったことをまだ怒ってるの？　さっきも言ったけど、それは石ちゃんに意地悪をしようとしたとかじゃなくて、ただ単に結愛をまだ入れてなかったからで」

彼という人間のあまりの小ささに、ただただ唖然としながら前にも言った台詞をリピートしていると、

「雨ん中仕事から帰ってきた旦那にそんなこと言う嫁がどこにいんだよ？　結愛が生まれてから、なんでも結愛結愛なのな！」

私の言葉を遮るようにして、石ちゃんが大きな声をあげた。目が点になる、とはまさにこのことだ。さっきは学生みたいだなんて思ったけど、そんないいもんじゃなかった。でっかい赤ちゃんがぐずっている。全然かわいくない。いや、むしろ、すごく醜《みにく》い。

「俺は、なんなの？　透明人間かよ？」

こういう時、旦那に対して怒鳴り返すことができる嫁はどこにいるのかが知りたかった。私は、完全に白けてしまった。

「いっそ透明人間ならよかった」

ぼそっと言うと、

「なんだよそれ？　俺に死ねっていうのかよ！　お前、何様のつもりだよ？」

次の瞬間、私はテーブルを思いっきり叩いていた。ドンッという鈍い音に混ざって、目の前の皿が耳障りな音を立てて揺れた。となりの部屋で眠っている結愛のことをすぐに思い出して耳を澄ましたが、泣き声は聞こえなかったのでほっとした。テレビから流れる薄っぺらな笑い声だけが部屋に響いている。

「その台詞、そっくりそのまま、あなたにお返しする」

テーブルに肘をつき、ジンジンと火照ってきた手の平を額につけて私は言った。視線の先に、まだ手をつけていない私の分の鮭があった。それは白い皿の上にポツンと載っていて、その周りに盛りつけたはずのほうれん草のバター炒めが、一口分だけぐちゃっと残っていた。そのとなりでパサパサに乾いている鮭の表面を見ていたら、涙が出てきた。

「あなたこそ、何様のつもり？　もしかして、旦那様？」

つぶやくようにそう言って、自分で笑った。あぁ、もうほんとに笑えてくる。ちゃんちゃらおかしくって泣けてくる。

「ははは」

乾いた笑いがテーブルの上に落ちた。

「ひとつ言わせてもらうけど」

石ちゃんの耳まで届いているかどうかも分からないくらい、小さな声しかもう出ない。聞こえてなくても聞いていてもそれすらもう別に、どうでもいい。腹の底にためていた怒りが、口から溢れ出して止まらなくなった。

「結愛ってまだ零歳なんだよね。石ちゃんは何歳だったっけ？　お義母さんはさ、もうすっかり大きくなったあなたのことを今でもお義父さんより優先にしてるけど、それはいいの？　この前泊りに行った時びっくりしちゃった。あなたのパジャマは用意するのに、お義父さんのは用意しないんだね。それに関してはオッケーで、私が結愛の衛生面をあなたの入浴より優先することは」

「なんでお袋の話が出てくるんだよ？」

耳の奥を刺すような甲高い声が飛んできた。あぁ、聞こえてたんだ。いつもならここで、キレさせたら面倒臭いという思いが私にブレーキをかけるけど、そんなものも遂に壊れてしまった。

「なんでお袋って呼ぶんだろって前から不思議だったんだけど、それ、マザコンの裏返しだよね」

鮭の脂身が焦げて黒くなった部分を見つめたまま喋っていると、

「ふっざけんなよ！」

そう叫びながら、マザコンは立ち上がり、こっちに向かって歩いてきた。

「なんでそんなに怒る必要があるの？　別に私、それ悪いだなんて一言も言ってないけど」

皿の上の鮭から視線を離して上を向くと、下唇を嚙み締め、潤んだ目で私を睨みつける石ちゃんの顔が目の前にあった。この人、マザコンって言われたくらいで泣いちゃうのかなって思ったら可哀想になってきた。彼は、母親にも、人生にも、打たれたことがない分、どうしようもなく心が弱い。

「いつだってお母さんの味方なのは、素晴らしいことよ。そういうところ、好きだったな。お母さんにいつまでも優しい男性を結婚相手に選べば間違いないって、本にも書いてあったし。何の本だったっけ、数冊あった。持ってたな。ぜんぶ見つけ出して、火をつけて燃やしてやりたい」

同情心から励ますつもりで切り出したのに、最後にはやっぱり本音が出てしまった。

「よくそんな凝った嫌味が言えるよな。やっぱフツウじゃないよ、あんたんち」

吐き捨てるように言った石ちゃんの口から、唾が飛んできて額にかかった。

「私んちってなに？　私とまみちゃんってこと？」

「他にだれもいないだろ？」

「……そうだね」

ものすごく低い声でそう言って、そのまま続けた。

「石ちゃんちがフツウで、私んちは、異常？」

「それが事実だろ？　だれに聞いたってそう言うよ」

「………」

「まぁ、ここちゃんはまだ、フツウな方だとは思うけど」

地雷を踏んでしまったとでも思ったのか、私をフォローするために姉をけなしたその一言に、何よりも傷ついた。あまりの怒りで、気がおかしくなりそうだった。つき合ってきた六年間、この人の何を見てきたのだろう。

　そういえば、夫が異常だと言う私の姉は、初めて会った時に彼をフツウだと言って切り捨てた。まみちゃんは、人を見る目があるんだと思った。

　結愛が生まれた夜、面会時間外に病院にやってきたまみちゃんを部屋に入れるために、石ちゃんが看護師さんに「妻の唯一の身内なんで」と言ったのが気に入らなかったとまみちゃんは言っていた。その時私が苛立ったのは、石ちゃんにいちいちケチをつけるまみちゃんに対してだったけど、今やっと分かった。きっとその時も、私たちを下に見ている彼の意識が透けてみえる言い方だったのだろう。

「私の唯一の身内のこと、よくそんな風に言えるね」

　体の中で燃え上がっている怒りをすべて吸い上げて目の中に集め、その一点を焦がしてやるつもりで彼の眉間を睨みつけた。

「じゃあ言わせてもらうけど、ひとりじゃ何にもできないでっかい赤ちゃんみたいに、あんたを育てたお義母さんを私は心の底から軽蔑する」

「出てけよ」

　私が目線に込めた熱を一瞬でジュワッと消し去るほどに、冷たい声が重なった。

「………」

「早く出てけよ」

「……なにそれ。なんで私が出て行かなきゃいけないのよ」

「ここの家賃払ってるの、だれだと思ってんだよ?」

「ぁ?」

　体から力が抜けて、ポカンと開いた口からまぬけな声が出た。昔からケチなのは知っていたけど、六万円の家賃をたった十ヶ月間自分が払ったというだけで、ここの支配者であるかのようにふんぞり返るその態度にはびっくりした。あまりのカッコ悪さに、こっちが恥ずかしくなってくる。

「あの、あのさ、敷礼払ったの、私だし。あんた何言っちゃってんの? 生活費だって、もらってる数万円じゃ食費にも足りないくらいだから、自分の貯金切り崩してるんだけど。ていうか、結愛のオムツがひとパックいくらか、知ってる? あんたが私の分まで食い散らかしたほうれん草が、一束いくらなのかとか、あんたまったく知らないでしょ。あのさ、来月から私も仕事が始まるから そのことについて話したかっただけだったんだけど、そっか。そうだったよね。仕事に復帰する必要性がたった今、ものすごく明確になった。迷いが吹き飛んだ。っていうか、迷うなんていう選択肢は私にはなかったことに気づいたわ。そもそも石ちゃんの収入だけじゃ、まったく家計が回ってないんだった!」

　トドメを刺している自覚はあった。ガラスでできたハートを守るためにプライドを高く張り巡らしている男の人に、一番言ってはいけないことだって分かっていた。だけどもうどうしたって言わずにはいられなかったし、今も、笑っちゃいけないって思えば思うほど、腹の底から込み上げてくる乾いた笑いをこらえられない。

だってちょっと聞いてよ！　たった今気づいたんだけど、ずぶ濡れなの、私の服！　結愛がおっぱいを飲まずに寝ちゃったから、ちょっと前から張ってきたなとは思ってたんだけど、まさかこんなことになってるとはって感じ！　ブラの中に入れた母乳パッドが、朝起きた時の結愛のオムツみたいにパンパンに膨らんでてさ、そこから溢れ出した母乳が、肌着はもちろん上に羽織ってるカーディガンまでびっしょびしょに濡らしてるの‼　ねぇ、私ってなんなの？　乳牛なの？　たいしたエサもくれない自称飼い主に出て行けとまで言われちゃって、どんだけ哀れな乳牛なの⁉

頭の中で、だれだかも分からないだれかに話しかけていたら、もう、すべてがおかしくってたまんなくって、口からクックックッと不気味な笑いが漏れ出た。そんな私に戸惑う石ちゃんの顔を想像したら、更にウケた。

テーブルに顔を伏せ、なんとか声だけは嚙み殺しながらも肩を大きく揺らして笑っていると、外で降っている雨の音が大きくなった。玄関のドアが閉まった音と共に、それはまたテレビの音にかき消されて聞こえないくらいに小さくなった。

石ちゃんが出て行った。

プツッと笑いが止んだ。静かに顔をあげた。さっきから耳障りなテレビを消すために立ち上がった。その足で寝室に様子を見に行くと、結愛はまだぐっすりと眠っていた。またカチカチに張り始めた胸が痛み出したので起こそうかとも思ったけど、一定のリズムで気持ちよさそうに上下している小さなお腹にブランケットをかけ直し、私はそっと部屋を出た。

洗面所で濡れた服と下着を脱いで、母乳を捨てるために右の乳房を両手で摑んでみた。搾乳するのは初めてで、なかなか上手くできなかった。強く触れると胸が痛いし、でも力を加えないと母乳は出ないし、早く出さないとどんどん痛くなるしで、なんだか陣痛みたいだった。

一度コツを摑むと、乳首からシャワーのように母乳が噴き出した。そういえば母乳が出るようになるまで、乳首にこんなにたくさんの穴が開いているなんて知らなかった。そんなことを考えてから、乳首から視線をそらした。そして、目の前にある鏡だけは見ないように目線をシンクに固定した。私から流れ出た白い液体が洗面ボウルの中に飛び散る様子を眺めていたら、なんだか自分の一部を捨てているようで悲しくなった。

窓を打つ雨音がさっきより強くなっている。きっと今頃仕事をしているまみちゃんが、雨に濡れていないといいなと思った。それから、雨の中を歩いている石ちゃんを想像した。どんなに悲しい顔をしているかと思ったら、両手で摑んだ胸の奥が、ズキンと小さく痛んだ。

謝ろう。そう思った。明日も仕事だから、しばらくすれば戻ってくるだろう。それまでに、手紙を書いてテーブルの上に置いておこう。そして、石ちゃんが寝室のドアを開けた時には、もう眠ってしまっていたい。その方が彼も気が楽だろうし、明日の朝になれば彼の怒りも少しは落ち着くだろう。まぁ、それでも数日間は口をきいてくれないだろうけど、そういう人と結婚したのは私なのだと心して、私も私で適当にやり過ごせばいいだけだ。パッと書いてさっさと寝よう。

そう思っていたのに、裏が白紙のチラシを見つけてテーブルの上でひっくり返したところで手が止まってしまった。自分の思いをそのままに書くのではダメなのだ。これを読んだ石ちゃんに、どう思って欲しいのかをまず考えなくてはいけない。ふたりの関係を少しでもよい方向に持って行くためには、今ここに、なにをどう書くのがベストなのか。自分の本音のどの部分を隠し、どの部分を強調して訴えたら、石ちゃんは「俺も悪かった」と心から反省して態度や行動を改めてくれるのだろう。

もう深夜零時を過ぎていた。遅くても数時間後には結愛が起きる。食器もまだ洗い終わっていない。と、その前に私の夕食の鮭はまだここにある。焦れば焦るほどなにを書いたらいいのか分からなくなって途方に暮れていると、ポンッと機械的な音が部屋のどこかで鳴った。

テレビの前に置かれたパソコンの前にしゃがみ込んだ。今は共有しているけどもともとこれは私のもので、使い終わったら電源を切るようにというのもまた、私が石ちゃんに何度も言っていることだった。自然と口からため息がこぼれた。自動的に画面が暗くなるこの状態が、オフだと、彼は思い込んでいるのだろうか。

キーボードに指で触れるとパッと画面が明るくなって、石ちゃんのフェイスブックのホーム画面が現れた。右下に、チャット用の小さなウィンドウが開いていて、メッセージが届いていた。さっきの音はこれだろう。

「まだ起きてるんだ？　今大丈夫？」

すぐ真横に表示されているアイコンは、プリクラを正方形にトリミングしたようなもので、茶髪の前髪とギャルメイクされた目元だけがクローズアップされていた。すぐに名前をクリックした。彼女のプロフィールの中に石ちゃんと同じ大学の名前を見つけるまで、私は息をしていなかったみたいだ。ほっとして息を吸い込んだらむせてしまった。

大学の後輩のひとりだろう。それにしても、一九九二年生まれって、まだ卒業してもないんじゃないか。自分の生まれ年から逆算していると、

「この前奥さん大丈夫だった？」

右下に新たに浮かび上がった一文に心臓がドクンと音を立てた。画面を見る目の奥が急にチカチカして、とっさに目を閉じると銀色の視界に星が飛んだ。耳の奥がキーンとする。

ゆっくりと目を開くと、プリクラのアイコンから新たな文章が浮き出ていた。

「結局帰るのすごい遅くなっちゃってそれから連絡も減ったからなんかあったかと思って」

あの日だ、と思った。結愛を救急に連れて行った夜のことだ。仕事でしたミスの対応に追われていて携帯を見る暇もなかったという石ちゃんの言い分を、私は今の今まで信じていた。耳鳴りが強くなってきて、耳の奥が痛いくらいだ。

「大丈夫ではなかった」

より詳しい情報を引き出したいと思って、石ちゃんになりすましてそう打ち込んだ。石ちゃんのアイコンは、つき合ったばかりの頃にディズニーシーで撮った見覚えのある写真だった。となりに映っているはずの私が、丸ごとカットされていた。

〈入力中です〉

相手が今パソコンに向かって入力していることを、チャットのシステムか何かがわざわざ教えてくれている。何て返してくるのかと息を殺して画面に食いついていると、

「マジか……でもうちらのことがバレたとかじゃないでしょ？」

キーボードに置いていた指を手の平の中でグッと握りしめたら、全身にザッと鳥肌が立った。相手はこちらの返信を待つこともなく、まだ打ち込んでいるようだ。

〈入力中です〉

「でも、バレたバレないってのもなんか違うんじゃないかって思うけどねー」

〈入力中です〉

「正直言ってあたしの立場からも不信感っていうか！　あたしには真剣だっていうのに矛盾してるもん！だってさー」

――――真剣。

パーカのポケットの中の携帯がブルブルと震え出した。すぐに取り出そうとしたけど指が思うように動かなくて、キーボードの上に落としてしまった。

携帯画面には、短大時代の友人の名前が出ていた。唯一まだ連絡を取り合っている先輩ママだ。断乳の方法について聞こうと思って夕方かけた電話の折り返しだということは、頭では分かっていた。でも、震えが止まらなくなっていた指の先にすべての意識を集中させ、着信を切るボタンを連打した。一秒でも早く切らないと、相手にこの状況を見られてしまうと思って焦っていた。もうとっくに携帯の振動は止まっていたのに、ボタンを押し続ける指を止めることができなかった。

今はまだ、目の前で起こっていることを現実として捉えることができないくらいのショックの中にいるのに、だれにも知られたくないという意識だけは怖いくらいにハッキリしていた。

携帯の電源が落ちて画面が真っ黒になったことをもう一度確認してから、パソコンの青白い光の方に目を向けると、新しいメッセージが届いていた。

「隠したいのは、どして？」

相手にこっちの状況を見られているんじゃないかと本気で思い、とっさに、画面の真上についているウェブカメラの小さな穴を両手で塞いでしまった。

〈入力中です〉

「別れたいと思ってるのに本音を隠して一緒にいるのって変だよ。仮面夫婦じゃん！　まーうちらのことは、あえて言う必要はないのかもとは思うけど」

相手が完全に私を石ちゃんだと思っていることに気づいて我に返り、カメラの穴から手を離す。指が勝手に打ち込んだかのようなスピードで文字を打ってから、何も考えずにエンターキーを力一杯タップした。

「泥棒」

画面に映ったその漢字を見てデジャブを感じた。昔夢かなにかでこのシーンをみたことがあるような気がした。まさか石ちゃんが浮気をしているだなんて、たった一時間前には夢にも思っていなかったのに、それ以前にこうなることをどこかで予感していたんだとしたら、これは私の血が引き寄せた運命のように思えてきた。どんどん酷くなっていく耳鳴りが、いつからかママの悲鳴のように聞こえていた。

「生まれたばかりの子供に悪いと思う気持ちはないの？」

一気に打ち込み、しばらく待った。パソコンの前で硬直しているギャルの姿が、目の前の画面越しに見えているかのようだ。プリクラには映らない、まぶたの上のアイプチののりの跡まで想像できた。

早く何か返してこいよ！　興奮して出てきた別人格のような私が返信を心待ちにしていることに戸惑った。でも、相手は入力すらしていないようだ。めちゃくちゃ傷ついているはずなのに、何故かワクワクしている自分がいる。

〈入力中です〉

キタと思った瞬間、玄関の方で音がした。リビングのドアを見ながら待っていると、うつむいたまま石ちゃんが中に入ってきた。傘を持たずに出たのだろうか。服を着たままシャワーを浴びたかのように全身がずぶ濡れだった。私の真横にあるパソコンに光がついているのを見た次の瞬間、彼の黒目がユラユラと泳いだのを確認すると、用意していたわけでもないのに彼に言うべき台詞が口からすぐに滑り出た。

「この子とのこと隠したいって思ってたのはどうして？」

早くしろ。あえてこういう聞き方をした私の意図を読み取って早く言え。私と結愛を失いたくないからだと言いながら泣きじゃくれ。そこに跪《ひざまず》いて床に頭をつけ土下座して私に許しを乞え。ボケッとつっ立っていないで早くしろ！

それこそが夫の浮気を許した言い訳になるのだ。仮面夫婦でいいからこの家族を保つという選択肢を、早く私に提示しろ。

もしあんたが謝ってくれなければ今ここで、私の子供の頃からの夢は死に、私の娘はパパを失う。すべてがあんたによって、壊されることになる。

左耳の奥の方で鳴っていたママの悲鳴が遂に右耳の穴まで貫通した。頭がかち割れるかと思うくらいの痛みを感じて両手で左右のこめかみを押さえつけた。ママの泣き声が止み、まみちゃんの叫び声が聞こえてきた。記憶の中に鮮明に残っている当時の声のまま、パパに死ねって言い続けている。

黙れ！　頭の中で奴らに言った。私は違う。ママともまみちゃんとも、私は違う。

「ねぇ、石ちゃん、どうしてだか教えてよ」

もう自分の声なんて聞こえない。石ちゃんの表情もよく見えない。びっしょりと濡れた前髪から、しずくがポタポタと床に落ちている。そこまで頭を下げてうつむいているのに口からは、ごめんのごの字も出てこない。このまま彼を見ていたら頭の中の奴らに体を乗っ取られてしまいそうだと思った私は、いったん彼を視界から外した。


「奥さんですよね？　子供って、子供がいるんですか？　あたし、知らなかったです」

強すぎるパソコンの光が目に染みる。その中に映る文字がかすんで見える。何度読んでもよく意味が分からない。次第に目線の焦点が合わなくなったので、右か左どちらか片方のコンタクトが涙に押し流されて外れたんだと思った。もう読み取れないくらいに目の前の文字がゆがんで見え始めた頃、私はやっとその内容を理解した。

顔をあげた時、そこには確かにさっきと同じ人が立っていたけど、私には彼が、まるでこれまで一度も会ったことのない他人のように見えた。その人の目は涙ぐみ、口は「ごめん」って動いているように見えたけど、それはもう、私の心を掠りもしない。

Chapter
6

Mami chan

三十代って、
そんな感じ？

透明のセロハンをピリッと剝がし、その中に入っている正方形の紙の隅っこを親指でペラペラとめくっている。赤、オレンジ、黄色、黄緑、緑、青、紫、黒、灰色、白ときて最後に、ゴールドとシルバー。ツルツルとした紙質も他とは違うラスト二枚の上で指が止まると、ワクワクした。その懐かしい胸の高鳴りに、子供の頃のしあわせな気持ちが心の中に蘇る。

鶴。三人でよく折った。私が三羽目を折り終える頃にここちゃんがやっと完成させる一羽の鶴は、ばばちゃんが目を見張るくらいの出来映えだった。クチバシなんて、指で触れたら血が出るんじゃないかってくらいツンと尖っていて、完璧だった。それを見て初めて、自分の鶴の先端がふにゃっと丸いことに私はいつも気づくのだった。

ねぇ見てよこの違い、と私はばばちゃんの前にここちゃんの鶴と自分の鶴を並べて置いて、妹のことを褒めたたえた。五歳も年が下なのに、ものすごく手先が器用な妹を私は尊敬した。五歳も年が下だから心からそう思えた、とも言える。

ばばちゃんと私の目に映るここちゃんはいつだって〝ベイビー〟だったから、こんなに小さいのになんてすごいのって、私たちは目をキラキラさせて手をパチパチ叩いて褒めていた。

「それがものすごく嫌だった」とここちゃんは言うけれど、私たちが思わず細めた目線の先にいたここちゃんはいつだって、恥ずかしそうに目を伏せながらも口元は嬉しそうに笑っていた。

本当にその時は百パーセント嬉しかったはずなのに、後になって本当は嫌だったとか言い出したりするんだから、子育てってやつは難しい。でもってそんなことを今のここちゃんに言おうもんなら、育児について知ったかこくなと顔を真っ赤にして泣き出すかもしれないことを思うと、やっぱりあいつは面倒臭い。

そんなことを考えながら、昨日百均で買ってきた折り紙を次々パックから出してテーブルの上に広げている。全部で十パックも買ったから、金と銀だけで二十枚あるし、よし、リンダの首にかけるのは、これでつくろう。18Kとプラチナが絡み合ったチェーンネックレス風に、ゴージャスに！

探すのが面倒臭かったので新たに買ったハサミをビニール袋から取り出して、金と銀の折り紙を重ねて短冊状にサックサク切っていると、リビングのどこかで携帯が鳴った。

部屋の中を歩き回って携帯を探している途中で着信音が二度切れた。が、数秒後にはまたすぐに鳴り出すので、ここちゃんからの電話だと分かる。遠慮なき〝鬼電〟をかけられる相手というのは、家族か、肉体関係を持った異性かのどちらかだな。そういえば、正太郎から電話が来ない。セックスどころかまだキスさえしていないから遠慮しているのかもしれない、と思いながらソファの下に落ちていたファッション誌をどけると携帯が見つかった。

ソファに深く腰掛けて、ついでに両足も投げ出して、寝っ転がるような姿勢になってから携帯を耳に当てると、

「荷物届いた？」

甲高い声が突き刺さる。

「え、まだだけど」

「ええ！　どうして？　午前中着にしといたんだけど」

「知らないよ。そのうちくるんじゃない？　大丈夫だって」

「まみちゃんいつ起きた？　寝てて受け取りミスしたとかない？」

「ないって！　だって昨日帰ってきてからまだ寝てないもん」

ったく、失礼しちゃう。この前は泣きながら「まみちゃんがいてくれてよかった」なんて言っていたくせに、まったく信用されていない。

「すぐに使うものがいっぱい入ってるから明日にはないと本当に困るんだよ」

てんぱってるここちゃんの姿が目に浮かぶ。ここちゃんは不安な時、携帯を耳に当てていない方の手を口元に添える癖がある。まるで、決して漏らしてはいけない国家の秘密情報かなんかを伝達するスパイみたいに神妙な顔をしているくせに、話している内容はまったく大したことないんだから笑っちゃう。でも、

「ね、ここちゃん大丈夫？」

今回ばかりは心配してる。私からしたらどうでもいいようなことまでいちいち真剣に考えながら、常に数歩先の石橋を叩くようにして、だれよりも人生を慎重に歩いてきたここちゃんが、目の前の橋を自らの手で跡形も無く叩き割ったのだ。

「ほんと、家のことは心配しないで大丈夫だからさ」

ゆっちゃんをしっかりと腕に抱きしめながらそこから落ちてくるここちゃんを、私は両手を広げて抱きとめたいと思っている。

「じゃあ、昨日片付けるって言ってたリビングはもう片付いた？」

「………」

じゃあって、なんだ。じゃあ、って。

「昨日も言ったけど、結愛、落ちてるもの何でも口に入れちゃって危ないんだよ」

「だから、大丈夫だってば！　テーブルの角につけるのも昨日百均で買ったんだから！」

得意気に言うと、「床は？　まだ片付いてないんでしょ？」とすかさず突っ込まれた。返事に困っていると、丁度いいタイミングでドアのチャイムが鳴った。

「あ、荷物着いたっぽい」

「早く、早く出て！」

「分かったわよ、ちょっと待ってよ。六連勤で体がマジで疲れててそんなサクッと起き上がれないんだってば」

「早く出てって！」

「ったく分かったってば出るわよ、じゃあね！」

ここちゃんの荷物は、一年前に私が引っ越してきてからまだ一度も開封せずに自分の部屋の隅に積み上げてある段ボール箱の数と、ほぼ同じくらいだった。当然まだ下にたくさん残っているのだろうと思っていたのに、受け取りのサインをすると運搬業者のお兄さんはさっさと行ってしまった。

どうやら、これだけらしい。

ゆっちゃん分の荷物が増えているはずなのに、ここちゃんがこの家を出る時に運び出した段ボール箱の数よりも減っているように見える。もしかして、マンションの方にもまだ荷物を残しているんじゃないか。これは、一時的に距離を置くだけの〝別居〟のつもりなんじゃないか。

一瞬不安になったが、嗚咽するほど激しく泣きながらここちゃんが話してくれたことを思い出し、それはないだろうと思い直した。

あの朝、あまりにも泣きすぎてベランダに膝をついてげぇげぇ吐いてしまったここちゃんの背中をさすりながら、私は自分の中で燃えたぎる怒りを鎮めることに必死だった。ここちゃんはもちろんそのことに気づいていて、私はあの場である約束をさせられた。いまだに、私は、それを守り抜く自信が持てていない。

もし、私が彼女の立場だったら絶対にできそうにないことを、徹底してそうしたいと、だから協力をお願いしたい、とここちゃんは私に頭を下げた。

その時のここちゃんを思い出すだけで、あの男への怒りで手が震える。ここちゃんは泣きすぎて力尽きて四つん這いの姿勢で倒れていて、吐いた後だったから頭を下げていただけだけど、それはそのまま私に土下座をしているような格好になった。

そんな妹を前にしてもすんなり「うん」とは言えなかった。だから、それに見合うような交換条件を出した。

「ゆっちゃんのこと、これからは呼び捨てにしないで。ゆっちゃんって呼んでくれるんなら、私も頑張ってみる」

本当は、別のことを約束させたかった。でもそれはさすがに言えなかったから、ひとつ妥協したらそうなった。あの場で言うにはひどく子供っぽく、妹の耳にはあまりにもちっぽけなこととして聞こえたかもしれないけど、私にとっては意味のあるお願いだった。

「分かった」

ここちゃんはそう言って、顔は伏せたまま右腕をまっすぐ私の方に伸ばしてきた。立ち上がるために腕を貸して欲しいのかと思って手を伸ばすと、ここちゃんが小指をそっと突き立てた。

「いいよいいよ、大丈夫だって。約束なら、私も守るように頑張るってば」とはぐらかしながらも、目の前でかすかに震えているここちゃんの小指をそのままにしておくわけにはいかなくて、自分の小指をしっかりとそこに絡めてあげた。

指切りなんて、それもここちゃんとなんて、たぶん子供の頃にした以来で照れくさかった。昔みたいに歌も歌った方がいいかとちゃかすように聞いたら、ここちゃんがちょっとだけ笑って首を横に振った。

ゆっくりと顔をあげたここちゃんの下まつ毛が、涙で目の下の皮膚にぺったりと張り付いていて人形みたいだった。こんなにもかわいい顔をした妹をこんな目に遭わせやがったあの男に対する暴言が、今にも溢れ出てしまいそうで、私は下唇を噛み締めた。

ぎゅっと絡めた小指をそっと外したら、急に腕のやり場に困ってしまって頭の後ろになんとなく触れてみた。太陽の光を直で受けていた髪が、すごく熱くなっていた。もう、夏なんだなって、その時思った。私を見上げるここちゃんは目を眩しそうに細めていた。唇の下が、吐いたもので濡れて光ってた。

最後の段ボール箱を、ドカンッとここちゃんのベッドサイドに落とすように置いたら、真っ白なベッドがとても気持ちよさそうに見えたのでその上にダイブした。このまま眠ってしまいそうなくらい体が疲れていた。でも、ベッドカバーを洗っておいてあげようと思い立って起き上がった。

結局、結婚して家を出てから一度も遊びにくることはなかったここちゃんが、明日、ゆっちゃんを連れてここに帰ってくる。離婚届も、提出済みだと聞いている。「あっけなかった」と、ここちゃんは言って笑って、そしてまた泣いた。

まずはシーツ、それから掛け布団に枕にクッションに、カバーというカバーをすべて剝がして私は怒りを紛らわす。自分で置いたばかりの段ボール箱につまずいて転びそうになりながら、真っ白な布を両腕に抱きかかえて洗面所に移動した。

洗濯機の前で一度すべてをバサッと落とし、入れっ放しになっていた洗濯物を抱きかかえてリビングのソファの上にぶちまけてから、床に散らばった白い布を次々と中に放り込んだ。洗剤を目分量で適当に流し入れてからスタートボタンを押すと、ドラム缶がクルクルと回転し始め、『ふわふわ仕上げ』という文字が赤く光った。それを見たら、やっと心が少し落ち着いた。

大丈夫。ふたりはこの家の中で心地よく、穏やかにしあわせに、暮らしていける。

雑に貼り付けてあるガムテープを段ボール箱からベリベリ剝がしているとショートパンツのポケットの中の携帯が鳴った。

「なに？　今めっちゃ忙しいんだけど」

「無事届いた？」

ここちゃんには本当に呆れる。

「は？　さっき電話してた時に届いたじゃん。ったく、どこまで心配性なの？」

「だって、届いたのが私の荷物かは分かんなかったから」

「あのさぁ、私ってそんなに信用ない？　まぁ、段ボールに貼るガムテープの端までハサミできちんと切るような人からしたら、私みたいなのは心配なんだろうけど」

「なにそれ」

「とにかく私はさ、ここちゃんのこと支えたいって、今、心の底から思ってるの。実際にどこまで助けになれるかは分かんないけど、やれることはやる。っていうか、やりたいの！」

「……うん、ありがと」

「だから、ありがとじゃないんだってば。ゆっちゃんのことで必要以上の迷惑はかけたくないとか言ってたけど、ゆっちゃんは私の姪だよ？　ここちゃんのためにゆっちゃんの世話を手伝うとかじゃなくて、かわいいゆっちゃんの世話を私もしたいって思ってるの。その違い、分かる？」

「…………分かるよ。むしろそれって、旦那さんにそう思って子供の世話をしてもらいたいって、奥さんたちが毎日思ってること」

もう、石ちゃんの名前は出さずにそういう風に話すんだなって思った。

「切ないよ、あんたって。なんかいちいち切ないよ。だからさ、だったらさ、私のこともそういう風に思ってよ。悪いとか思わないで、もっと私を中に入れて。姪なんだし、ゆっちゃんの世話をして当然って」

「思わないよ」

「どうして?」

「必要以上に期待しちゃいけないって思ってる。それは、自分のために。あと、私とまみちゃんの関係のために」

「なんで? よく分かんない」

「じきに分かるよ。来週から仕事も始まるし、結愛の、ゆっちゃんの保育園も始まるから、毎日の生活が本当に大変になると思うから」

ゆっちゃんと言い直した時のぎごちなさがなんだか哀しくて、そのことは突っ込めなかった。

「だったら尚更じゃん。私の手が、どうしたって必要でしょ?」

喋りながらも手は動かして、目の前の箱の中をガサガサやっている。どうせ家を片付けるなら、一年ものあいだ開けずに暮らせていたんだからこの十数個の段ボール箱をぜんぶ捨ててしまおうと思ったのだ。でも、その前に一応中身は確認しておこうと思って箱を開けてみた。

「うん、だから結果的にいっぱい手伝ってもらうことにはなっちゃうと思うけど、でもまみちゃんにはまみちゃんの人生があるから、それを私と結愛が邪魔しちゃいけない」

「だから、邪魔じゃないって言ってるの！」

中身は全部、ガラクタだった。荷造りの最後の最後に残った細かいものを、いる物といらない物に分別するのが面倒臭くて全部こん中に入れちゃいましたっていう箱だった。

「今はそう言うけど、彼氏ができたりしたらまたそれも変わると思うし」

使いかけのまま中身が固まってしまっているマニキュアや髪の毛がついたヘアピンなどのゴミに混じって、春人からのメッセージカードが見つかった。バラの花束についていたやつだ。

「彼氏ならいるよ」

上の空で答えながら、春人の手書きの文字を目で追った。捨てられずにここまで持ってきていたとは思わなかった。本当に好きだったんだなって、今はもうどこか他人事のように静かに思った。

「え？　この前の人？　つき合ってるの？」

春《はる》って呼んで欲しがっていたから、あまのじゃくな私は最後まで春人《はるひと》って呼んでいた。それなのに、最後の手紙に「春より」って自分で書いちゃう春人の〝ダサさ〟を、ちょっと哀しく、でも愛しく思ってから、カードを箱の中にポイッと捨てた。

「あーうん、その人。まだだけど、つき合うと思うよ」

「まみちゃんの、その自信は一体、どこからくるの？」

「自信とかと関係なくない？　相手が自分のこと好きなのって分かるじゃん」

「…………。でも大事なのは、まみちゃんが好きかどうかじゃない？」

「好きだよ？　って、今はその話はいいよ。私、できるだけのことはするつもりだし、ここちゃんがひとりで息抜きできる時間とかもつくってあげるからね。そうだよ。明日、ネイルサロンでも美容院でも、なんかどっか行ってきなよ。ゆっちゃん見ててあげるから！　お金も私が出してあげるよ。絶対どっかで息抜かないとあんた精神的にもたないって！」

「私、前から思ってたんだけど、まみちゃんって……」

「なによ」

「チャラ男みたい」

「は？　嘘でしょ、なんでそうなるの？」

「チャラい男の人みたいに、言葉がすごく優しいんだもん。聞いているこっちは、そんな風にはいかないって頭では分かっていても、耳がつい喜んじゃう。だれかにずっと言って欲しかった台詞を、代わりに口に出して言ってくれちゃうんだもん。借りてるお金を返す前に、金は俺が出すからとか、そういうこともスラスラ言えちゃうの」

「ああ……」

忘れてた。金のことやっぱり覚えてたのか。

「だから、分かる。男の人が、まみちゃんのことを追いかけるのが」

「なにそれ。チャラ男にハマった女みたいに、男が私を追いかけんの？」

言いながらも、頰がにやけているのを感じてる。悪い気は、そりゃしない。

「まあね。でも、まみちゃんは本当に優しいし。私なんかより、ずっと優しいよ」

「それは、ない。だって私は目には目を歯には歯を精神で」

もし私があんたならあいつを社会復帰できないほどにズタボロに追い詰める、と言いそうになって慌てて話題をひとつ前に戻した。

「ここちゃんはさ、チャラ男を知らないんだよ。チャラい男ってのはさ、別れ際に自分の愛車のナンバープレートにも入れてる〝ラッキーナンバー〟の数だけバラを送りつけてくる男のことを言うの。ロマンティックなつもりの演出にまで、透けてみえちゃうの。結局自分のことだけが大好きですってのが。だから、そんなのと一緒にしないで。私は自分のことより、今はゆっちゃんとここちゃんのことを、」

大事に思ってるつもりだと言おうとしたら後ろでゆっちゃんの泣き声がして、

「あっ起きたごめん！　じゃ明日」

ここちゃんに通話をブツッと切られてしまった。

携帯を持った腕をおろす間もなく聞こえてきたツーツーツーッという音を聞いていたら、最後にいらんことを言ってしまったような気がしてきた。

元気づけたいと思っていたのに、褒められたら嬉しくて調子に乗っちゃって、ついいつもの手口で妹を落としたうえで〝自分大好き〟みたいな話をしてしまった自分に凹んだ。春人と同じじゃないか……。

目の前の段ボール箱の中身を分別しなきゃいけないんだったと思ったら、あまりの面倒臭さに目眩がした。まるで、デジャブ。一年前、春人と暮らしていた部屋の中で、本当に引っ越しなんかできるのかと途方に暮れていたことを思い出した。今、ここにあるのは、あの時の自分が分別を放棄してとりあえず丸ごとここに持ってきたガラクタたちだ。

ここで逃げずに、きちんと片付けることが自分に対するケジメであり、ここちゃんに対する〝詫び〟にもなるだろうと考えることで、自分自身に気合いを入れた。またいつか使うかもとか、だれかにあげたら使うかなとか、箱から何かを取り出すたびにいちいち生まれる邪念を無視して、燃えるだろうってものとどう考えても燃えなそうなものに分けてどんどん捨てていった。

あとちょっとでひとつ目の箱が空になるというところで、手が止まった。やっぱりこれはと思い直し、捨てたばかりのヴィトンの長財布を燃えるゴミの袋の中から取り出した。

渋谷の西武で買った。その日のことまでよく覚えているのに、あれは既に十年以上前のことなのか。ばばちゃんから貰った高校の入学祝いとお年玉を合算させてやっと手に入れた、初めてのブランド財布。

でも、だから取っておこうと思ったわけではない。表面も擦れてヨレヨレだし。ただ、財布の厚みが気になっただけ。お金が入っていたら罰当たりだし。

なんて、心の中で言い訳をしながら財布を開けた。札を入れるところにみっちりと詰まっていた白いレシートをごっそり取り出し、なんとなくめくって見ていたら夢中になった。

だって、LOVE BOATにLDS、EGOIST、moussyに、これはLOVE GIRLS MARKET。レシートに印刷されたロゴが目に懐かしく、眺めているだけで当時の記憶と共に胸がキュンとなった。ゲーセンのハサミで半分に分けてここに入れたままになっていたプリクラも、レシートのあいだか

ら発見された。

となりに写っている白髪メッシュのギャルは、ふじっこだ。苗字が藤なんとかだったから皆にふじっこって呼ばれてたその子と、金髪だった私はいつも渋谷でつるんでた。でも、確かもうふじっこじゃないんだよなぁと、三、四年前にフェイスブックで見つけた時に苗字が変わっていたことを思い出した。髪の色も落ち着いて別人みたいに見えないこともなかったけど、何十回とプリクラを撮った仲だ。小さなアイコンの顔写真だけですぐに分かった。

そういえば、フェイスブックにアカウントを持っていることも忘れていた。始めてすぐに春人とつき合って、既婚者との旅行写真をアップするわけにもいかないのでつまらなくなってログインしなくなり、もうパスワードも忘れちゃった。

ふじっこ、元気にしてるかな。もしかしたら今はもう、アイコンの写真がふじっこの赤ちゃんに変わっているかもしれない。見てみたい気もしたけど、過去の知人たちと芋づる式にズルズルと繋がってしまうのは不本意だ。もう会うこともないかもしれない大勢の人たちを〝自分の友人〟として数にカウントしておくのが嫌だから、携帯番号を変えたのだ。

他人が持つ過去の〝自分のイメージ〟みたいなものに知らず知らずの内に囚われて、自分で自分をつくってしまうことがだんだんしんどくなってきた。私の〝このキャラ〟は手づくりだというようなことを、ここちゃんに言われた頃からかもしれない。

〝ぶっ飛んでるでしょ私って〟〝こんなこともしちゃうんだよ私って〟みたいな自分を楽しみ尽くした十代、二十代を経て、遂に私はそんな自分に飽きたのかもしれない。真面目に働き始めたことも私にとっては大きな変化だった。

「なんか落ち着いちゃったね」って昔からの私を知る女友達に言われた時はうんざりしたし、つまらない人間になったねって言われたように感じてムカついた。でも、私は自分の人生を使ってあんたを楽しませるエンターテイナーじゃねぇしと思ったら、その関係自体がうざったく思えた。で、メールを数回無視してみたら、プツッと切れた。お互いなんとなくまだ繋いでおいただけの縁なんて、そんなもんだったのだ。

あぁ、それはまさに、部屋の中に放置し続けたこの段ボール箱の山と同じ。生きていれば物は自然と増えてゆく。それぞれに、思い出みたいなものもそりゃあ染み付いている。でもだからって、過去のすべてを取っておけば、今を生きる空間が圧迫される。

支配されることが何よりも嫌いだから、息が苦しくなるような窮屈さを感じ始めたタイミングで、いつも男とも別れてきた。それなのにまさか、自分の過去に自分の今を浸食され始める時がくるなんて思わなかった。

春人と別れてここに戻ってきてからの一年はまさに、過去の自分との戦いだったように思う。

もしかしたら、三十って、そういう年齢なのかもしれない。

なんかしんどいなって振り返ってみたら、自分の後ろにいつの間にか荷物が増えていた、というような。それを、ひとつずつ整理するのはかなりのエネルギーを使うけど、この一年でだいぶその作業が進んだ気がする。

自分自身と、正面から向き合ったのは初めてだったかもしれない。だって気づけば、十二歳の時から彼氏が途切れたことがなかったのだ。所有はされていないつもりでも、だれかのことを好きな状態でいることで、自分が見えにくくなってしまう。

まぁ、ぜんぶ、後付けだけどね。

そこまで考えてから、随分とかっこよくこの一年をまとめている自分に突っ込んでやった。だって別に、この一年間それを意識して恋愛を避けていたわけじゃないし。むしろ、慣れない仕事に忙殺されていて、そんなことを考える余裕もなかった。あ、でもそう考えてみると、最近すごく久しぶりにまた好きな人ができたってことは、〝心の整理〟がついた証拠かもしれない。

そう思ったら急にテンションが上がり、これをすべて捨て切った瞬間に自由が手に入るように思えてきた。残りの段ボール箱についたガムテープをベリベリと剝がしていったが、最後の箱を開ける頃にはまた気持ちが乱れてしまっていた。

捨てる気満々で開けた箱の中身はすべて、春人に買い与えられた洋服だった。クローゼットに入り切らなかったので、箱ごと放置したまま持っていたことも忘れていた。捨てるどころか今すぐに鏡の前に持っていって身につけてみたくなるほど上質な服ばかりだった。

「僕を捨てたのは、まみちゃんだよ」

春人に言われた台詞が、春人の声のまま頭の中で再生された。

違う。それは、全然違う。今ならその違いを説明できるのに、あの場ではとっさに言葉が出てこなかったことを今になって悔しく思う。

私は彼を、自分のものだと思ったことなど一度もない。大好きだった。そばにいたいと思ってた。

だから、いた。それが私にとっての恋愛なのに、一緒に時を過ごすうちに彼は、私のことを自分のものだと勘違いしてしまったのだ、きっと。だから、〝捨てる〟だなんて言葉が出てくるのだ。捨てるのと、別れるのは、まるで違うのに。

別々の道に、お互いの幸せを
見つけることができますように。

ついさっき目にした、春人の癖のある手書きの文字を思い出す。春人は、もちろんその違いを分かっていて使い分けたのだ。

私の心を取り戻す手段としてバラの花束の中にさりげなく〝別れ〟を盛り込み自分の魅力をアピールし、最後の最後には、〝捨てる〟という言葉を使って自分が被害者であると決めつけた。

男らしさって、なんだろう。男を知れば知るほど、分からなくなる。

はぁっ。短いため息をついてからポケットの中からiPhoneを取り出し、ユーズドという単語で検索をかけた。一番上に出てきた古着のセレクトショップにそのまま電話をかけ、箱の中の洋服のタグにかかれたブランド名を次から次へと読み上げると、着払いで送ってくれと即答された。後日、買い取り金額を提示してくれて、もしそれに納得がいかなかったらすべて送り返してくれるそうだ。いくらでもいいから売りたいと答えそうになったが、今そう言ってしまえば安く見積もられそうなので黙っておいた。

貰えるもんは、貰っとく。

ふと、そんな私に男らしさがどうとか言われても男も困るわ、と思ったらおかしかった。

荷物をすべて発送してからバルコニーに出ると、日焼け止めを塗っていないことが気になってしまうほど日差しが強かった。一仕事終えた後のタバコが最高にうまい。いつもの癖でタバコを持っていない方の手でiPhoneを手に取った。

下にも上にもスクロールできないアドレス帳が、新鮮だ。三件しか入っていないんだから、電話する相手を迷うこともない。なんて、気持ちがいいんだろう。

「もしもし。私、分かるかな？　真実子だけど」

「あ、分かるよ」

そうだ、意外と低い、いい声してた。正太郎が、すぐに出てくれたことが超嬉しかった。初めて会った朝、話していたら突然ここちゃんから泣きながら電話がかかってきて、急遽バイクでここちゃんちまで送ってもらったのだ。

「この前は、ありがとうね！　って、この前っていってもけっこう前だね。元気？」

「元気？　って、ずっと連絡、待ってたよ」

「え？　私も電話こないなーって思ってたけど」

「だって番号、俺、教えてもらってないよ」

「嘘！　そうだったっけ？」

「そうだよ。ほら、どっちみちすぐ変えるって言ってたから。俺の番号も消えちゃったのかなーって」

うっかりしてた。そうだった。番号を変えたら私からかけると言ったんだった。ここちゃんのマンションの下で、彼の番号を手に書いてもらって別れたのだ。

「ううん。ちゃんとメモ取っておいたから、新しい携帯にもすぐに登録したんだよ。〝高崎正太郎〟ってフルネームで！」

「アハハ。そっか、でもよかった、かけてくれて」

「今何してるの？」

「あ、今？　仕事だけどちょうど昼の休憩入ろうかなーって思って裏で一服してた」

「じゃあ、その昼の休憩一時間ずらせない？　今から会いに行くよ！　あ、うち渋谷まで一時間くらいかかるのよ」

「え、マジで？　全っ然いいよ」

「全っ然、いいの？」

あ、そうだ、この感じ。正太郎と喋ってると、つい揚げ足を取っていじりたくなる。突っ込みたいポイントを見つけただけで胸がワクワクして、なんだかいたずらな気持ちになってきて、正太郎が困っている顔が見たくなる。

「全っ然、いいよ！　むしろ、俺そのまま仕事あがるわ、今日」

「なにそれ、いいの？」

言いながら頬が思いっきりにやけてしまう。

「てか、むしろ俺が今からそっち行ってもいいし」

「なにそれ、そんなに私に会いたいの？」

冗談のつもりで言いながらも、先に自分で笑っちゃった。

「すげー会いたい。てか、もう会えないかと思った。手とかじゃなくてちゃんと紙に書いて番号渡せばよかったとか、でも店教えてあるからもしかしたら突然入ってきたりするかなとか勝手に期待して、仕事中もお客さんが入ってくるたびにドキドキしてた」

「すごい、素直なんだね」

そう思ったら口に出して言っていた。

初めて会った時も好きだなって思ってたけど、その好きはまだ、番号を伝えていないこともすっかり忘れて〝電話こないなー〟って時々思い出す程度のものだった。だからその間、彼がそこまで想っていてくれたとは意外だった。それに、シャイな印象があったから、自分の感情をストレートに言うタイプではないと勝手に決めつけていたこともあって、そのギャップに一気に惹き付けられた。すごく、

「好きだなぁ」

「……え？」

「…………」

「そういうとこ、素直なとこ、私、すごい好き」

「もしもし？　聞いてる？」

「え、あ、いや、何て言っていいか分からなくて」

「ちょっと、なんでそこで急に照れるのよ！　私が恥ずかしいじゃん」

別に恥ずかしくもなんともないのにそう言って笑ったら、早く会いたくってたまらなくなった。会って、もっと、喋りたい。

「一時間後に、宇田川町の、あのさ、ハーレムとかエイジアとかある坂の入り口んとこで待ってて。すぐ家出るから。あ、だからすっぴんでもいい？」

「全然いいけど、渋谷じゃなくても俺はいいよ？　そっちからだと遠くない？」

「で、どっか入ろ！」

正太郎を無視して私は続けた。

「入るって、えっ？」

「喋りたいの、ゆっくりふたりきりで。でも今うち、めちゃくちゃだし、でも明日までに絶対に片付けなきゃいけないからあんま時間ないし、正太郎んち、吉祥寺でしょ？　遠いからそこまでは行けないし」

「…………」

「ラブホの休憩時間が、丁度よくない？」

「……マジで？　マジで言ってんの？」

「なんで？　やだ？」

「え、だって、いや、あの、いいの？」

「なんでダメなの？」

テンパってる正太郎を想像してみたけど、記憶の中の彼のイメージはすっかりぼやけてしまっていてハッキリとは描けなかった。それなのに、なんだか愛おしくって抱きしめたくなった。でも別に、変な下心があるわけじゃない。ぶっちゃけ、まつ毛が濃くて長かったことくらいしか覚えてないし、ヤリたいとかではまったくない。ただ、本当に軽い気持ちで誘っただけだ。

って、そっちの方がチャラいじゃないか。

ここちゃんに言われたことを思い出して自分で突っ込みながら、私はそのままの格好で家を飛び出した。

浮かれながらもすっぴん隠しのサングラスをかけることだけは忘れなかったが、エレベーターの中で財布を持っていないことに気づいて部屋に戻った時以外、頬がずっとにやけていた。


「こっちの部屋がいい！」

室内の写真がピンク色に光っているふたつのパネルのうち、右側の方がまだマシだったのでそっちを押した。まさか、日曜昼間のラブホテルがこんなにも混んでいたとは。どこもかしこも満室で、部屋を探してホテル街を並んで歩いているうちに、電話で話した時のような楽しい空気は消えていった。

「つーか混みすぎじゃない？」とわざとはしゃいだような声で話しかけたら、

「みんな不倫しすぎだろー」

正太郎の悪意ないジョークが笑えなくて黙ったら、余計に気まずくなった。部屋へと通じる細くて薄暗い通路を一列になって歩いた。カチャリと鍵を差し込んでドアを開けた彼の背中を追って部屋に入ると、ベッドサイドに備えつけられた大人のオモチャの自動販売機が目に飛び込んできた。

「………」

たぶん、同じ理由から言葉を失っていると思われる正太郎に、「ごめん」と謝った。

「カフェで、お茶でも飲めばよかったよね」

「え、いや、俺はいいんだけど………」

と言いながらこっちを向いて、「むしろ、なんか、ごめん」と苦笑いしながら言った正太郎の目尻のしわが、彼を年相応に見せていた。記憶の中の正太郎はもっと少年っぽい印象だったんだけど、彼はきちんと三十代後半の男という感じだった。待ち合わせ場所で会った時から、ちょっと調子が狂ってしまった。正太郎は思っていたよりもずっとかっこよかった。

「ううん。私の選択ミス。ほんと嫌になっちゃうんだけど、私ってよくこうなるの。調子に乗るとすぐ滑る」

話しながら、いつもの癖でなんとなくお風呂場を覗き込んだ。

「調子に乗る、と?」

後ろで正太郎の声がした。

「そう。正太郎に会いたいって言われて私、完全に調子こいた………」

聞こえるように大きな声で言ってから、バスルームと部屋を仕切るドアから顔を出すと、ベッドに座っていいものかを迷うようにして狭い部屋の中を右往左往していた正太郎と目が合った。

次の瞬間、私たちはどちらからともなく笑っていた。

「ま、せっかくだから、ゆっくりコーヒーでも飲もうよ」

棚から白いカップをふたつ取っている正太郎の後ろ姿を見ながら、すぐ真後ろにある大きなベッドに腰掛けた。

「そういえば、妹さん、大丈夫だった？」

「あ、うん。あの時はかなり取り乱してたけど、今はもう落ち着いたみたい。明日、うちに戻ってくるんだ。子供連れて」

「子供いるんだ？　ってことは、結婚してたの？」

「そうだよ。あれ？　話してないんだっけ？」

「泣いてるから行かなきゃって、それしか聞いてないよ。すごい焦ってたからすぐに妹さんとこ向かったし。って、この前のこと何にも覚えてないでしょ？」

振り返った正太郎の目尻には、また優しいしわができていた。このしわ、好きだなって思いながら、彼の手からカップをひとつ受け取った。

「んー、覚えてるつもりだったけど、ここちゃんのことが、あ、妹ここちゃんっていうんだけど、けっこうショックだったんだよね。だから、ところどころ記憶が曖昧かも」

何も言わずに正太郎が私のとなりに腰をおろした。ここちゃんの事情を話し始めてみたものの、〝でき婚〟という言葉を使ってしまった時点で胸が痛くなった。簡潔に話そうとすればするほど、その裏側にあるここちゃんの痛みがまったく伝わらないような説明になってしまって、なんだかここちゃんに対していたたまれないような気持ちになった。

「でも本当は、そんなチープな感じでは全然なかったんだよ。会えば分かると思うけど、すごい慎重で真面目な子なのね。なんか、実際に起きたことを言葉にするとすっごく軽くなっちゃうけど」

「ああ。それは、すごくよく分かる」

「どこの部分？」

「その、一言で言っちゃえば〝よくある話〟って括られちゃうけど、その裏側にはそれぞれのいろんな事情と、言葉にはできないほどの複雑な想いがあるってとこ」

「……うん」

だからこの前、彼は自分の母親について何も言わなかったんだと思ったら、そんな気持ちも知らずにあっけらかんと聞いてしまった自分が恥ずかしくなった。

正太郎が空になったカップを私の手からさりげなく取って、目の前のテーブルに置いてくれた。

そして、

「俺も、それと同じでさ」

と、テーブルの先を見つめたまま言った。

「〝子供の頃に母親が男つくって出てった〟って人に説明するの、すごい嫌なんだ。別に、そのことが今もトラウマになってるとかそういうことじゃなくて、なんていうか、実際にあったことはそれだけじゃまったく伝わらないことなのに、聞いた側はすんなり事情を理解したつもりになる。そのギャップがなんだか気持ち悪くて、いつも言った後で気持ちが重くなる」

私の方を一度も見ることなく、

「だから、分かるよ」

って、優しい声で言った正太郎に触れたくなった。

ベッドの上に置いた右手を彼の左手に近づけたら、ほぼ同じタイミングで彼は左腕を持ち上げてコーヒーカップに口をつけた。彼の横顔を見ながら、「左利きなんだね」って言ったら、目尻に私の好きなしわが入った。

「………あ、うん」

「お母さんのこと、トラウマになってないって言い切れる？」

「………」

さっき反省したばかりなのにまた無神経なことを聞いているのは分かっていた。でも、知りたかった。

「私は、言い切れないから」

声が掠れて、思っていたより言葉が哀しく響いてしまった。正太郎がすぐ近くで、私を気遣うような優しい目線を向けているのが分かる。

「まぁ、そうだなぁ、女の子のことあんま信用できないとこは、あるっちゃあるのかなぁ？」

軽い口調でそう言ってからすぐに、「って、俺、好きな子に向かってなに言ってるんだろ」と慌てた彼に、胸がカァッと熱くなった。

――好きな子。

ドキッとした。電話ではああ言っていたけど、久しぶりの再会で改めてどう感じるかはお互いに分からなかった。今こうしてとなりに座っている彼にそう言われると、突っ込むどころか目すら合わせられなくなった。

「いや、女の子のこと、信じられないとかそういうんじゃないからね？」

誠実な人なんだろうなって思った。話せば話すほど、惹かれていく。

「男は信用できないとか、女は信用できないとか、そういうことじゃないんだと思う。男と女が、家族というカタチに収まることにムリがあるんだよ。でも、同時に、ムリしてでも欲しいと人に思わせる何かが、家族というものの中に、あるんだとも思う」

「俺は、ムリしてでも欲しいな、家族」

こっちを向いたと思ったら、彼は私の目を見て言った。視線を合わせてくれたの初めてかもって思いながら私も彼を見つめ返したら、「私は、ムリしたくないな」ってバカ正直に答えていた。

「…………」

「…………」

お互いの顔を見合わせたまま、じゃあ俺たちダメじゃんって空気に一瞬その場が固まって、次の瞬間またどちらからともなく噴き出した。ラブホテルでこんな会話をしていることがおかしくって、私は笑いながらバタンと背中を後ろに倒してベッドの上に寝そべった。

「なんか、楽しいなー。この前も思ったんだけど、正太郎と喋るの、すごい楽しい」

「そんなこと、言われたことないけどな」

ベッドの端に前屈みの体勢で座ったまま、正太郎がぼそっと言った。確かに、トークがウケるタイプでは全然なくて、そこにツボって笑ってしまった。私が何にウケているのか、全然分かっていない彼がまたおもしろくって、愛おしい。

「正太郎に、渋谷で会いたかったんだ。渋谷にいて楽しいなんて思ったの十代以来かもしれない」

白い天井を見上げながら、独り言みたいに喋っていた。

「今日さ、部屋を片付けながらちょうど十代の時のこと思い出してたのね。渋谷、大好きだったなーって。恋に落ちたみたいにこの街に夢中だった。でも、もうとっくにその熱は冷めてたの。むしろ、見下してた。ガキの街だって。でも私、やっぱり好きだって思った、今日。正太郎とラブホ街彷徨《さまよ》いながら、このごちゃごちゃ汚い感じも、正太郎とのなんとなく気まずい感じも、ぜんぶ全然嫌いじゃないって思った」

彼が聞いてくれているのが伝わってきて、心地よかった。

「なんか、背伸びすることに必死だった二十代がやっと終わって、ゆっくり本来の自分を取り戻してきてる感じがするの」

そう言ってから、ちょっと違うと思った。

「二十代が、やっと終わったんじゃなくて、家族の事情に揉みくちゃにされながら、それが嫌で全身で暴れてた十代から、やっと十年が経ったって言った方が正確かもしれない。十代にあったすべてのことと自分とのあいだに、柔らかいクッションができた感じ。

十代の時にいた場所から、できるだけ遠くに行かなきゃって勝手に思い込んで、背伸びばっかりしてたのが、私の二十代だったのかもなぁ。

年齢なんて今までは特に意識することもなかったんだけど、気づいたら三十代に入ったことがひとつの区切りみたいになっててさ、何かが自分の中で、変わっていってるのを感じるの。

何て言うのかな。もう自分に似合うものは自分が一番よく分かるからって自信満々で、鏡も見ずにジャラジャラと着飾っていたんだけど、ふと、アクセも重たいし服も動きにくいなって気づいて久しぶりに鏡の前に戻ってみた感じだった。で、一個ずつ外していったら、なんだこっちの方が素敵じゃん、みたいな。引き算のオシャレ的な！

でもその一方で、渋谷なんてもうダサいでしょ、みたいに何かを丸ごと切り捨てちゃう感覚は薄れていって、やっぱりこれのこの部分はいいじゃんって、ゴミ箱の中からもう一度自分の好きなものを拾い上げていく作業も同時にしてるっていうか。

あ、でもそれも引き算だ！　変な自意識が抜けていったのかな。三十年かけて集め続けてきたものの中から、余計なものが削ぎ落とされていって、やっとその中に埋もれてた〝自分〟が見え始めたような感覚があるんだぁ。それはたぶん進化なの。でも何故か、昔の自分に戻っていっている感じもあって、なんか不思議」

シーツに頭をつけたまま、首をかしげて正太郎の後ろ姿に視線を向ける。

「ねぇ、三十代って、そんな感じ？」

私が聞くと、「あー、どうだろうなー」と言いながら正太郎は伸びをするように両腕をあげて、ゆっくりと私のとなりに倒れてきた。まるで、昼寝するために芝生の上に寝転ぶような仕草で、両腕を頭の下に組んで仰向けになった。

あまりに色気のない彼の動作に、心の中でちょっと笑った。だって、これはさすがに本人には言えないけど、自然を装った感がすごかったんだもん。ラブホテルのベッドの上で好きな子のとなりに横になるって行為にドキドキしている彼の鼓動が聞こえてくるようで、つられて私までドギマギしちゃう。

ふたりで並んで仰向けに寝ている方が不自然に思えたので、寝返りするようにして体ごと彼の方を向いた。すぐ近くで正太郎は、すました顔をして天井を見つめている。

まつ毛が、やっぱり、濃くて長い。

「俺はもう三十六だけど、今年やっと店出して、まだスタート地点に立ったばっかだからなぁ。女の三十は男の四十って言うから、四年後にまた聞いて?」

そう言って、正太郎も体を私の方に向けた。顔がグッと近づいたと思ったら、彼はじっと私を見つめていて、目線を私の目からそらそうともしない。手が、私の頬にそっと触れた。心の奥がグラッと一瞬、不安定に揺れた。

立場が急に逆転したかのように、私の方が彼よりもずっとドキドキしているみたいで悔しくなる。このまま、目を閉じてキスされることもできたのに、

「てか、そんなこと言うっけ?」

なんてまた揚げ足を取った私に、

「え？　言わない？　女の二十歳は男の三十だっけな」

って、ちょっと慌ててくれた正太郎を愛おしく思った。頬に触れるあったかい彼の手の上に自分の手をそっと重ねると、彼が何か言おうとしてやめたのが分かったので「何？」って聞いた。

「い、いや別に今言うことでもないんだけど」

その前置きだけでも既にちょっとおもしろくって「言ってよ」って頼んだら、

「渋谷がイケてない街だとはまったく思ってなかったから、地味にショックを受けてるんだ。イケてる場所に、店出したつもりでいたから」

「アハハ！」

正太郎の手を頬の上でギュッと握りしめながら、声を出して笑ってしまった。

「地元どこだっけ？」

「ちょっと、なんだよそれ、バカにしてるだろ？」

正太郎は笑いながら私の手から手を引き抜いて、私の腰を掴んでグッと自分の方に抱き寄せた。彼の体に引き寄せられた瞬間、服越しにも彼の体温を感じて、心臓が、痛くなるくらいにドキッとした。そんな私を見透かすかのように、目の奥を覗き込んでくる彼の視線にゾクゾクさせられた。

「だって、スクランブル交差点が世界一イケてる場所だと思ってるんなら、せざるをえないもの」

悔しくて、彼の目の奥を、睨み返すようにして言ってやった。

「別にそこまでは思ってねーよ！」

ぶっと噴き出した彼の熱い息が、首筋にかかった。と思ったら、彼の身体の重みを全身に感じて、息が苦しくなった。左耳に彼の唇が当たる。と思ったら、耳元で、声がした。

「キス、していい?」

「なんで、聞くの?」

彼は答えずに、耳たぶにそっと歯を立てる。その、さっきまでの彼からは想像もできないほどのこなれた仕草に、嫉妬にも近い感情が芽生えて、

「いつも、聞くの?」

声を出すのもやっとなくらいに感じてしまう。

「いや、違うけど」

彼の冷静な声が、私の身体の奥を火照らせる。それなのに彼は急に私の耳から顔を離して、

「ほら、結婚観も違うことだし」

私を茶化すように笑ってそう言った。また、目尻に深く入ったしわに触れたくて、真上にある彼の顔に手を伸ばした。しわに、そっと指で触れて思ったことを、私はそのまま口にした。

「あなたをこっぴどく傷つけることも、あなたにめちゃくちゃに傷つけられることも、私、今、すっごく楽しみ」

真上から私を見下ろす彼と見つめ合ったまま、彼の目元に触れていた手を彼の胸まで一気におろした。

「だって、そこまで傷つけ合ったら絶対にここ、死ぬほど痛くなるでしょ?」

そう言って、彼の身体を下から突き上げるようにして手の平で彼の胸元をグッと押した。

「ここの痛みが激しければ激しいだけ、共に刻んだ恋の深さを思い知る。私、あなたとそこまで行ってみたい」

手を、身体で思いっきり押し返された、と思ったら顔が彼の両手に包み込まれていて、上からそのままキスされた。まだ、なんか言いたかったのに、彼の舌に溶かされるようにしてまぶたがとろんと閉じてしまう。どこかに摑まっていないと、身体ごとシーツの中に消え入ってしまいそうな錯覚を起こして、彼の頭に両腕を回す。この人と、ぐちゃぐちゃに傷つけ合いたいと思えば思うほどに欲情して、深いキスをしながら彼の後ろ髪を引っ張るように摑んでいた。

彼の手が、腰のあたりまで下りてきたのを感じると、それだけで身体がビクッと震えてしまった。彼の舌が唇を離れ、首筋を下から上に這うように舐めてから、耳にきて、熱い息が吹きかけられる。

「んっ」

漏れた声の上から彼が聞く。

「最後まで、していい？」

目を開けて、私は彼を下から睨む。

「早くしてよ、最後まで」

彼は上半身をガバッと起こして、私の腰の上に馬乗りになったまま両腕をあげ、着ていたTシャツを脱いだ。筋肉質な身体が意外で、なんかスポーツでもしてるのって聞いたら店を出すまで肉体労働してたって言うから、ギャップがそそるねって茶化そうとしたのに、彼の身体が真上から倒れ込んできてキスで口を塞がれた。

その後は、ギャップなんて言葉じゃ言い表せないほどで、「こんなに何度もイッたの生まれて初めて」だって服を着ながら正直に伝えたら、「家族になりたくなった？」なんてあまりにも気持ち悪いことを返すから、まだ裸の背中を思いっきりぶっ叩いたりして、ホテルを出てからも、目の前の坂を何度も本当に笑い転げそうになりながら、高校生カップルみたいにじゃれ合って彼のバイクまで一緒に歩いた。

家まで送ってくれるという彼の腰に後ろから抱きついて、走り出したバイクの上で顔面に当たる風を受けていたら、どうしてだろう。急に、泣きたくなってきた。今まで胸の中に蓄積され続けてきた〝感情のしこり〟のようなものが、さっきの熱で溶かされて、外に流れ出ようとしているみたいだった。

涙の粒が風に飛ばされて、私たちの、後ろへ後ろへと散ってゆく。たった一度のセックスで、こんなにも私の身体の内側まで入り込んできたんだって思ったら、目の前の背中が急に憎たらしくなって、そこに前歯を立ててみた。けど、噛み付くほどの肉がなかったから、仕方なくそこに口をつけてフーッと熱い息を吹きかけたら、やめろ！　って合図みたいに彼のお腹に回してあった手の甲を、彼にパシッと叩かれた。唇からふっと笑いがこぼれて口が離れてしまったから、今度は濡れた目尻をそこに擦りつけるようにして、彼の背中に甘えてみた。

渋滞していた車の列の横を、私たちは走り抜けた。

そのスピード感覚が体から抜けていない状態で、勢いよく掃除をした。外が明るくなってきた頃には、ここちゃんが住んでいた時の状態に近いところまでリビングとキッチンが片付いた。テーブルの上に、切ったままの状態で散らばっていた短冊上の折り紙も、ひとつずつクルッと丸めてはセロハンテープでとめてネックレスをつくり、ソファの上によじ上ってリンダの首にかけてやった。

あとは、ソファの上にごちゃごちゃっと置いたままになっている雑誌やら化粧品やら洋服やらを、とりあえずまとめて自分の部屋に移動しちゃえば完璧だ。本当は今すぐにバルコニーに出て一服したかったけど、ここで気を緩めてしまえばそのまま放置してしまいそうだったので、最後の力を振り絞ってすべてをいっぺんに両腕に抱え込み、背中で部屋のドアを押し開け、ベッドの上にバサッとぶちまけたら、

「痛っ‼」

何かが右足の上に落ちた。鋭い痛みにその場にしゃがみ込むと、すぐ横にさっき使ったばかりの工作用のハサミが落ちていた。

あーもう何やってんだろ。もし内出血していても赤いペディキュアを塗っているから分かんないや、と視線を中指の爪からあげると、クローゼットの前に落ちている白いカードのようなものが目に入った。

腕を伸ばしてそれを手に取り、ひっくり返した瞬間、痛みを忘れて頬が自然とほころんだ。

それは、改装前のこの家のリビングで撮られた写真だった。見覚えがあるどころか、これを撮った時のことまでよく覚えている。ヴィトンの財布の中から落ちたものだということもすぐに分かっ

た。十六の時に家出同然でこの家を出る前に、アルバムの中から剝がして持っていたものだった。

ばばちゃんの膝に抱かれているのがここちゃんで、そのすぐとなりにピタリと寄り添ってここちゃんを見つめている私はその日、五歳になった。これを撮った後ですぐ「まみちゃん、ちゃんとこっちを向いて」ってカメラを構えたまま、ママが言ったこともよく覚えている。アルバムの中にも確か、これとまったく同じ構図で私が前を向いて笑っているものがあったけど、私はこっちを選んで持っていった。まだ赤ちゃんのここちゃんが、ばばちゃんに抱かれながら私の方を見て笑っているその顔がすごくかわいかったからこっちの方が好きだった。

私たち姉妹は見つめ合っていて、ばばちゃんはママに向かって微笑んでいる。改めてそのことに気づいたら、まるで二十五年前に撮られたこの写真が、私たちの未来を暗示していたように思えてきた。写真の中のここちゃんは、見違えてしまうほどに今のゆっちゃんにソックリで、そんなここちゃんに五歳の私が向けているのは、ゆっちゃんへのここちゃんの優しい目線そのものだった。

五人で一緒に写真を撮ることはできなかったけど、ママとばばちゃんは今も、これを撮った時と同じくらい近くにいてくれている。そう思ったら、腕に鳥肌が立った。ふたりの体温を空気の中に感じた。これまでも家の中にふたりの気配を感じたことはあったけど、今ここにいるって確信できたのは初めてだった。

あと数時間後にはここに戻ってくるここちゃんと、珍しく長電話をしながら私は写真をフレームに入れた。人生でこれを超えるものは絶対に撮れないって言い切れるほどの一枚なのに、十六だった私が写真の上にデカデカと油性マーカーで〝My Family〟と、当時流行っていたヒップホップ風の字体でタギングしていたことだけが残念でならない。最後のyの下が←になっていて五歳の自分の頭の上を指しているのには苦笑する。でもまぁ、それも含めて私の歴史だ。

これを入れるためにフレームから取り出したのは、数年前の私の顔写真で、気に入って飾っていたけど改めて見ると、眉の形がもう既にちょっと古かった。でも美人に写っているし捨てたくはなかったからやり場に困り、写真を持ったまま部屋の中を歩き回っていたらいいことを思いついた。ここちゃんと通話中の携帯を肩と頬に挟んだまま、リンダのネックレスにセロハンテープで貼ってみた。

金と銀の折り紙でできた鎖にぶら下がったモノクロの写真は、でっかすぎるチャームみたいでおかしかったし、ここちゃんとゆっちゃんを歓迎するための飾りが一気に、〝自分大好き〟ネックレスになってしまった。これを目にした瞬間に頬を思いっきり引きつらせるここちゃんの顔が思い浮かんで、楽しみすぎて笑えてきた。

ここちゃんは「もうすぐ出る」と言って電話を切ったから、あと数時間後にはもうふたりはここにいて、これからは毎日三人で一緒に暮らすのだ。

ソファの背にもたれながら両足を投げ出して、バルコニーのカーテンが風で揺れるのを見ていると、疲労の限界を超えた体の重たささすら心地よかった。家が、こんなにきちんと片付いている状態になったのはとっても久しぶりで、気分がよかった。

しばらくするとうとうとしてきたので上半身を起こしてみたけど、すぐにぐったりとうつぶせの状態でソファに倒れ込んでしまった。

伏せた体の表面に、正太郎の体の重みが、フラッシュバックした。

手が、自然とソファと足のあいだに、潜り込んだ。したばかりのことを思い返してひとりでするのは私にとって、美味しいデザートみたいなもの。

ああ、触れる前からぼんやりと気持ちよくなってきて、まぶたがとろんと落ちてゆく。劇場の幕が少しずつ下りてゆくように、視界が上の方からどんどん狭くなっていく。

まぶたの裏の世界にツルンッと滑り落ちる寸前に、しあわせだなぁって思ったことを、だれかがドアを叩いているような耳障りな音の中で、ふんわりと思い返していた。

Chapter 6

Coco chan

運命は、
だれが決めるの？

あの朝、バイクに乗ってうちのマンションに駆けつけたまみちゃんは、スーパーマンみたいだった。腰に巻き付けたジャケットが風になびいていて、マントみたいに見えた。

運転していたのは見ず知らずの男の人で、彼もやはり〝今ドキ〟な感じの人だった。画《え》になるふたりを、結愛を腕に抱いて出た狭いベランダから見下ろしながら思っていた。

まみちゃんはいつだって、男の人を引き連れて私を助けに、どっかから飛んでくる。

深夜の授乳を終え、結愛が眠りに入ったのを確認してからベッドからそっと足をおろした。その下に敷いた布団の上で大の字になって寝ている石ちゃんを踏まないようにまたいで歩き、ドアノブに腕を伸ばした。

が、またTシャツとパジャマのズボンのあいだから腹が丸出しになっていたのが気になって振り返り、石ちゃんの足の先でぐちゃっとなっていたブランケットを手に取った。腹めがけてバサッと投げてから、寝室のドアをそっと閉めた。

物音ひとつしない薄暗いリビングでひとり、いつもの椅子に腰掛ける。やっと、果てしない長さにまで伸びていた脳内のやるべきことリストのすべての項目をクリアした。あとは明日、結愛を連れて家を出るだけだ。

結愛を抱えながらの引っ越しは、想像していた以上に大変だった。住民票の移し替えに保険の名義変更、保育園関係の書類の書き換えと新たな書類の提出など、ここ数週間のあいだに、ベビーカーに結愛を乗せ、バスと電車を計何本乗り継いだか分からない。

それらすべての手続きの一番初めに、ぐっすり眠っていた結愛を石ちゃんと共に家に残し、ひとりで離婚届を提出しに行った日が一番楽だったというのは、ちょっと皮肉。書類はすぐに受理されて、結愛が昼寝から覚める前にはもうここに戻っていた。実感など伴うはずがないほどに、離婚はあっけなく完了した。

その直後から今の今に至るまで、やるべきことをひとつずつ片付けることに必死だった。感傷に浸る暇すらなかったことに救われもしたが、明日、この家を出る前に、一度きちんと自分自身と向き合っておきたかった。

実家から一冊だけ持ってきたピンク色の日記帳を膝の上で広げ、蟻んこみたいな小さな字でみっちりと埋まった紙を指先でパラパラとめくっている。その中に真っ白なまま残っていた最後の数ページを使って、今の気持ちを整理しようと思っている。

それにしても、目に入ってくる文章をランダムに読んでいるだけで内容のあまりの暗さにクラクラしてくる。これを書いた時はまだ小学生だったのだと思うと、自分が気の毒に思えてくる。実家のベッドの下に隠した箱の中からこれだけ引き抜いて持ってきたのには、理由がある。他の数十冊の中にもまみちゃんが読んだら傷つくかもしれない文章はたくさんあったはずだけど、この日記帳だけは見せられない。

カチカチカチッと秒針が時を刻む音に急かされるようにして、ペンを手に取った。日記帳を開いて真っ白なページの上にペンの先をグッと立てると、黒いインクの先に小さな穴がプスッと開いた。

そこに視線を落とし、ペンを持つ手に喋りかけた。後で紙ごと破って捨ててもいいから、とにかくここに、喋るように書きなさい。

私、離婚した自分を褒めたい。この決断こそが娘にとって最良の選択だったのだと、心からそう思える日が来るまで一気に走り抜けてしまいたい。過去の自分が未来の自分のために描き続けてきた一枚の〝しあわせの図〟を、この目で見るまで絶対死ねない。

とっちらかった文章になってしまった。でもそれでもいいと自分に言い聞かせ、その日の自分を想像しながら、ペンを走らせる。

年老いた石ちゃんと成人した結愛が横に並んで歩いている姿が見たい。ふたりを後ろから眺めている私の頬にはどうか、自然な笑みが浮かび、その上の目尻には、ばばちゃんみたいな優しいしわがどうか、刻まれていますように。それこそが私の夢だったから。それだけはどうしても手放せないと思ったから。だから私は離婚した。

文字にすることで、自分自身が改めてそう説得された。指の先にまで入っていた変な力が、少しずつ抜けてゆくのを感じている。

自分が得ることができなかった、でも何よりも欲しかったものを自分の娘に与えたいと思うのは、とても自然なこと。でもその一方で、母の代からの負の連鎖を断ち切るのは難しいということも知っていた。母親の不幸を娘がそのままなぞってしまう法則を説いた書なんて、何冊読んだか分からない。いつも読み進めながら「私は違う」と念じるように唱え続け、読み終えるたびに決意を固めてきた。

だから、石ちゃんと出会うずっと前から決めていた。将来、結婚して子供を授かり家庭を持ったら、その後何があったって離婚はしないと。自分の人生の中に離婚の二文字だけは刻まない。そういった決意は日記帳の中にも、小学生の頃から何十回と繰り返し書いてきた。

今、ペンを押し当てているこの紙の向こう側にも書かれているだろうと思ったら、過去の自分を納得させるための文章が頭にどんどん浮かんできた。

「離婚」という二文字は、怒りをぶつける対象として丁度よかったんだと思う。小学生だった私にも分かりやすくて、すごく憎みやすかった。だからだ。私はその頃からそのままズルズルと「離婚」をピンポイントに恐れていた。絶対に落ちてはいけない穴はこれ。そこに落ちさえしなければ、ママのような不幸は、自然と私を避け、勝手に通り過ぎてゆく。

――頭の中の声は鳴り止まないのに、手が止まった。

石ちゃんが浮気していたことを知らせてきたパソコンの画面を見ていた時もまだ、私はそう思っていた。こっぴどい裏切りの事実を知ってもまだ、私の頭の中には離婚の「り」の字も出てこなかった。それは確実に、昔からの訓練の結果だと思う。

あの時私は、人生に早送りボタンがついているなら押したいって思ってた。その場面が一刻も早く目の前を通り過ぎ、何もなかったかのように三人で暮らし続けることを、あの時はまだ、何よりも望んでいた。

ペンを持ったままの指に、また力が入ってゆく。

やはり、声に出さずに喋るような気軽さで、文字など書けるものじゃない。石ちゃんが浮気をしたという事実をここに記録してしまうことへの抵抗感に、勝てなかった。結愛がいつか読んでしまうかもしれないと思うと、書けなかった。

だれにも読まれないという想定のもとこの文章を書き始めたはずだったのに、いつの間にか結愛を意識して書いていた。結愛だけを、意識して。

自分の中の軸が、まみちゃんとばばちゃんから結愛に移動したことを、改めて実感した。ならば、結愛に宛てた手紙のようにして書けばいい。大人になった結愛に伝えたいことなら、山ほどある。

――ずっとそう思ってきたのだけど、結愛が生まれて、それは違うと気がついた。

事実をほんの少しだけ、軌道修正してから文字にした。心の中で、掛け違えるどころか複雑に交差して留めてしまっていたボタンをひとつずつ外し、自分に都合のよい順に直して丁寧に留めてゆこう。

私が自分の代で断ち切りたいと思っていた過去からの呪縛は、そこじゃなかった。確かに両親の離婚には深く傷ついた。もっと正確に言えば、その当時は幼すぎて何も分かってはいなかったけれど、「パパとママが離婚したから私にはパパがいない」ということを理解した時に、〝離婚〟というものに傷つけられた。

でも、その傷は時間が経つたびに薄れていった。自分自身も大人になったことで、一度は愛し合った男女が別れるということは十分にありえることだと理解できるようになったからだ。

時が経つにつれて辛くなっていったのは、実の父親を愛する権利を、私を愛する他の家族によって奪われているということだった。

それは百パーセント真実だ、と書きながら思った。その証拠に、こうして文章にしてしまったというだけで、胸が苦しくなってくる。まみちゃんやばばちゃんやママが、私のそんな想いを知ったら悲しむということを知っているから、申し訳なさに押しつぶされそうになる。

でも、私は今これを、結愛に向けて書いている。もう一度自分にそう言い聞かせてペンを走らせる。

愛するどころか、「パパに会いたいかもしれない」とふっと思ってしまっただけで、次の瞬間には家族を裏切ってしまったかのような罪悪感に襲われる。

それが、どんなに、悲しいことか。

分かってくれそうな人なんてだれも思いつかなくて、これは自分だけが味わっている感情なのかもしれないと思うたびに、どうしようもない孤独を感じてきた。

死んだママに会えないのと同じくらい、生きているパパに会えないことが悲しかった。まみちゃんにも言えない分、パパに会いたい気持ちの方が、胸には重たくしんどかった。

結愛には絶対に、こんな想いはさせたくない。させないためには、手遅れになる前に私が石ちゃんと離れるしかないと思った。彼を憎み始める、寸前のところだった。母親が父親を憎んでしまえば、子供は父

親を、どうしたって愛しにくくなる。

パパに会って、パパに結愛を見せたいと、結愛が生まれてから何度も思った。こんなにもかわいい孫娘を見たら、パパだって愛さずにはいられないだろうと思ったし、親になったことで、パパももしかしたらずっと私に会いたいと思ってくれていたんじゃないかと思ったのだ。

そこまで書いて、ペンを置いた。文章を読み返して、ミジメな気持ちになった。私が、どんなにパパに愛されたがっているのかが恥ずかしいくらいにバレバレだ。

パパを探してみようと本気で思い、探偵のサイトをネットで検索したこともある。でも、どうしても行動には踏み切れなかった。もし本当に見つかって実際に会うことになってしまったら、と再会の場面を想像してみようとするだけで、頭の中に浮かび始めた画を慌ててかき消してしまい、「やっぱり会えない」という結論まですぐに巻き戻されてしまうのだった。

悲しくて、たまらない。もう、この紙は破り捨てようと決めてから、涙と共に溢れてきた本当の気持ちを最後に書くためペンを取った。

私が何より怖いのは、愛したくてたまらなかった人を、憎み始めてしまうこと。

書いたばかりの文字の上に、涙が落ちた。すぐにその水滴の中を泳ぎ出した黒いインクを殺すような気持ちで、紙を日記帳から一気に破って手の中で丸めた。

私にパパを憎む以外の選択肢を与えなかったまみちゃんとばばちゃんとママを悪者にして、この離婚を正当化しようと思ったのに、本当にパパに会えない理由は自分の中にあったのだ。この手紙はもう、筋が通らない。

愛したくてたまらなかった。

心の中でつぶやくと、また目からどっと涙が溢れ出た。

鼻から唇におりてくる涙みたいな鼻水も、頬を伝って首へと落ちてくる涙も、肌に不快で仕方がない。でも、それを拭うこともせずに、私は手の中の紙をいつまでもぐちゃぐちゃに小さく丸め続けた。泣けば泣くほど、心の中が冷静になっていくのを感じている。

今、私の体から流れているのは、愛する人を失った悲しみというよりも、虚無感から溢れ出る、自分に対する失望の涙。温度の低い水が、どこまでも私を冷やしてゆく。

だれかを、愛したくてたまらなかった。そのだれかに、愛されたくてたまらなかった。だから私は、出会ったばかりの石ちゃんに手紙を渡した。あれは、私と愛し合いませんか、という誘いだった。その時と同じような気持ちで、その五年後には婚姻届に名前を書いた。となりに署名したこの人と、私はこれから愛し合っていきます、と。

共に過ごした六年間に離婚というピリオドを打ち終わった今でもまだ、その〝愛したくてたまらなかった人〟と本当に愛し合えていたのかどうかが分からない。過去形ですら、自信を持てない。

それが私を何よりも空しくさせる。

その一番の理由ならハッキリしている。それは絶対に日記なんかに書かないし、これからもだれにも話すつもりはない。その事実をなかったことにしたい一心で、それとはまったく関係のない離婚理由を書き綴っていたのかもしれない。

「離婚」という言葉を最初に口に出したのは、私ではなく石ちゃんだった。

単なる浮気ではなく、あの女の子のことを本気で好きになってしまったらしい。でも、あの子には別に彼氏がいて、あの子にとっての石ちゃんはただの浮気相手だった。

感情が死んだ。そのことを知った時無になった。

浮気を知った瞬間は、鈍器で心臓を殴り潰されたようなショックを受けたし、その状態のまま迎えたあの朝は、まみちゃんの前で泣きすぎて吐いてしまうほどに心がぐちゃぐちゃに乱れていた。でも、その後でそのような背景をすべて知ってしまったら、怒りとか悲しみとかのすべての感情のレベルが、ゼロまで一気に引いたのだ。

それは、小学生の頃に教室で好きな男子が鼻くそを食べた瞬間を目撃してしまった時とよく似ていた。結婚して子供まで産んだ石ちゃんとの関係を、そんなどうしようもない出来事にたとえているること自体とても悲しいが、本当にそんな感じだったのだ。そっくりだった。いろんな感情ではち切れんばかりに膨れていた大きな風船が、突然ヒュ～ッとマヌケな音を立てて一気にしぼんでいく、あの感じ。

足元にポトッと落ちた、ヨボヨボにしおれた風船の残骸を見て、その正体に初めて気づいて啞然とするのだ。夢を、勝手に大きく膨らましていたのはこの私で、その妄想に巻き込んだ彼という人間は、この中に入ってもいなかったという現実に。

好きだった男子に幻滅して凹んでいた私を見て「うぶすぎる」と笑ったまみちゃんは、愛したくてたまらなかった夫と離婚した私を「潔い」と褒めてくれた。

でも、実際にこんなにすぐに決着がついたのは他でもない。離婚しようと思いながらもまだ迷いが抜けなかった私に対して、石ちゃんの別れたいという意思がとても強かったからだ。

私の人生の中に、ママの不幸をなぞってしまった箇所があるとしたら、そこかもしれない。ママと別れたがっていたのはパパだった。ママは、最後の最後までパパを愛していた。

そこが、私とママの、最大の違いだ。

残念なことに私は、異性にかけるそこまでの情熱を、生まれながらに持ち合わせていないように思う。でもだからこそ私は、ママよりも母親であることに向いている。結愛を産んで母になったことで、ママと私の違いが明確になったように思っている。私とママでは、女としての種類が違う。結愛を残して自分の勝手な都合で自殺しちゃうような真似、私には絶対にできないし、石ちゃんを憎むほどにはそもそも愛してもいなかった。

顔の皮膚がつっぱるような感じがしたので指で触れてみると、涙なんて一滴も流れなかったかのように頬がすっかり乾いていた。手に握りしめていた紙を広げ、冒頭の文章を読み返してみたら、そのドラマチックな書き出しに苦笑した。

心配なのは結愛のことだけで、私自身がこの離婚を後悔することはないだろう。私が別れたのは、離婚することをお義母さんに報告したら、初めて会った時から私のことが大嫌いだったと言っていたと、そのまま私に伝えてしまうような男なのだ。

「結愛には時々でいいから会いたい」と言ってきた石ちゃんには、男親が親権を持つという価値観自体が丸ごと抜け落ちていたため、そこの条件もすぐに一致した。このマンションは引き払い、私たちは結婚前に暮らしていた家にそれぞれ戻ることになった。不動産の契約上来月までは家賃が発生してしまうため「もったいないからギリギリまでは住む」というケチさにも呆れたが、月々数万円の養育費だけはなんとしても払ってもらう。

現時点での石ちゃんに関する心配事と言えば、その一点だけだ。養育費は、金銭的な問題だけではなく、それを彼が支払い続けることが、結愛の人生の中にきちんとパパという存在を残してあげるためにも重要になってくる。

振り込みが滞ったら、石ちゃんの会社側が毎月の給料から養育費を天引きして直接私の口座に振り込んでくれるというシステムに申請できるらしいので、今、それについても調べている。

「ここちゃんは、その真面目さに救われたよね」って、まみちゃんは感心してた。今まで真面目すぎると言われながらも、とことん計画性を持って生きてきた。それがセーフティネットとなり、この計算外の離婚からもなんとかサバイブできそうだ。

私には復帰する職場もあるし、保育園も決まっている。唯一内定が取れた保育園がこのマンションの近くではなく職場の近くだったことも、今となってはラッキーだった。結愛と離れて過ごすことを寂しく思う気持ちは変わらないが、働く目的が明確になった今、仕事に対するモチベーションはかつてないほどに高い。

いつの間にか深夜三時を過ぎていた。あと二時間もすれば結愛が起きる。寝不足の日々が続いているが、体調を崩す余裕などどこにもない。

明日引っ越して、週末を挟んだ月曜日からはもう仕事が始まる。新生活に対する不安を数えれば切りがないが、朝から晩までのスケジュールを頭の中で何度も繰り返しシミュレーションしてみた結果、生活はなんとか回ると思っている。

一分でも早く寝ようと日記帳を持って立ち上がると、紙が一枚ヒラリと抜け落ちた。

さっき日記帳から破り取った紙と繋がっていた、最初の方のページが抜けてしまったようだった。

「どうして」という冒頭の言葉を見ただけで、母の死の原因が病気ではなく自殺だったことに気づいた日に書いた日記だと分かる。

びっしりと並んだ小さな文字の羅列の一番下に、改行して書かれた一文の上で目が止まった。体の裏側にべったりと張り付いて固まっていた感情が、一気に溶けてマグマのように、内側へ内側へと押し寄せてくるのを感じた。

「運命は、だれが決めるの？」

私に、決まってんだろ！　他に、だれが、代わりに、決めてくれるっていうんだよ！　体が、内側から破けるかと思うくらいの声を張り上げて、心の中で叫んでいた。指先が、プルプルと震えている。過去の自分が自分以外のだれかに投げた問いかけに、私は自分で答えていた。

だれかが勝手にこっちだよって道を決めてくれて、そこを歩いていれば自然とすべてのことが上手く進んでいくのなら、人生なんて楽勝だ。もちろん、当時の私が抱いていたのがそれとは真逆の苦しみだということも分かっている。

自分以外のだれかの手によって、自分の人生が不本意な方向へと運ばれて行ってしまうことに何よりも憤りを感じてもがいていたわけだけど、そんな過去の自分は、もう私の中にはいなかった。

ママだって、自分で決めて死んだんだ。

初めて、そんな風に思った自分に怖くなったけど、それこそが事実なのだ。ママの自殺もばばちゃんの事故死と同じように、私自身の宿命として、受け入れなくてはいけないこと。

「宿命と運命を、混同するから迷うのだ」と、「宿命は変えられないけれど運命は自分で変えていける」と、いつだったか有名な霊能師がテレビで言っていた。その番組を一緒に観ていた石ちゃんはすんなり納得した様子で感心していたけど、宿命と運命の違いが余計に分からなくなった私は、混乱した。今になってその意味が、胸にストンと落ちてきた。

自分の意思や努力では、どうしたって変えられないことがある。たとえば、いつどこでだれのもとに生まれるか。自分で決めたわけではまったくないところから、そもそもこの人生はスタートを切っている。既にそこから、他人との平等なんてものは存在していないのだ。でもだからって、そこでだれかを恨んでしまえばもうその時点で最後まで、人生を自分のものにはできずに終わる。

今だって、どうして私が私としてここに存在しているかなんて分からない。私として生まれることを決めたのは私ではないけれど、これまでも、これからも、私として生きていかなきゃいけないのは、この自分以外にいないのだ。

いつか、人生の中でも主役になれる日がきますように。だなんてバッカみたい！

「私」を主語に日記を書き始めた子供の頃から、その日を待ち続けてきた。生まれ落ちた家庭の中で子供として過ごす日々が終わり、大人になって自分の家庭を築いた時に、自分の人生はやっと幕を開けるような気がしていた。だから、その日を夢みるようにして、その日がくるのをひたすら待ち続けた。

そんな風にして、その中にいながらも何故かいつまで経っても摑めない人生というものに、初めて自分の手が触れたように感じたのは、離婚届にサインした時だった。正確に言えば自分の名前を署名した後で、離婚の証人欄にまみちゃんの名前を自分の手で書き込んだ時。

言葉にはせずとも離婚に大賛成していた姉に頼めば、すぐにでも書きにきてくれることは分かっていた。でも、この別れに証人がいるとしたら、自分以外にはいないと思った。責任を持つべきは、私だと思った。ううん、むしろ、この決断の責任は、自分で持っていたかった。

負の感情を引き起こす出来事のすべてのルーツを「離婚」に設定し、それを恨みながら過ごすことに、しっかりとここでピリオドを打っておく。

テーブルの上に転がっていたペンを取り、抜け落ちたページの上からはみ出すくらいに大きなバツを書いてやった。手に力が入りすぎてちぎれた紙を、さっき丸めた紙と一緒に手の中で更にぐちゃぐちゃにしてやった。

きっともう大丈夫。目を閉じて、息を深く吸い込んで呼吸を整えながら、今度は祈るような気持ちで思っていた。

私がそうすることで、どうか、結愛の心を守ることができますように。

子供の頃、ひとりでいることが寂しくて布団の中で止まらなくなった涙とか、手編みのカーディガンをバカにした友達よりも、それを編んでくれたばばちゃんに対して込み上げてきてしまった怒りとか、どうしていいか分からない感情に困るとすぐに、パパとママが離婚したところからすべてがおかしくなったのだと結論づけてきた。

これからはそんな風に、自分の「離婚」を都合よく恨むようなことはしないと誓うから、どうか、そのような哀しみから、幼い結愛を守ることができますように。

親である私がこれからどう生きていくかで、その子供である結愛の人生が大きく左右されてしまうことは身をもって知っている。だからこそ、ここから先の運命を自分で切り開いていくつもりで、私は明日からの日々を精一杯生きていく。

結愛が自分の足で歩き始める彼女の人生の先に、どうか、たくさんのしあわせが用意されていますように。

いつどこでだれのもとに生まれるか。決めるのは神様だと言ったのは、まみちゃんだ。結婚する前に身ごもってしまったと泣いていた私に、順序を自分で決めようだなんて傲慢だと、自分が姉で私が妹であるように、そのような定めこそ素敵なのだと教えてくれた。

そんな風に人生を捉えている姉が、ひとつの重たい事実から私を守ろうとしていると思うと涙が出る。私たちは同じ母親から生まれた姉妹で、運命共同体。それなのに、ひとりで背負い込む。いつだって自分よりも小さな私を守ろうとしてくれる姉の愛情を無駄にしないために、私は日記帳にライターで火をつけた。

ゴォーッと換気扇が回っている音の中で、キッチンシンクでゆっくりと紙を焦がしていくオレンジ色の小さな炎を見つめていたら、小学生くらいになった結愛の姿がぼんやりと頭に浮かんできた。末っ子の私が、家族のために赤ちゃん役を演じ続けながらも子供の頃から実はだれより大人だったように、きっと彼女も、私の心配をよそにすくすくと強く育ってくれる。

ベッドの上にそっと横になり、そこに眠っていたまだ赤ちゃんの結愛に、抱きしめてもらうようなかたちで寄り添った。横向きで眠る彼女のお腹にふんわりと顔を近づけると、体温が頰に温かい。結愛がふわっと握った小さな拳をそっと手に取り、自分の顔の上にちょこんとのせたらもう既に、守られているのは私の方だった。

結愛の温もりに安らぐ私の背中の向こうにはいつも、ひとりで寝ている石ちゃんの孤独があった。それは、ベッドの下に敷かれた一枚の布団を見ただけで第三者の目にも明らかなことだったのかもしれない。でも私がそれに気づいたのは、家を出るたった数時間前のことだった。

「抱っこさせて欲しい」

授乳しようと結愛を膝に抱いてリビングの椅子に座ったら、石ちゃんが寝室から起きてきてそう言った。本当は、すぐにおっぱいをあげたかった。早朝の授乳から三時間が経ったところで結愛はお腹をすかせていると思ったし、最近は私がここに座るとおっぱいをもらえるということを分かってきているので、今このタイミングで石ちゃんが抱いたら絶対に泣くからだ。

でも、今日は最後の朝で、彼の出勤時間も迫っていた。結愛を抱き上げて、石ちゃんに渡そうとしたら、火がついたように泣き出した。やっぱりダメか、と結愛を膝に戻そうとすると、

「お願いだから、抱っこさせて」

寝癖がついてボサボサな髪をした石ちゃんが、泣きそうな表情をして言うのだった。本当は、泣いている結愛に一秒でも早くおっぱいをあげたかったけど、石ちゃんの潤んだ目に負けた。

自分の手を、結愛のどこに添えて抱けばいいのか分からなくて戸惑っていた石ちゃんの前に立ち、彼の肩に結愛の顔がくるようにしてゆっくり結愛を手渡した。フンギャーッと全身で泣きながらふんぞり返る結愛の首を石ちゃんが手でしっかりと支えているのを見て、ショックを受けた。

結愛の首が、とっくに据わっていることを彼は知らなかった。結愛がまだ新生児の頃に数える程しか、石ちゃんは結愛を抱っこしたことがなかった。私が、させてあげなかったとも言える。

石ちゃんが抱くと結愛が泣く。それが耐えられなかった。産後の母親が、自分の赤ちゃんの泣き声に異常なほど敏感になるというのは本当で、狂いそうになると言っても言いすぎではない。そんな中、結愛が泣いているのを何もせずに見ていなければいけないという状態はまるで拷問のようで、すぐに腕を伸ばして結愛を石ちゃんから奪い取ってしまった。

抱いた途端に結愛に泣かれ、あやそうとする間もなく私に奪い取られるというのが数回続いたら、もう石ちゃんは結愛に触れようとしなくなった。触れるどころか見向きもしなくなった。仕事から帰ってきても、結愛の寝顔を見る前にテレビをつけてそのまま寝てしまう石ちゃんに、私がどんな

に傷ついてきたことか。

でも、最初に彼から結愛を遠ざけたのは、私だったのかもしれない。今、鼓膜が破れそうなくらいの泣き声の中で、そんなことを冷静に振り返ることができている自分に驚いている。半年を過ぎて、私も産後特有のちょっと異常な精神状態から少しずつ落ち着いてきたように思う。

結愛の泣き声が弱まってくると、

「よしよし、よしよしよしよし」

今まで聞いたこともないような、石ちゃんの優しい声が聞こえてきた。石ちゃんは、結愛の頬に自分の頬をくっつけて、あやすようにそう言い続けながら、泣いていた。


結愛のこと、好きだったんだ。


ずっと見たいと思っていた、パパが娘を抱いている姿が、すぐ目の前にあった。「よしよし、よしよしよしよし」泣き声が止み、パパの声だけが、よく晴れた朝のリビングの中に優しく響き続けていた。視界の中のふたりが、涙でどんどんぼやけていった。

石ちゃん、ごめんね。

口に出したらそのまま声をあげて泣いてしまいそうで、言えなかった。

娘を愛する機会を、与えることができなくて、ごめん。奪おうとしたつもりは、まったくないの。

ただ、それを上手に与えることができなかった。だけど、まだ何も遅くないから。これからも永遠に、結愛はあなたの娘だし、きっとあなたと結愛は仲良くなれる。必ず上手に、愛し合える。

そんな未来を確信できたことこそ私にとっての何よりの喜びであるはずなのに、どうして胸が、こんなにも苦しいの？

石ちゃんの腕の中で眠ってしまった結愛をあやし続けるように、石ちゃんは体を左右に揺らしている。

「ごめんね、ごめんね、ごめんね」

子守唄を歌うように謝る、石ちゃんの悲しい声に胸が張り裂けそうだ。石ちゃんは、結愛の髪の毛の匂いをかぐようにそっと頭に鼻をつけて、閉じたまぶたから涙を流し続けている。

「結愛、ごめんね、本当にごめんね」

娘の名前を呼ぶ声を、久し振りに聞いた。

「……ここちゃん」

呼ばれてとっさにうつむいてしまった。

「こんなことになってしまって……」

石ちゃんの私への「ごめんね」は、音にもならず、すすり泣く彼の声にのみ込まれた。気持ちの整理ならもうとっくについていたはずなのに、不意打ちで後ろから膝をカクッとされたかのように、床の上に泣き崩れそうになってしまった。足にぐっと力を入れて踏ん張って、私はまっすぐ彼を見た。目から止めどなく溢れ出す涙だけは、もうどうしたって堪えることができなかった。

そんな私の視線から逃げるようにして、石ちゃんは結愛を抱いて寝室の方へと歩いて行った。

人生って、やっぱり時に、ものすごく残酷なんだなって、ベッドの上に寝かせた結愛の首の下から、自分の腕を抜くことができず腰を曲げている石ちゃんの後ろ姿を見ていたら、気持ちがかき乱された。

本当は、石ちゃんとこんな風に結愛を一緒に育てていきたかった。

もう、遅いのかな。なんて、今更そんな風に思わされることが、今の私には何より応える。もう二度と考えたくもないことをまた一から考えてしまう。

どうして、石ちゃんはあんなにも私と離れたがったんだろう。それって、私が感じていた以上の不満を、彼が私に持っていたという何よりの証拠じゃないか。

酷い。だって私はただ、彼との赤ちゃんを一生懸命に育てていただけなのに。そんなのって、理不尽すぎる。

でもそんなことを言い始めたら、ママの死もばばちゃんの死も、パパのこともすべてがそうだ。私はママに、死んで欲しくなんてなかったし、ばばちゃんにも生きていて欲しかった。パパにも、ずっとそばにいて欲しかった。本当は、だれとも、別れたくなかった。

でもだけど、すべての不本意な「さよなら」を、私はここに受け止める。

悔やみきれないほどの悔しさを、泣いても足りないほどの悲しみを、自分以外の何かを責めることで別の場所に置き去ることはもうやめたのだから。最後となった日に初めて見ることができた、彼の優しいパパの顔を、私は自分の記憶に焼き付ける。

涙が目に熱くって、鼻の奥まで火照っていた。鼻水が、涙と混じって上唇までたれてきた。ヌルッとした感触の中の生あたたかさが、私の石ちゃんに対する思いに似ていると思った。腕を結愛にぐるりと巻き付けたまま、ベッドの前で中腰になった状態で固まっている石ちゃんを後ろからしばらく見ていたら、彼に対する感情が溶けて鼻水になったんだ、なんてヘンなことを考えた。

私たちの関係の中にも、ちゃんと血が通っていた。そのことが分かっただけで、救われたような気持ちになった。

石ちゃんがスーツに着替えたのは、出勤時間をちょっと過ぎてからだった。玄関に立って彼が靴を履くのを眺めるのは、久しぶりだった。

「向こうでの生活が落ち着いて、石ちゃんも実家に戻ったら、約束通り、結愛と石ちゃんの時間を定期的につくるつもりでいるから。お義母さん、」

と口にしただけでゾッとしたのは、石ちゃんとお義母さんがあのボケとツッコミみたいなやり取りをしながら、結愛の世話をしているところが思い浮かんだからだ。その状況を、想像するだけで鳥肌が立った。でもだからって、おばあちゃんとパパと一緒に過ごす時間を結愛から、取り上げたいとは思わない。

「お義母さんとなら、石ちゃんも、もっとスムーズに結愛と関われるよね」

言葉が、伝えたいようには響かなかったことに焦ってしまって、彼にかけるべき言葉をとっさに探したら、それは涙と共にこぼれ落ちた。

「私は、それが、上手に、できなかったね。石ちゃん、ごめんね」

心から謝った私の前で、石ちゃんは泣きそうにしかめた顔を何度も横に振っていた。

昨日の深夜、決死の覚悟で自ら打ったピリオドが今、自然にポツリと、ふたりのあいだに落ちたと思った。

「じゃ、行くね」

そう言って私に背を向けた彼に、「いってらっしゃい」とはもう言えない。彼が戻る頃にはもう、この家にはだれもいない。

外に出た石ちゃんと玄関に立つ私のあいだで、ドアがゆっくりと閉まっていった。最後にパタンと小さな音をたてて、結婚生活が、ここに終わった。

動くことができなかった。閉まったドアから目線をそらすことすら無理だった。

だから、リビングの方から着信音が聞こえてきた時は、まみちゃんにまた救われたように感じた。涙を腕で拭いながら、私はテーブルの上の電話に飛びついた。

「ママとばばちゃんが今、私の部屋にいる！」

出るなり、興奮し切ったまみちゃんの声が聞こえて、

「頭おかしいとか思うかもしれないけど、本当に！」

意味を理解するのに時間がかかっていると、

「あーっ、もうしない。いなくなっちゃった。あーあ」

まみちゃんは残念そうにため息をついてから、「じゃあ、後でね」と、私がまだ声すら出していないことにも気づかず電話を切ろうした。

「ちょ、ちょっと待ってよ。どういうこと？」

「あー、気配がしたってだけなんだけどさ。ま、それだけだから」

「待って。もうちょっと、喋ろう？」

「あ、そう？　珍しいね。別にいいけど、もうすぐこっち来るんじゃないの？」

「そのつもりだけど、結愛がまだ起きないから」

「…………」

まみちゃんの一瞬の沈黙に、結愛のことをゆっちゃんと呼ぶと約束したことを思い出して言葉に詰まった。やっぱり、私は結愛と呼びたい。パパと過ごす時にはママがいなく、ママといる時にはパパがいないことになる結愛のためにも、私と石ちゃんが彼女を呼ぶ名前くらいは同じにしたい。さっき石ちゃんが結愛の名前を呼ぶのを聞いたからか、そう思ってしまった。

「あ、いいよ。ゆっちゃんって呼ばなくても」

時々、まみちゃんには私の心が透けて見えているんじゃないかと思う。

「本当に、いいの？」

申し訳ない気持ちに押されて声が小さくなる。今の私にとって、結愛を一緒に育てていきたいと、まみちゃんが思ってくれている気持ちほどにありがたいものはない。〝ゆっちゃんゆっちゃん〟ってふたりで呼びかけながら三人で楽しく暮らす画を、まみちゃんが胸に描いていることは分かっていた。ママを失った哀しみにそれぞれの足を浸けたまま、〝ここちゃんここちゃん〟って私をふたりで育てた幸せな日々を、同じ家の中で、新しく再現するかのように。

ばばちゃんに、会いたい。まみちゃんの心の声が、聞こえたような気がした。

「よく考えてみたら変だったわ」

あっけらかんとした口調でまみちゃんが言った。

「この人のことはこうやって呼んでって人にお願いするなんて、支配的でマジ最悪。だから忘れて！」

やっぱり私には、まみちゃんがよく読めない。

「あ、心配しないで。だからって、石ちゃんの悪口をゆっちゃんに言ったりしないから」

まみちゃんが石ちゃんのことを嫌いだということが、結愛には絶対に伝わらないようにして欲しいとお願いしたのだ。「嫌い」だったのは、石ちゃんが浮気というかたちで私と結愛を裏切る前の話であって、そのことを知った時のまみちゃんの怒りようはすさまじく、私が怖くなるくらいだったから、あえて「嫌い」という軽い言葉を使った。もちろん、まみちゃんにとって軽いという意味だ。もともと感情の性質自体が激しいから、何をするか分からないという姉の怖さが常に私を怯えさせる。

特に、私にまつわることに対して。

だから、指切りまでして約束してもらった。私を傷つけた男であっても、彼は結愛にとっての父親だということを、絶対に忘れないで欲しかった。

「悪口、とかそういうことだけじゃなくて、たとえば、数年後に結愛がまみちゃんにパパの話をした時は、演技でもいいから笑顔で聞いてあげて欲しいの」

「てか、ゆっちゃんが喋ってるとこがまず想像できないってば」

「そうだよね、ごめん。お願いばっかりしてごめんね。でも、さっき、石ちゃん泣いてた。謝ってくれた。でも、ごめんって、声にもならないくらいに、泣いてた。別に石ちゃんをかばうつもりはないけど、私にも原因がなかったとは言えない」

「それ無理」

話の途中で吐き捨てるように言われて戸惑った。

「そういうの聞くのが私、一番嫌いなんだよね。昔から」

まみちゃんはいつもそうやって、強い言葉を乱暴に使う。まるで反抗期のガキみたいで、私だってまみちゃんのそういうところが昔から一番嫌いだ。

「そういうのって何のこと？」

不快感を隠さずに言い返してやった。

「だれが聞いたってそれ男が悪いだろっていう状況の中で、女が最後に〝私が全部悪かった〟みたいにするの。聞いていて胸くそ悪くなるんだよね。〝彼をそうしてしまったのは私だった〟みたいな。〝ちげーし〟ってすかさず言いたくなる」

「そこまではだれも言ってないじゃん！　そんな風には私だって思ってないよ！　ただ、本人同士にしか分からないことって絶対にあるし、どっちかだけが一方的に百パーセント悪いってことはどんな関係にだってありえない。そもそも、いいとか悪いの次元じゃないんだよ！」

言いながら怒りで泣きそうになった。必死で言い返しながら思っていた。まみちゃんは、そこまで男とこじれた経験がないんだなって。好きな男に愛されない痛みすら知らない女に、別れのことなんてなにも分からない。

「そんなことは、分かってるわよ、バカ」

声の音ひとつ変えずに、まみちゃんはサラッと私をバカ呼ばわり。この人を相手に熱くなることがバカらしく思えてきたので、黙ることにした。

「石ちゃんのことを一言でいえば、〝妻の妊娠中からセックスレスで、子供が生まれたら妻は子供ばっかかで全然構ってくれなくて、寂しいしヤリたいしで浮気したけど、うぶすぎて本気になっちゃった、最低最悪のダサ男〟って感じだけど、だからって血も涙もない極悪人だとは思ってないよ?」

「一言じゃ、全然ないし」

突っ込まずにはいられず言った。

「でも、プロフィールとしては完璧でしょ?」

「………」

本当は、うぶすぎて本気になった後に、相手には彼氏がいて本気になってもらえなかったけどまだあきらめられず妻とは離婚したくなった、というのが付いているのだけど、この人にそこまでは話さなくて本当によかった。

姉は、私を落とす、天才だ。

「ごめんごめん! またやっちゃった。そういう風に勝手に他人とか他人の状況に説明文をつくって、〝いるいるそういう奴いるいる〟とか、〝あるあるそういうのあるある〟って、他人同士で決めつけるのって悪趣味だよね。その裏にあるそれぞれの状況とか葛藤とか思いとか、本人にしか分からない最も大事な情報がそこからゴッソリ抜け落ちて略されてるから、みんなの〝あるある〟になってるってだけなのに、〝分かる分かる～〟とかって盛り上がっちゃってバカみたい。

それ、昨日、反省したばっかだったのに、癖でつい。ここちゃんごめんね！」

「…………。癖って言ってるくらいだから分かってると思うけど、そういう風に話すのってまみちゃんとまみちゃんの友達だよね。まみちゃんたちの会話って昔っから常にそんな感じで、いつも聞きながら軽蔑してた」

「ああ、そうだね、うん、そうだと思うよ。しかも率先してそういう話題をリードしてたのって、私だし！」

「…………」

「でも、だんだん違和感を覚えるようになってってたんだよね。人の状況とか心情を勝手に想像したうえで〝その気持ち分かる！〟みたいにたった数秒で決めつけられるの、すごい嫌でさ。〝うちら〟とかって会話の中で勝手に括られるのも、なんか窮屈で、息苦しく感じちゃって。嫌だなって自分が感じて初めて、自分が他人にしてたことに気づくってのも最悪だけど、そういうもんだよね」

「そう？　私は小学生の頃から、まみちゃんたちのこと最悪って気づいてたけど」

「マジで？　アハハ。あんたってほんと、私に対して容赦ないよね。おもしろいからいいけど。私は気づかなかったよ、女同士の会話ってそういうもんだと思ってたし楽しかったから。でも、章吾と別れて春人とつき合った時に、貧乏から金持ちにいったとこだけ見て〝分かりやすい〟って言われた時くらいからかな、違和感を覚え始めたのは。別れたのは、最近だけどね。番号も変えて人間関係リニューアルしたばっか！」

「女友達に対して別れるって言葉使うの、おもしろいね」

「アハハ。ここちゃんらしい感想。いいとこ突いてる！」

「まみちゃんって情が深いんだか浅いんだか、よく分かんないよね」

「ああ、自分でも分かんないなぁ。浅いのかも」

「でも、子供を一緒に育てるだなんて、情が浅い人には口が裂けても言えないよ」

「それは、妹だからじゃない？」

「違うと思う。まだ若くて綺麗で子供もいなくて独身で、将来の可能性も含めて自由な環境にいる人が、妹が離婚するからって一緒に子供を育てるとは言えないよ。まぁ、子育ての大変さをまったく分かってないから言えるだけだろうなとは思ってるけど」

「………。一言多いって、言われない？」

「あんたんちフツウじゃねぇよ、とは言われたけど、でもすぐに、特にお姉ちゃんがって言われた。ククッ」

まみちゃんの軽いノリに流されるようにして、石ちゃんに言われて何よりも傷ついたことを笑いながら喋っていた。

「本当によかったわ、最初に引っぱたいといて！　アハハ！」

まみちゃんが、石ちゃんのことを軽く笑い飛ばす声の明るさに安心した。よかった。そう思ったら私の方が大きな声をあげて笑っていた。

「よかった。安心したよ」

まみちゃんが言う。

「前はここちゃん、あいつのこと話題にもあげられなかったから。少しは、吹っ切れたのかもね」

「吹っ切れては、まだいないよ。ただ、よりが戻るとか、そういうことは絶対にないって分かっているだけ気持ちは楽かな」

「そう、言い切れる?」

「言い切れる」

「どうして?」

「五年つき合って、結婚して子供まで生まれて、それで終わったんだよ? もう、終わったんだよ」

「そっか。本当は、私、不安だったんだ。三人で一緒に暮らし始めてから、ここちゃんがあいつとまたつき合うようになって、やり直すわって突然ふたりに出て行かれたら、私、やりきれないから。それだけはしないってきちんと約束させたいと思っちゃうくらいに、そのことが怖いんだよね。すべては、ここちゃんの自由だって分かってるんだけどあいつだけは許せないって思っちゃうっていうか」

「なんか、まみちゃんって本当に、私のこと娘みたいに思ってるんだね」

「そう、なのかな?」

「まみちゃんは、私に対してだけ、支配的なとこがある。でもその気持ちは、よく分かる」

「……そうかも。でも、私のここちゃんに対してのものって、無償の愛とは違うよ」

「え、そうなの……？」

「うん。だって見返り、求めてるもん。さっき、子育てを知らないから一緒に育てるって言えるんだって言ったけど、私、それなりに覚悟してるのね。昨日だって、本当は死ぬほど疲れてたからそのまま寝ちゃいたかったけど、家をピッカピカに片付けたし。来月のシフトも、ゆっちゃんが保育園にすぐ馴染めるとも思えないからかなりゆるくしてある。だから、その分今月みっちりシフト入れたから、クタクタなんだよ！」

まみちゃんが、そこまでしてくれているなんて知らなかった。申し訳なさと有難さとで胸がいっぱいになって何て言ったらいいのか分からなかった。

「で、そこまでしてあげたのに、あいつなんかとより戻されたら、私、絶対にブチキレる」

「今は男の人とどうこうとか考える余裕もまったくない。いや、考えたくもないって言った方が正確かも」

「マジで？　なんで？」

「え、なんでって……」

「ほんとあんたって、つまんないよね」

いつだって、いまいち会話が嚙み合わない。ついさっきまで、涙が出そうなくらいだったのに、唖然としてしまった。

「その持ち前のクソが付くほどの真面目さで、母親になったから女は捨てました、みたいになるつもりなの？　シングルマザーで素敵な恋人がいる人なんてごまんといるじゃん。あいつ以外との恋愛なら私、大賛成だよ。ここちゃんには、私、絶対にしあわせになって欲しい！」

「前から、言おう言おうと思ってたんだけどさ、」

本当にずっと前から姉に伝えたいと思っていたことを、私は冷静に、切り出した。

「すべての人間が、恋愛至上主義だと思ったら、それ、大間違いだよ」

「え、嘘でしょ？　そうなの？」

「そうだよ！　あたりまえじゃん！　全員が全員まみちゃんみたいに恋愛を人生の中心に置いてたら、この世は大変なことになる」

「……確かに」

バカが付くくらい素直な姉の反応に気をよくしていると、

「でも、せっかくだから、私も前から思ってたことを言わせてもらうけど、」

出た。負けず嫌い。

「ここちゃんってさ」

「なによ？　私ってなによ？」

「恋に落ちたこと、まだないよね」

「………」

「子供もいるのに初恋バージン。レアな人種だね、あんたって」

いつものように、自分で言った台詞にひとりで大ウケしている姉は、私が笑っていないことにも気づかない。

「まみちゃんはさ、」

悔しくなって反撃を試みる。

「なによ、私がなんなのよ」

「まだ、男の人に傷つけられたことがないよね」

「はい、残念でした。それはあります」

その、勝ち誇ったような声のトーンがムカつく。そういえば昔、同じような口調で姉が言っていたことを思い出した。この勝負、もらった。

「昔、まみちゃんさぁ、振られるよりも振る方が辛いのチョ〜分かるとかって雑誌見ながらほざいてたけど、ああいうのは、振られたことも振ったこともある人が言って初めて説得力があるんだからね？　男の人に、振られたこともない人が、理解できるような内容じゃないの。

そりゃ、まみちゃんだって傷ついたことくらいあるだろうけど、愛し合いたくってたまらなかった人に愛してもらえなかった苦しみと比較しちゃえば、ごめん悪いけど、かすり傷程度だわ、まみちゃんが今まで負ってきた〝恋の痛手〟なんて」

「メイビー、イエス」

「は？　なんで、英語」

「もう！　いいから早く帰っておいでよ！　ばばちゃんもママも喜んでるよ？」

「それは、ないでしょ。親が喜ぶようなことじゃないし。まみちゃんだけだよ」

「あ、バレてた？　実は私、けっこう喜んでる」

「ひどい。だけど、ありがたい」

「でしょ？　アハハ！」

電話を切ってから、私はサラリとかわされたんだということに気づき、姉が使ったわけの分からない新技にブッと噴き出した。なんだよ、メイビーイエスって！


一年ぶりに降りた駅からの道は、既に目に懐かしく、何ひとつ変わっていない街の様子にほっとした。お日様の光を遮るものがひとつもない、真っ白な一本道を、ベビーカーを押しながら歩いている。

視界の半分が、空の青で埋まる。都心で見上げる空からは得られない解放感に、肩の力が抜けていく。両脇に広がる田んぼの緑は空との境界線をまっすぐに描いていて、まるで海みたい。

海なんて、短大一年の夏に女友達と行ったっきりだ。結愛がもう少し大きくなったら、みんなで行きたいな。まみちゃんと、あと、あのバイクの彼氏も誘ってみよう。

まみちゃんが言えば、男の人はいつだって喜んで何処へでもついてくる。そんな風に男の人に優しくされてばかりいるから、私よりも経験値が低いままなわけだけど。

なんて、まだ悔しがっている自分に苦笑した。

私はいつだって、まみちゃんが羨ましい。そこにいるだけでパッと周りが華やぐ、太陽みたいなまみちゃんが。

もし学生時代に同じクラスにいたら友達になっていないタイプだけど、でもだからこそ、姉妹として出会えた幸運に感謝する。

神様なんていないって思ってきた。神様の存在を思う時があったとしたらそれはむしろ、なにもかもが自分の思い通りにはいかないカルマのようなものを感じた時だけだった。

だけどもし、ありとあらゆるすべてのことを自分で決めることができていたらと想像するだけでゾッとする。

私はまみちゃんを姉には選ばなかっただろうし、妊娠するタイミングを自分で決めていたとしたら、生まれてきた子は結愛じゃなかったことになる。

ふたりこそ、今の私のすべてなのに。

もしかしたら神様は、私が思っていたよりずっと優しいのかもしれない。

ばばちゃんが残してくれたこの家もギフトのひとつだと思ったら、チャイムへと伸ばしていた腕が止まった。手を胸に当て、目を閉じた。

ありがとうございます。感謝します。

初めて、祈るように心の中でつぶやいたら、感極まって泣きそうになった。

チャイムを押し、まみちゃんの足音が聞こえてくるのを待った。きっと、走ってくる。そう思ったら、胸が高鳴った。まみちゃんがプレゼントしてくれた白いロンパース姿の結愛を見て、かわいいって叫ぶ顔が目に浮かぶ。

アァーッ！

大きな声をあげたのは、ベビーカーの中の結愛だった。ノースリーブのロンパースでは寒いかもしれないと思ってかけていたタオルケットが、暑かったのかもしれない。結愛の前にしゃがみ込み、ベルトを外してよっこらせっとシートから胸に抱くと、取っ手に大量の荷物をかけていたベビーカーがバランスを崩して後ろに倒れてしまった。やってしまったと思いながらも手が足りないのでそのままにして立ち上がると、腕の中の結愛が泣き出した。

抱いてから泣いたということは、喉が渇いているのだろう。おっぱいをもらえると思ったのにもらえなかったので怒っているのだ。最近、結愛の泣き方で理由が分かるようになってきた。

「よしよし。ごめんね。もう着いたからね」

背中をとんとんしながら話しかけている自分の声にちょっと前まではなかった余裕を感じる。こうやって少しずつ、お母さんになっていくのかもしれない。

まみちゃんがなかなか出てこないので、もう一度チャイムを押そうと腕を伸ばしたら、嫌な臭いが鼻をついた。もう片方の腕に乗せた結愛の尻の方を覗き込むと、真っ白なシルクの上に大きな茶色いシミができていた。ところどころ水っぽく、生布にまだらに滲むようにして広範囲に広がっていた。最悪だ。

暑いし、臭いし、何より気持ち悪いのだろう。オムツが汚れているから泣いているのだ。可哀想に。一秒でも早くオムツを替えてあげたい。

強く押せば押すほど音が大きくなるというわけではないのに、指が痛くなるほど力を入れてチャイムを押した。それなのに、ドアの向こうからはまみちゃんが出てくる気配すらしてこない。

「まみちゃん？　まみちゃんいるのー？」

　ドアに額をくっつけて、無意味だと知りつつも覗き穴をこっち側から覗き込む。嫌な予感でいっぱいだった。というより、もうほとんど確信している。

　まみちゃんは絶対に、ソファの上で寝ている。待ってるあいだに寝ちゃったのだ。ぽか～んと口を開けて寝る、まぬけ面まで想像できる。

　どんどん激しくなっていく泣き声の中で、あの人はそういう人だと知っていたのに何故、さっきの電話で寝ないよう念を押しておかなかったのだと自分を責めた。隙なくチャイムを押し続けているが、こんな音で起きるような人ではない。

「まみちゃん！」

　大声で叫んだら思い出した。そもそも今まみちゃんが持っている鍵は私のものなのだ。なくしたというから仕方なく渡したもので、そのまま使うのは不安全だからドアの鍵ごと替えた方がいいとあれだけ言ったのに、何もせずに何故か今、私が家から閉め出されている。とばっちりを食らうのはいつだってこの私なのだ。

「もう！　まみちゃんっ‼」

　思いっきり足でドアを蹴っ飛ばした。その音にびっくりした結愛が、私の耳元で鼓膜を刺すような悲鳴をあげた。

「まみちゃん。もう、起きてよぉ」

　泣きそうな声で言いながら、結愛を抱いた方の手でノブをガチャガチャッと左右に回した瞬間、

「うっ」

鼻にくる臭いと共に、結愛の尻を抱いた私の腕が何かでベチャッと濡れた。

まみちゃんと一緒に暮らすということがどういうことだったのか、まみちゃんと一緒に子育てをするというのがどんな感じなのか、同時に思い知らされた私は、無駄な抵抗をやめてドアに背を向けた。

ひっくり返ったバギーの後ろ側に回り、落ちていたバッグの中からオムツとお尻拭きを取り出した。結愛を左腕に抱えてしゃがみ込み、右手でブランケットを投げ出すようにして床に敷いた。その上に泣きじゃくる結愛を仰向けに寝かせ、バタつかせている足を左手で押さえながら、ロンパースの股の部分についた小さなボタンをひとつずつ右手で外していく。額から汗が、ポタポタと落ちていく。指が、うんちまみれになっていく。この状況こそまさに、
カオスだ、カオス――――。

そうだ、今、正座をして座っている私のつま先が触れているドアの向こう側には、冗談みたいに巨大なキリンがいるんだった。

結愛が見たら、一体どんな反応をするだろう。びっくりして仰け反って泣くだろうか。それともニッと笑って腕を伸ばすだろうか。

全身で怒り狂っている結愛から真っ茶色に染まったオムツを剝がしながらも、顔が自然とにやけてしまった。それだけのことが、ものすごく、楽しみで。


「完」

あとがきにかえて

臨月間近のパンッパンのお腹で、タクシーの中にいた。この小説を書くきっかけとなった仕事依頼メールが、私の携帯を鳴らした時。

渋谷のシティバンクで円をドルに換えてから、区役所に住民登録票をもらいに行く途中だった。第2子出産のためにハワイに飛び立つ数日前で、そのための準備にバッタバタと追われていた。

そのメールは、「Francfranc 20周年を記念した企画として、favori! とマイナビの2媒体で、タイプの違うふたりの女性の小説をそれぞれが連動するかたちで連載して欲しい」というような内容だった。

まず、頭に浮かんできたのは、あのキリン。Francfranc 青山店に行くたびに息子と一緒に見上げていた、ほぼ実物大のキリンのぬいぐるみ。あの子、小説の中に出したいな。でも、真逆なタイプのふたりの女の子なら『こぼれそうな唇』でも書いているし、今、私が一番書きたいテーマってなんだろう?

そんなことを考えながら、2011年12月、ハワイへと飛び立った。

約3ヶ月のハワイ滞在。海辺で息子を遊ばせながら、陣痛待ち。母もいるし、のんびりしよう！

――なんてアロハな計画のはずが、実際はかなりハードコアな旅となった。

1歳10ヶ月の息子は、ハワイに着くなり〝ママじゃなきゃヤダモード〟に入ってしまい、12キロの彼を臨月の腹の上に乗っけてドスコイ歩く日々。

ホテルに戻ってきたある夜は、足首の感覚がなくなるほどで限界を感じ、「早く！　早くエレベーター押して！」と半泣きで叫ぶと、母はあまりにもテンパりすぎて、エレベーターに乗り込んだと思ったらボタンを押し間違え、たったひとりで上にあがっていく始末（唖然）。

またある夜は、80ドルで買ったカーテンを100ドルかけて日本に送るのはどうか、という些細な言い合いから、金銭感覚問題、経済リテラシーへと議論が発展し、夜が明けるまで母とふたりで泣きまくりながらディベートした（臨月）。

あまりにも激化した喧嘩の最中には〝すっかり忘れていたけど、だから私は家を出たんだった！母から逃げるために出たんだった！〟と思い出すような瞬間すらあった。

でも、母と娘。どんなにお互いを言葉で傷つけ合っても、翌朝には真ん中に息子をちょこんと座らせ、みんなで仲良く大笑いしながら生クリームたっぷりのパンケーキを食べていた（至福）。

弟も一緒に滞在していた2週間のあいだには、息子の昼寝中に、「長女の私には死ぬほど厳しいくせに、末っ子の弟にはとことん甘い」という私の母に対する怒りから口論が始まり、3人で声を潜めながらもとことん言い合い色々あって、何故か最後には、「Dr. Dreプロデュースのヘッドフォンを私に買ってプレゼントしなさい。そのお金は貸すから」と母が泣きながら弟に訴える、という謎のバトルなんかもあった（消耗）。

私は気づいた。家族って、強力な縁で結びついた、『異常な集合体』だ、と改めて（笑）。16の時に留学のために家を出て、18で帰国して実家に戻り、19で自立した私にとって、〝母と一緒に暮らす〟というのは実に10年以上ぶりだったのだ。

とにかく話が止まらない。だけど時々全然嚙み合わない。喧嘩になればエンドレス。だけどお互いのことがもう、好きで好きで、ムカつくくらいに大好きで仕方がない。

「姉妹みたい」そんな私たちを見ていた〝ハワイのマキさん〟が、いつも笑いながらそう言っていた。今までそう考えたことはなかったけど、出会いから30年が経って、私と母は姉妹みたいな関係へと流れついたのかもしれないと思った。

10代の頃は、私に何でも話してくる母を見て思っていた。「女ってすごいな。自分で親友を産めちゃうんだ」って。「いつか私も産めるかな」なんて、ぼんやりと。

生まれ落ちた家族と、自分でつくる家族。いつもは別々に住んでいるみんなが一緒に過ごした、ハワイでの日々。忘れかけていた〝娘〟としての感情を思い出すことで改めて、未来に思いを馳せたりして、いつくるか分からない陣痛を毎日楽しみに待っていた。


そして、2012年1月18日、娘が誕生した。

その1週間後に2歳の誕生日を迎えた息子が、生まれたばかりの妹をとても大事そうにそうっと抱きしめる姿を見て、今まで知らなかった新しい感情が胸に込み上げた。

日本に戻ってきた時には、書きたい小説のテーマがハッキリと固まっていた。まみちゃんとここちゃん。ふたりの姿が頭の中に鮮明に浮かんでからは、彼女たちがずっと一緒にいた。仕事をしている時も心の中には家族がいるように、家族と一緒にいる時も頭の中にふたりがいるような感覚だった。

たとえば、夫との何気ない会話中にも、もし石ちゃんだったら今どう言ったかな、その言葉を受けたここちゃんは何を感じるだろう、その時まみちゃんは……などと真剣に考え続けてしまって、夫の声でハッと我に返ったり。またある時は、まみちゃんが子供服を買うシーンを書いている途中で、気づいたら私がネットショッピングしていて原稿がストップしていたり（笑）。

まみちゃんが転がり込む時にばばちゃんちに持ち込んだ、グレー地にライムグリーンの柄のソファは、書いているうちに自分も欲しくなってきて、連載中盤あたりで購入し、家のリビングにドカンと置いた（せっかくFrancfrancとのコラボなのだから、とキリンのリンダも含め、小説に登場する家具は実在のものにしたのだ）。

その上をピョンピョン飛び跳ねる息子の横に娘を寝かせてオムツを替えたりしていたら、ふと、そこに座るまみちゃんとここちゃんの会話が浮かんできたこともあった。

〝ふたりの育児〟と〝ふたりの物語〟を、文字通り往復していた。そのふたつにかかりっきりで、大人とまともに会話をする時間すら取れなかったこともあって、小説世界と実生活を、互いの支えのようにして過ごした1年だった。

それは、ちょっと不思議な執筆体験。まみちゃんとここちゃんが、同じ社会の中で本当に生きているような気がしてならなくなった。


連載が終わった後で、全編をリライトした。作品に対する深い思い入れもあって、文章をひたすら細かく直し続けていたら半年もかかっていた。その作業は時にものすごく苦しくて、時々私は妄想に逃げた。

ゆっちゃんは、どんな女の子になるんだろう？　ここちゃんは、まみちゃんは、その後どうなるんだろう？

考え始めたら楽しくて、想像だけでは留められなくなって、書き終えるどころか続きを書いてしまいました（笑）。

本来は、物語の未来は、読者のもの。だからこのお話を本書に収めるか迷いもしたけれど、最後に、ゆっちゃんの成長を、見届けていただけたら幸いです。

あぁ、もう、あと残り、数行かな？

遂に『me&she.』は、私の手から離れます。どうしたってちょっと寂しいけれど、今はやっぱりほっとしています。

あの時、お腹の中にいた華花《かはな》は1歳4ヶ月。瑞生《みずき》は、3歳4ヶ月。今、子供たちの寝息を聞きながら、あのふたりとお揃いのソファの上で、この作品が世に飛び立つことに、ワクワクしています。

連載中からツイッターで感想を送ってくれたあなたに、一気読みしたいから、と書籍化まで待つと言ってくれていたあなたに、この本を手に取ってくださったあなたに、今、心からのお礼を伝えたいです。ハッキリと顔が見えるわけではないのに、確かな繋がりを感じるのは、どうしてだろう。

最後まで読んでくれて、本当にどうもありがとうございました。

冒頭のメールをくれたマイナビの桑野さん、鈴木さん、チームの皆様、BALSの髙島社長、桐原さん、長谷川さん、幻冬舎の日野さん、壺井ちゃん（出産おめでとう♡）、毎回美しいイラストで物語を彩ってくれたイラストレーターの伊藤ナツキちゃん、デザイナーの藤崎キョーコちゃん、『me&she.』に携わってくださったすべての方と、保育園の先生たちに、心から感謝します。

そして最後に、私の家族に。

I LOVE YOU.

LiLy　2013年5月29日

Last

Episode

me & she & your...

12 years later

私、

赤って、

似合うかな？

家から歩いて五分くらいのところにあったミニストップは去年潰れて、今は布団専門のコインランドリーになっている。その角を右に曲がって十分くらい歩くとスーパーがあるけれどまだ開いていないので、駅へと続く一本道をまっすぐ歩いている。

左右に果てしなく広がる田んぼは茶色く、次の春まで休憩中。ご機嫌斜めな空はグレーで、田んぼとの境界線にはうっすらと霧がかかっている。時々、ポツリポツリと、鼻の先や手の甲に雨の粒が落ちてくる。黒いダウンジャケットの袖の中に手を引っ込めて、指先だけでフードの前を押さえるように持って首をすくめた。

吐く息が、とても白い。

ここは東京なのにすごく田舎。東京都が爪の大きさだとしたら、いわゆる〝TOKYO〟は爪の生え際の白くなっている部分くらいだと、伯母ちゃまは自分の人差し指を見せながら言っていた。そして、英語表記のトーキョーね、と補足しながら私が覗き込んでいたその指をひょいっと持ち上げて、両手でカギカッコをつくるような仕草をした。

先月、三ヶ月間のニューヨーク旅行から戻ってきた伯母ちゃまは、すっかりアメリカナイズされている。「こっちが恥ずかしくなるほど分かりやすいのよ、昔っから」という母の呆れ声と共に、伯母ちゃまがアンティークのシャンデリアを抱えて帰ってきた瞬間の母の表情を思い出したら、噴き出しそうになった。けど、頬がかじかんでいて上手く笑えなかった。

そういえば、「ヘルズキッチンのフリマで目が合った瞬間に〝この子はテキーラサンセットを照らすために生まれた子だ！〟って分かっちゃったから連れて帰らずにはいられなかった。だって、このガラスがひとつずつ揺れながら光る感じなんてまさに、サンセットでしょう？」と伯母ちゃまは、得意の〝擬人法〟を使って母に興奮した様子で話していたが、シャンデリアについた無数のビーズは今も、伯母ちゃまの部屋の床の上にガシャンと置かれたままだ。いつ、バーに吊るすつもりなんだろう。

そんなことを考えながら歩いていたら、セブン-イレブンの看板が見えてきた。あまりの寒さに、自然と足が小走りになる。

目の前でゆっくりと開いた自動ドアの中に逃げ込むと、おでんの湯気みたいなむっとした空気に顔面が包まれた。外とのあまりの温度差に、首のあたりがザワッとした。レジの方に視線を投げると、店員は男の人だった。しかもよりによって、若い。

とりあえず店の奥にあるパンのラックへ進み、八つ切りと六つ切りで一瞬迷ってからいつもの八つ切りを手に取った。すぐ後ろで飲み物を棚に並べている女性の店員さんの後ろを、この人がレジに回ってくれたらいいのにと思いながら、横歩きで通り過ぎる。

あ。今流れているのが、メロディはいいけど歌詞が微妙だって七海ちゃんが言ってた曲だ。最近人気の女性歌手。知っているのに急に出てこなくなった名前を頭の中で探っていると、彼女の顔が目に飛び込んできた。ラックに置かれたファッション誌の表紙に、名前も大きな文字で書いてあった。普通にかわいい。けど、みんなが彼女に夢中だっていう事実が、私の彼女への興味を削いでしまう。

いつもそう。なんでだろ。

雑誌の前を通り過ぎると、化粧品コーナーの前でなんとなく足が止まった。二百六十円もする黒いヘアゴムのとなりに、香り別に同じメーカーのリップクリームが三つ並んでかかっていた。左から、ブラックチェリー、グリーンアップル、ホワイトピーチ。それぞれの香りを想像したらどれかひとつ欲しくなった。ホワイトピーチを手に取って裏に書かれた値段を見たら、五百八十円。高い。

パッケージに開いた穴をフックに通しながらレジの方を見ると、やはりそこにはさっきの男の店員さんが立っていて、今度はばっちり目が合ってしまった。慌てて視線をそらして目線を落としたら、生理用品が私の足の先にズラッと並んでいた。でも、もう余計に手に、取りづらい。うちには女が三人も住んでいるというのに、よりによって私の時にストックが切れるなんてツイてない。

今度はグリーンアップルに手を伸ばし、プラスチック越しにもちょっとは匂うかなと鼻に近づけていると、

「ゆっちゃん!?」

その呼び方で、すぐにだれだか分かって嬉しくなった。なんでこんなところにいるんだろうと驚きながら振り返ると、ヒョウ柄のロングコートの下に着た白いパーカのフードをかぶってサングラ

スをかけた伯母ちゃまが、左手におでんのプラスチック容器を持ったまま、私がいる列を覗き込むようにして体を斜めに傾けていた。

「ゆっちゃん、なんでこんなとこにいんのー？　学校は？」

伯母ちゃまの、店中に聞こえるような声にちょっぴりハラハラしながらも、

「今日から冬休みだもん！」

と答えた私の声も店内に大きく響きわたった。さっきまでナプキンひとつ手に取れなかったのに、伯母ちゃまと会った途端に何故だか強気になれてしまう。

「そうなんだ！　でも、どしたのこんな朝っぱらから？」

ナプキンのストックが切れていて、とはさすがに言えずに黙っていると、

「今さー、雪が降ってきたからちょうどゆっちゃんのこと考えてたんだよー」と、伯母ちゃまは体ごと私に向き直って嬉しそうに喋り出した。

「そしたらいたからびっくりしちゃった！　あ、なんかいる？」

おたまを持った右手をひょいっとあげた伯母ちゃまに、いらないと顔を左右に振ってから、背伸びをしてラックの向こう側に目を向けた。ガラス戸の外に、白い雪が舞っていた。

歩きながらベリベリとパッケージを剝がし、そのゴミを腕にかけた白いビニール袋に戻そうとしたら中に入った茶色い紙袋がチラッと見えて、ほっとした。

黒いダウンジャケットの上に、白い雪が次々とふんわり着地する。その中にひとつ、クッキリと

形を残した雪の結晶を見つけたので、伯母ちゃまのヒョウ柄のコートの腕に触れて目で合図をすると、伯母ちゃまの横顔が私の近くでふわっと笑った。満たされた気持ちで、私は取り出したばかりのリップクリームのキャップを外して鼻に近づけた。

「アメリカの匂いがする。行ったことないけど」

そう言うと、伯母ちゃまが唇をちゅーっと突き出してきたので、歩きながらリップクリームを塗ってあげた。って、買ってくれたのは伯母ちゃまだけど。

「ほんとだ、アメリカ～」

「うん。ブラックチェリーだって」

「今度はゆっちゃんも一緒に行こうよ、ニューヨーク」

「行ってみたいけど、高いでしょ？」

「安く行こうと思えばいくらでも安く行けるし、その逆も然り。だからその答えは、ゆっちゃんがどのくらいの価格レンジで旅したいかによるよ」

「えー、そんなこと言われても海外なんて行ったことないし、基準がないから分からないよ」

「基準、か。なるほど、いいこと言うね。最初のがそれになるなら、格安旅行がベストかもね」

「ふぅん。そういうもの？」

「うん。だって、ゆっちゃんはこれからどんどんオトナになっていくでしょ？　だから。若いうちに、自力では手に入らないレベルの体験をしちゃうのは、ある意味不幸なのよ」

「ふぅん。そういうものなんだ」

「私もこの街で育ったけどさ、ここ、超いいよね。だって、クッソつまんなくない？」

言葉の悪さに思わず笑った私のとなりで、「でもそれでいいのよ」と続ける。

「子供として過ごす時間より、大人として生きる時間の方が圧倒的に長いんだもん。あぁ～退屈だなぁ～もっとこういう世界に行きたいのになぁ～ってストレスをため込めばため込んだ分、大人になった時にそれを反動にして、自分の好きな場所まで羽ばたけるから！」

テンション高く語り出した伯母ちゃまを横目で見ながら、「でも、」とぼそっとつぶやいた。

「一番行ってみたいのは、イギリスなんだ」

「へぇ！　なんでなんで？　そういう話好きよ！」

「小さい頃から、キキちゃんがいた国ってどんなところなんだろうってよく想像してたから」

「キキちゃんって、あのキキちゃん？　え、イギリス人なの、あの子？　なんでなんで？」

キキちゃんと名付けたのも、そのテディベアを私に譲ってくれたのも伯母ちゃまなのに、まったく知らなかった様子で目を見開いているのでこっちが驚いた。

「えっ、なんでって、キキちゃんの左足に〝MERRYTHOUGHT《メリーソート》〟って大きなタグがついてるじゃない」

「そうだっけ？」

「ええー！　そうだよ！　でね、どういう意味なんだろうってずっと思ってて、調べたらイギリスの会社名だってことが分かったの。鳥の骨って意味なんだって」

「なんだそりゃ」

溶けた雪で濡れた額を拭いながら、空を見上げる。無数の白い点が、こっちに向かって落ちてくる。

「ほら、お母さんと伯母ちゃまもたまに割り箸を左右に引っ張り合ってどっちが太いかやってるじゃない？　イギリスではチキンの骨。メリーソートっていうのはその骨のこと。持っている人にしあわせが訪れますようにって願いが込められてるんだって」

得意になって教えてあげたら、伯母ちゃまは興味深そうに目を見開いた。

「そうなんだ。子供の頃からずっとやってるんだよ、ここちゃんと、その箸のやつ。ばばちゃん、その名前のことまでは知らなかっただろうに、引きが強いねぇ」

「たぶん、知ってたんだと思うなぁ。だって、キキちゃんってチーキーってタイプの子なんだけど、そのベアが誕生したの、私のおばあちゃんの誕生年だったから」

「私の、ママってこと？」

「うん。だから、プレゼントしたんじゃないかなと思って」

「ばばちゃんが？」

「そう。早くに亡くなった娘の分まで、孫娘ふたりにはずっとずっとしあわせでいて欲しいって」

伯母ちゃまの目が、涙でうるんだ。と思ったら、いきなりきつく抱きしめられた。

「ちょっとぉ、コートがタバコ臭い〜」

照れ隠しにそう言って腕から抜け出ると、伯母ちゃまは脇に挟んだクラッチバッグからタバコの箱を取り出した。ちょっとでも気持ちが揺れると、伯母ちゃまはすぐにタバコを吸う。

「この道、好きなんだよね〜。な〜んにもないし、だ〜れもいないし、今、世界で唯一歩きタバコできちゃうのはこの道なんじゃないかっていう」

声が止まって、カチッとライターの音がする。美味しそうにタバコの煙を吸い込む伯母ちゃまの、横顔を見上げて聞いてみる。

「イギリスは、行ったことある？」

「うん、ちょこっとだけだけどね。ヨーロッパをまわった最後に、一泊くらいはしたかな」

「しょーちゃんと？」

「そうそう。正太郎はニューヨーク好きで、でもそんなあんたにはヨーロッパの要素が足りてないって私が言って、一緒に行ったの。楽しかったなぁ。バイク借りて、まわったんだよ。あれはマジで青春だった」

記憶の中にある眩しいものを見ているかのように目を細め、過去に思いを馳せる伯母ちゃまを見ていたら、私は、自分の未来が楽しみになった。

「じゃ、イギリスにしよう！　ゆっちゃんの初旅行。ここちゃんも連れていこうね！」

「え、いいよいいよ、悪いから」

「なんでよ、遠慮とかしないで〜。格安旅行ならふたりくらい連れてけるってば」

渋谷にバーを持っていて、年に数回は海外に遊びに行っている伯母ちゃまは、ものすごくリッチなんだと私には思えてしまうけど、「金払いがいいからそう見えるだけで、あの人はただ単にまったく貯金しないタイプなだけだから」と母は言う。だから、遠慮している部分はもちろんある。でももう長いこと妄想し続けているイギリスへの旅行は、伯母と母とというのとはちょっと違うのだ。

コンビニにひとりで向かっている時は、なんて遠いんだろうって思っていたのに、私たちはあっという間にマンションの前に着いていた。

「そういえば、クリス、またお店に来たりした?」

エレベーターに乗り込みながら、さりげなく聞いてみた。

「クリスって、どのクリス?」

「ええっ? そんなに何人もクリスを知ってるの?」

「クリスっていっぱいいるじゃん」

「そうなの? そういうものなの?」

伯母ちゃまと話すと、私に見えている世界はとても小さいのだということを思い知らされる。

「ゆっちゃんの方のクリスなら、今日も来てくれたよ~」

「本当に⁉」

「ていうか、ニューヨークから私が戻ってからは、週三くらいで通ってくれてる」

「本当に本当に本当に⁉」

「え、そんなに食いつくとこなの、そこ?」

伯母ちゃまのクールな態度に調子が狂う。というか、その程度にしかクリスのことを思っていないということか。勝手に期待していた分、肩すかしを食らった気分。

「だって、そんなの聞いたら、クリスって伯母ちゃまのこと好きなのかなって思っちゃうよ!」

腕にさげたビニール袋の中を覗き込んで「あちゃー」とか言っている伯母ちゃまの顔を下から覗き込む。

「ねぇねぇ、どう思う？　伯母ちゃまのこと好きなのかな？」

「知らないけど、そうなのかもね～」

「ええっ!?　やっぱりそうなの？　どうして？　告白されたの？　ねぇ、それ、七海ちゃんに言ってもいい？　今日遊びにくるの！」

これは事件だ。まだ二十代のクリスが、まさか、四十代の伯母ちゃまに惚れるとは思ってもいなかった。

それなのに当の本人は、「へぇ～、なっちゃん来るんだ？　ラッキー！」とか言いながら、ビニール袋を持ち上げてその中にこぼれたおでんの汁を透かして眺めている。エレベーターから降りながら振り返り、「だから、クリス」と私がしつこく話題を戻そうとしていると、

「クリスはクリスでもよくよく考えると、クリストファー。真実子とか琴子とかと比べるとすごい大袈裟な感じしない？　なんつーか、コロンブス的な」

伯母ちゃまが淡々と話すその感じがおかしくって思わず笑ってしまった。

「それクリスにも言った？」

「私の方のクリスには言ったけど、そのニュアンス全然伝わらなかったみたいでまったく笑ってなかった！」

伯母ちゃまはアハハと豪快に思い出し笑いをしながら腕を伸ばしてチャイムを押した。

私の方のクリス、って？　聞こうと思ったらドアの内側からお母さんの足音が近づいてきた。私がテキーラサンセットをクリスに紹介したことは、お母さんには秘密。私の中学の英語教師が伯母ちゃまの店に通いつめているなんて知ったら、大騒ぎするに決まってる。

「ただいま！　ゆっちゃんも一緒だよ！」

伯母ちゃまが話しかけていた目の前のドアが開くと、中からあたたかい空気が流れ出てきて、パンが焼けたばかりの香ばしい匂いがした。あれ？　パンがなかったと思って買ってきたのに、あったのかな？　きちんと描かれているお母さんの眉毛を見ながら思っていたら、その眉間にしわが寄った。

「ふたりともびしょ濡れじゃない！　傘は？」

「外、雪だよ雪！　傘なんてささないでしょ、雪の時は」

「まみちゃんは勝手にすればいいけど、結愛が風邪ひいたらどうするのよ、もぉ〜」

そう言って、お母さんは、足の裏のストッキングで床の上を滑るようにしてスルスルとリビングの方へと戻って行った。

「ふぅ。ロマンが欠落してるのよね、ここちゃんには」

ふたりが、お互いのことをちゃん付けで呼び合うのを聞くのが好きだ。たとえ喧嘩をして激しく言い合っている時でも、その音を聞くとほっとする。まみちゃんとここちゃん。私にとっては伯母と母だけど、ふたりもそれぞれにひとりの女の子なんだということを、そのたびに思い出す。

伯母ちゃまは、母のことをここちゃんと呼ぶのと合わせて私のことをゆっちゃんと呼び、私の幼馴染の七海ちゃんのことまでなっちゃんと呼んでいる。私も昔、伯母ちゃまのことをまみちゃんと呼んでいた時期があるらしい。でもある日突然「私には成熟さが欠けている気がする」と伯母ちゃまが言い出して、その解決法として、まだ三、四歳だった私に「私のことをこれからは〝伯母ちゃま〟と呼んでくれないか」と〝提案〟したのだと母が教えてくれた。提案、というのは伯母ちゃまの言葉だ。押し付けたわけではない、ということを何故か伯母ちゃまは強調するけど、実際に私も好きでそう呼んでいる。

「伯母ちゃまが、渋谷で〝テキーラサンセット〟というバーを経営している」というのは、私の自慢。本当は全然違うのに、私がまるでちょっとオシャレな感じのお嬢様みたいに聞こえるから気持ちがいい。

あ、だからかもしれない。〝TOKYO〟に憧れて日本にやってきたというのにこの町に派遣されてしまった彼に同情しているように見せかけて、クリスに伯母ちゃまのバーを紹介したのは。「テキーラはサンライズが有名だけど、昼間よりも深夜が好きな伯母ちゃまにとっては、サンセットは夜明けなの」って説明したら、クリスの茶色い目の奥がキラッと光った。あの時私は、誇らしい気持ちでいっぱいだった。

バタバタとこっちに戻ってきたお母さんが、玄関に立つ私にバスタオルをポンッと投げてきた。気づけば伯母ちゃまは、もうとっくに家の中に入っていた。濡れた前髪をタオルでゴシゴシ拭きながら、もう片方の腕を伸ばしてコンビニの袋をお母さんに手渡した。

「パン、ないと思って買ってきたんだけど、あった？」

「ああ、うん。冷凍してあったのよ」と言いながらまたリビングの方に歩き出したお母さんの背中に、「ナプキンがあと数枚しかなくて、たまたまコンビニで伯母ちゃまに会ったから買ってもらったんだよ～」と言うと、「えー、トイレの棚の奥にいっぱいストックしてあるわよ～」と言われてしまった。

母はしっかり者で、手伝いたくっても私の出る幕があまりない。「生理なの？　大丈夫？　お腹痛い？」

お母さんは私の方を振り返り、私のことを心配する。

「ここちゃんもゆっちゃんも絶対タンポンにした方がいいってー！」

部屋の中から伯母ちゃまの声が聞こえてきたけど、お母さんは完全にスルーして、

「昼ご飯は冷凍庫に昨日のハンバーグの残りとかあるから適当にチンして食べてね。七海ちゃんの分もあるから、一緒にね。もう出ないと遅刻しちゃう！」

早口で言いながら部屋の中に戻って行った。お母さんはいつも慌ただしく動いている。濡れたダウンの表面にタオルを押し当てていると、コートとバッグを手に持ってまたこっちに飛び出してきた。私のこの暇な時間を、分けてあげることができればいいのにっていつも思う。

脱ぎかけていたブーツの中に足を戻し、お母さんの後について玄関の外に出た。

「雪、積もんないと思うけど、駅のホームとかで転ばないようにね。その靴、滑りそうだし」

エレベーターが来るのを待ちながら、お母さんが片足を押し込んでいるブーツのすり減ったソールを見て言った。

「大丈夫よ、ありがと。そうだ、結愛。誕生日に何か欲しいものある？」

私の方を振り返って聞いたお母さんの後ろで、エレベーターのドアが開いた。

「ないよ、なんにもいらない。ほら、来たよ！」

「ダメよ。何か考えといてね！　じゃあね！」

閉まったドアのガラス越しに、手を振り合った。

「気、を、つ、け、て、ね！」

口を大きく動かして伝えたらニコッと微笑んだお母さんの、目尻のしわに目がいった。それは、まったく顔の似ていない伯母ちゃまとお母さんが、唯一とても似ているところ。怒られそうだから、言わないけど。

ジャケットを脱ぎながらリビングへと通じるドアを開けると、鼻先にコーヒーの苦みがふわっと香った。顔をあげると視線の先に、ヒョウ柄のコートが首にかかった巨大なキリン、〝カオス・ザ・リンダ〟のかわいい顔。

おはよう。心の中で言いながら、コートを手に取って、私のダウンジャケットと一緒にハンガーに吊るして洗面所に並べてかけた。湿ったタオルを洗濯機の中に入れてからキッチンに行くと、カウンターの上には白いお皿がふたつ並んでいて、いつものように厚切りのバターが真ん中にのったトーストと、目玉焼きとレタスとプチトマトが並べられていた。

ブラックコーヒーのとなりに置かれた、もうほとんど牛乳の色をした私のコーヒーを手に取ると、マグカップが手の平にまだあたたかかった。

「伯母ちゃま〜！　ご飯食べよう〜！」

返事がないので、母が用意してくれた朝食をテーブルに運び、ひとりで椅子に腰掛けた。

トースターの銀色の中に映り込む蛍光ピンクに目がいった。それはテーブルの奥に置かれた写真立ての色で、その中には昔の写真が入っている。

母の膝に抱かれた私の頭には、紙でできた帽子がちょこんと乗っていて、目の前には大きなロウソクが一本立った丸いケーキが置かれている。白いクリームの中に赤いイチゴが乗っているからショートケーキのように見えるけど、これはまだ一歳の私でも食べられるようにとヨーグルトでつくったものらしい。

私の顔を覗き込むように目を伏せて微笑んでいる母はまだ二十代で、とても若くて、すごくかわいい。さっき見た目尻に入った深いしわと、擦り切れたブーツのソールを思い出し切なくなった。

来月、私は十三歳になる。

タバコの臭いに気づいてバルコニーの方を見ると、閉じたガラス戸の向こうに伯母ちゃまの後ろ姿が見えた。伯母ちゃまが、都心から遠いこの家にずっと住み続けているのも、私と母のそばにいるためだって分かっている。

七海ちゃんと私は、時々話す。「早く大人になりたいね」って。七海ちゃんと私は、家庭環境が似ている。一番の共通点は、母親がシングルだということだったけど、最近七海ちゃんのお母さんは再婚した。でも、それによってまたひとつ新しい共通点ができた。

七海ちゃんにも、弟ができたのだ。

七海ちゃんとは、私が三歳の時に入った近所の保育園で出会った。そこに転園する前の記憶はほとんど残っていないけど、母と私だけで九州で暮らした一年間があったらしい。東日本大震災が起きた年だと聞いている。放射能の影響を心配した母が決死の覚悟で仕事を辞め、私を東京から連れ出したそうだ。

ネットの求人で寮がある職場を見つけ（お弁当を箱に詰める仕事だったらしい）、電話で問い合わせたところ工場に子供を連れてきてもよいと言われたので決めたらしいが、実際には幼い私を連れていけるような環境ではまったくなかったそうだ。

一年に満たないくらいで貯金が底をつき、精神的にも肉体的にも疲れ果て、私を連れてまたこの家に戻ってきたそうだ。

当時私は幼すぎて、ほとんどなにも覚えていないのだけど、「色んなことがあまりにも大変でその頃のことをハッキリとは思い出せない」と母も言う。

九州への引っ越しは「そもそも無謀だった」と言う伯母ちゃまは、「ここちゃんあの時、半分狂ってた」と当時の母の様子を振り返り、「いや、私にはそういう風に見えちゃったんだけど、でも本当は違って、あれは、何に代えてでも守りたいものがある人間の、底力だった。それを見て、私の中でも何かが変わったと思う」って、母がいない時に、たまに思い出したように話してくる。

それを聞くたびに私は、さりげなさを装いながら下を向く。すぐに目が、真っ赤になってしまうからだ。嬉しいとか悲しいとかでは括り切れない感情が、涙になって勝手に目から溢れ出すのだ。

七海ちゃんは、そんなこんなでこの街に戻ってきた三歳の私が、園庭の隅でみんなが遊んでいるのを眺めていた時に声をかけてくれた女の子だ。私のところまでひとりで歩いてきて、「いっしょにあーそーぼー」

そう言った七海ちゃんが手に握っていた、砂のついた緑色のオモチャのスコップ。目線をあげたら見えた、七海ちゃんの笑顔の真ん中でたれていた、黄緑っぽい鼻水。

私の、今日に至るまでの人生の記憶は、そのシーンから始まっているように思う。

東京で再就職した会社は終業時間が遅く、七海ちゃんとは保育時間が終わった後の延長保育でも一緒だった。

私たちは同じ小学校にあがり、クラスは離れてしまったけど放課後の学童では毎日会えた。小学三年になってからは、伯母ちゃまが家にいるという理由で七海ちゃんの親の許可をもらい、十九時頃に七海ちゃんのお母さんが迎えにくるまでうちで遊んで過ごしていた。だから、伯母ちゃまは〝なっちゃん〟と特別仲が良い。

今年中学にあがって一番嬉しかったことは、七海ちゃんと初めて同じクラスになれたことだ。小学校の六年間、学年に二クラスしかないのに一度も同じクラスになれなかったことは私たちの長年の疑問だった。「仲が良すぎるふたりは先生たちがわざと離すことにしているんだよ」「クラス替えって抽選じゃなくて先生たちが会議で決めているものだよ知らないの?」と伯母ちゃまに言われたのはつい最近のことだ。その時は七海ちゃんと顔を見合わせ、今更どこにぶつけていいかも分からない怒りの感情を、私たちはまたひとつ共有した。

でも、子供の人生とは、そういうことの連続だ。大人の事情で、私たちの毎日の生活はいとも簡単に操作されてしまう。だけど、そんな私たちが母親にとって一番の〝事情〟になっていることも、私たちはずっと前から理解していた。

だから去年、母親の再婚が決まったと私に報告してきた時も七海ちゃんは笑顔で、「引っ越さないからそこは大丈夫」と、私の不安を先回りして取り除いてくれた。そして、「ママの赤ちゃん男の子だったの！　私にも弟が生まれるよ！」と目をキラキラさせた。ふたりのあいだにまた大きな共通点ができた奇跡を、私たちは喜び抱き合った。

そうして七海ちゃんには新しいお父さんができた。マンションから近所の一軒家へと引っ越して、今年の夏には弟の「ちぃ」が生まれた。「大地だから、ちぃ」お父さんのことは、「ステップダッド」と、七海ちゃんは呼んでいる。

両親が離婚してから、つまり三歳の時から、七海ちゃんは一度も本当のお父さんに会っていない。だから、なんとなく昔から、父の家に行った話はしないようにしている。

「うちらってアメリカ人みたいだよね。行ったことないけど」って七海ちゃんは笑う。結婚して離婚して再婚するのはアメリカ人的で、最初っから結婚なんてしないのがフランス人的らしい。

「ぼーっとしちゃって、何考えてんの？」

突然、頭の中に入ってきた声に、慌ててしまった。いつの間にか伯母ちゃまは目の前に座っていて、「汁、全部こぼれてなくなっちゃったんだけど」と言いながらおでんの容器を眺めていた。

「そうだ！　伯母ちゃまがさっき言ってた〝私の方のクリス〟って誰？」

「秘密だよ～。だってゆっちゃんに言うとすぐ正太郎にチクるんだもん」

「え、そんなことないよ。それに、しょーちゃんが傷つくかもって思うから言えないよ」

「別に、傷つかないでしょ」

「そうかなぁ。私には、しょーちゃん、伯母ちゃまに未練ある感じに見えるよ」

「ないない、それはないよ」と伯母ちゃまは言い切ったけど私には、数年前に別れたふたりが未だに恋人同士のように見えることがある。

赤と白のギンガムチェックの蓋をクルクルと回して取ってから、私は黙ってトーストにいちごジャムを塗った。

物心ついた時には父と母が離婚していた私にとって、ふたりは一番近くにいたカップルだった。別れたと聞いた時は、大ショックだった。一晩中涙が止まらなかったし、別れを切り出してしょーちゃんを傷つけた伯母ちゃまのことを、本当に嫌いになってしまいそうなくらいだった。「仲良しで親友になりすぎたから別れるわけだから、正太郎が私たちの人生からいなくなるわけじゃない。うちらは、ゆっちゃんとなっちゃんみたいなものなの。だからゆっちゃんと正太郎の関係だって今までのままだよ」って伯母ちゃまは何度も言ってきたけど、子供だましの言い訳にしか聞こえなかった。

愛って、やっぱり終わるんだって思った。そのことに、ものすごく傷ついた。

でも、あの時伯母ちゃまが言っていたことは本当で、今もしょーちゃんは私たち家族と親密だ。テキーラサンセットを一緒に経営していることもあって、私も月に一度は顔を合わせるし、私の誕生日でもある元日には毎年一緒に母のお雑煮を食べている。

もし伯母ちゃまに新しい恋人ができて、今のしょーちゃんの座がその人と入れ替わるなんてことが起きたら絶対にイヤだ！　伯母ちゃまの新しい恋のことなんて知りたくない。

ハッキリとそう思い、話をずらすことにした。

「お母さんは、恋とかしないよね。したくないのかな？」

聞きながらトーストにかじりつくと、伯母ちゃまが目を見開いて私を見た。

「最近、私もそれ思ったんだよね、案外、もうしてたりして！」

意外な言葉に、口の中のパンを上手く呑み込めなくて声が出なかった。

「いや、何も知らないいんだけどさ、ばばちゃんは、そういうの隠すの本当に上手かったから、ここちゃんもそうかもって思っただけ」

すっかり冷めてぬるくなったミルクコーヒーでパンを喉の奥に流し込んでから、「なぁんだびっくりした」と、がっかりしたように振る舞いながらも実際はちょっぴり安心していたりもして、自分の気持ちがよく分からなくなった。

「ずっとここちゃんはママに似てるって思ってたんだけど、ゆっちゃんができてからのここちゃんは、ママよりずっとばばちゃんに似てるんだよねー」

「それは、性格っていうよりも母性の強さ、みたいなところがでしょ？」

ばばちゃんとママ。伯母ちゃまとお母さんが毎日のようにふたりのことを話すから、私もすっかり会ったことがあるような気になっている。

「あぁ、そうそう！　そうだけど、ゆっちゃんってまだ十二だよね？　あ、もうすぐ十三か。本当に頭がいいっていうか、大人っていうか。時々ビックリするよ。言われない？」

「でも、それでも、実際にはまだ、子供だし」

言いながらちょっと落ち込んでしまったので、わざと明るめの声を出して続けた。

「前にお母さんに恋でもすればって言ったら、そんな余裕どこにあるのよって笑ってた。私が大人になれば余裕できるのかな？」

「へえ〜、そんな風に思ってんだ。そういうところは、私似かもね」

「どういうところ？」

「恋愛至上主義っつうの？　まあ、〝母じゃない〟ってとこが、私とゆっちゃんの共通点なのかな。それか、私の脳内が未だに十代、色ボケ中！」

「わ、私は、別にそんなんじゃないよ！」

ちょっとムキになって反撃したのに、伯母ちゃまは自分で言った台詞にひとりでウケて笑っている。

「あーでもねー、恋愛がしあわせのすべてじゃないって、昔、ここちゃんに言われたことがあるよ」

「だから、まあ、そりゃそうだろうけど」

「ゆっちゃんの存在が、ここちゃんをしあわせにしてるんだよ」

「でも、そういう風に言われると、申し訳なさみたいなの、感じちゃうな……」

「ああ、そういうのはだれもがみんな、大人も子供も関係なくだれもが感じてるもんだよ。自分が悪いとも思わないけど何故だか感じる、小さな罪悪感みたいなやつでしょ?」

「うん。伯母ちゃまもそういうのある?」

「ある」

即答したくせに、「何に対して?」という質問には答えずに、茶色いゆで卵にかじりついてから、それを流し込むようにしてコーヒーを飲んだ。味を想像しただけでウエッとなった。

「ほんと、変わってるよね……」

まるで褒め言葉を言われたかのようにカップの上の目だけでニッと笑いかけてきた。

「かわいいけど」

口の中に残ったいちごの小さなツブツブを舌先で前歯の後ろにあてながら言うと、

「あんたって、超いいこ‼」

カップを置いて大袈裟に叫んでみせた伯母ちゃまの、目尻に入った三本線が更に深くなった。かわいい。


『あたしが言ったらあなたはきっと笑うのに、あなたが聞いたらきっと私は頷くわ。さらってくれてもいいのに、なんて――』

七海ちゃんが微妙という歌詞に聴き入っていたら、左のイアフォンが突然耳から抜け落ちた。

引っ張ったのはとなりで寝そべって本を読んでいる七海ちゃんで、「チャイム鳴ったよー」と目線ひとつあげずに私に言う。右のイアフォンも外し、伯母ちゃまが出るかもと期待して耳を澄ましてみたが、部屋の外からは物音ひとつしなかった。寝ちゃったのかな。仕方なくベッドから下りて玄関に向かった。

それは私宛の宅配便で、送り主は父だった。メモのところに〝洋服〟と書いてあったので、誕生日プレゼントだとすぐに分かった。と同時に、その角の丸い手書きの文字が、父の筆跡ではないということにも気づいてしまった。

リビングで茶色い包み紙を破って箱の中身を確かめてから、紺色のGAPの箱を持って七海ちゃんがいる自分の部屋へと戻った。

壁の方に頭を向けてベッドにうつ伏せで寝ている七海ちゃんが、バタバタさせている靴下の毛玉が気になった。ひとつ指でつまんで取ってから、

「ねぇ、私、赤って、似合うかな?」

七海ちゃんに聞いてみた。

「えー、なにがー?」

こちらを振り返った七海ちゃんは私が抱えた箱に気づくと、もぞもぞと起き上がり、ベッドの前に立つ私の腕の中を覗き込んだ。

「なんか、あんまり自分のイメージの中に赤って、なかったから……」

「ん。まあ、そうかも。だれから?」

「お父さん。でも、たぶん選んだのは、奥さん……」

七海ちゃんは箱の中から一枚ずつ手に取って、ベッドの上に丁寧に置いていった。真っ赤なカーディガンとマフラーと手袋のセットが白いシーツの上に並んだのを見てから、私の顔を見上げて七海ちゃんは言う。

「まあ、赤が似合うっていうより、ピンクよりは赤、なんじゃない？　イメージ的には」

的確だと思った。

「まぁ、別に普通にかわいいけどね」

そう言って七海ちゃんはカーディガンを手にとって私の体に当ててみた。

「うん。似合わなくないよ。着れる着れる」

「そっか、ならよかった」

母に見せるため、とりあえず服をぜんぶ元通りにたたんで箱の中に戻していると、

「奥さん、できた人だね」

ベッドの上に胡座をかいて座った七海ちゃんが言う。

「うん。いい人だよ。でも余計に、お父さんがダメに思えてくるけどね。奥さんにこうやって気を使わせてるのも微妙だし、それが分かっちゃう私の気持ちも微妙だしさ」

「まあね。でも、そんなのかわいいもんだよ。うちのママは私の父親のこと、バチが当たっていつかどっかでのたれ死ねって言ってるよ。恨みは相当深いっぽい」

アハハと笑った七海ちゃんに釣られるようにして「ほんと、おばちゃんって言うことが過激だよ

ね」と笑いながら箱を部屋の隅に置いた。

「ほんっとに、あの人口悪いよね！　でも最近は、ちぃも生まれてなんだかんだでしあわせそうだからよかったと思って。あ、見て見て！　ちょーかわいいのあるよ」

七海ちゃんはひっくり返ったかと思うような素早さでクルッと体の向きを変えて、私がサイドテーブルに置いたままにしていたスマホを手に取って、座れというようにシーツをポンッと叩いてみせた。

「まだこんな小さいのにもう保育園行ってるんだよ！　入れるって聞いた時はえぇーとか思ったけど、うちらもそうだったしね。別に大丈夫だよね？」

話しながらスマホを覗き込む七海ちゃんの顔が、すごく近くて、ちょっとドキッとした。

「うん、七海ちゃんいたし、楽しかったよ」

ピッと再生されたハイハイ動画を見せられるままに眺めながら私は答えた。

「そうだよね？　自分はそうでも弟だと心配になるね。ちぃにもお友達できるといいな。まー、まだ赤ちゃんだからあれだけど」

もぞもぞと交互に動くムッチムチの赤ん坊の太ももこそが、この世で何より愛おしいものだと言わんばかりに目を細めている七海ちゃんを横目で見ていると、羨ましくなって少し胸が苦しくなる。

伯母ちゃまがいつも、「なっちゃん、私もそうだったよー。ミルクもあげてオムツも替えてー」って嬉しそうに自分で話すんだ。そのとなりで母は、「今は私があなたを育ててるみたいだけどね」って嫌味を返し、それにウケた七海ちゃんは「ちぃがおばちゃんくらいしっかり者になったら私もまみちゃんみたいに楽チンだわ〜」とかなんとか言う。そんな時私は、一緒になって笑いながらも、右頬の筋肉が少し引きつるのを密かに感じる。弟と別々に暮らしている私だけ、話に入れない。

「でも、結愛と七海ちゃんこそ双子の姉妹みたいだよね」

そんな時、母が言う。私の寂しい気持ちにすぐに気づいて、優しい声で、そう言ってくれる。

そんなことを思い返していた直後だったから余計にショックだった。七海ちゃんが、私の誕生日会に来られなくなったと言った時。

「なんか、向こうの実家行くんだって。ほら、ちぃ見せたいんじゃない？ なら私は別にいいじゃんって言ったんだけど、そういうわけにもいかなくてさ。うちのママさー、自分でよく〝もう七海はオトナだから〟とかって言ってるくせに、こういう時だけは、親について行くのが子供の義務みたいな言い方するの。ほんっと腹立つ。自分に都合よく使い分けんじゃねぇよって感じ！」

悲しい、と思うより先に目に浮かんできてしまった涙をごまかすように小さなあくびをひとつ演じてから、

「ああ、向こうって、〝ステップダッド〟の？」

ふざけて指でカギカッコをつくってみた。

「あ、」

その瞬間に思い出したクリスの最新ゴシップに話題を移すと、七海ちゃんが眉間に寄せていたしわも、私の目にうっすらとたまっていた涙も、一気に盛り上がった会話に流されてそれぞれの心の奥に引っ込んでいった。

「せっかく夢を持って日本に来たのにこんな田舎に飛ばされちゃって」と前からだれよりもクリスに同情を寄せていた七海ちゃんは、「まみちゃんは彼の救いの女神」だとまた言ってから、「ふたりがつき合えばいいのに！」と声を弾ませた。

それを望んでしまう気持ちは分かる。「黒板と生徒のあいだ、斜め四十五度から見るとロス・リンチに似ている」とイケてるグループの中心の女子たちを大騒ぎさせているクリスが、〝自分の身内のもの〟になることに対する気持ちよさがあるからだ。プライドが高い七海ちゃんはそんなこと絶対に口に出しては言わないけど、私もそうだから、そのまま分かる。

家庭環境以外の部分での、私たちの共通点。それはたぶん、世の中のメジャーなものへの斜めな視線。

いつの間にか、部屋のカーテンが夕日のオレンジ色を透かしていた。雪は止んでしまったんだと思ったら、ちょっと寂しくなった。

「ねぇ、七海ちゃん。さっきの曲の歌詞、悪くないじゃん」

「私は、嫌い」

「どうして？　流行ってるから？」

「え？　なんでそうなるの？　それは関係ないよ。あの歌詞、他力本願じゃん。自分で出ろよって思っちゃう。私が書くなら、タイトルだって『Take Me Away』じゃなくて『I go my way』にする。まぁ、もうそれで歌詞、書いてみたんだけどね。途中までだけど。ちょっと読んでよ、あれ、どこやったかな？」

スマホの中に書きかけの歌詞を探す七海ちゃんの目はとても真剣で、この表情を見るたびに、私は自分の未来が不安になる。七海ちゃんが夢を叶えて歌手として成功している頃、私は何をしているんだろう。

夜、店に行った伯母ちゃまとバトンタッチするように母が帰宅してから、父にお礼の電話をかけた。

祖母が出て、「結愛ちゃんから電話よー」と、二階で暮らしている父を呼んだ。バタバタと階段を上がっているのか下りているのかのどちらかの足音の後ろで、てっちゃんの笑い声が聞こえた。母はいつも、私が父と話す時、ふらっとリビングを出てキッチンへ行く。自分では気づいていないのかもしれないけど、毎回だ。そして、いつもそこから耳を澄ましている。

だから、父に本当はてっちゃんの写メを送ってってお願いしたかったんだけど、言えなかった。もうしばらく会っていないから、また大きくなったんだろうな。てっちゃんは今、幼稚園の年長で、春には小学生になる。結局、ミルクをあげたりオムツを替えたりするチャンスは一度もなかった。

「石ちゃん、なんだって?」と特に興味もなさそうに聞いてきたお母さんに、「ん? おめでとうって」と適当にサラリと答えてテレビをつけた。画面に映ったのは、家族が増えてもずっと乗れる――そんなコンセプトの車のコマーシャルで、小学生になったらてっちゃんも友達に〝石ちゃん〟って呼ばれたりするのかなぁなんてことをぼうっと考えた。

母に「おやすみなさい」を言ってから自室のドアを閉め、照明を落としてベッドに入った。さっきはあえて聞き流した父の声を、やっときちんと心で聞ける。

「結愛も、もうすぐティーンエイジャーか。あぁ、なんか信じられないなぁ。ちょっと早いけど、おめでとう。電話もくれて、ありがとうね。声が聞けて嬉しいよ」

頭の中で何度繰り返してきても、ティーンという音がくすぐったくて、なんだかすごく照れくさかった。嬉しいよと言ったあとで漏れた父の息が、切なくて、だけど嬉しくて、鼻の奥がツンとした。

あと十日で、今年が終わる。そして、新しい年の始まりと共に、私は十三歳になる。


この香りを嗅ぐと、一年の終わりを実感する。「お正月はやっぱりミカンでしょ」と母が選んだ柑橘系のアロマの香りで、スイートオレンジとネロリがブレンドされているらしい。これを数滴たらした雑巾で家中の床という床を拭く。それが、私と母の毎年恒例の大掃除。

「あんまりつけすぎると気持ち悪くなるよー」

洗面所で汚れた雑巾をすすぎ、逆さにしたアロマの瓶を何度も上下に振っていると、リビングの床に四つん這いになっているお母さんが顔だけあげて言った。

「だって、いい匂いなんだもん。今日だけって思うといっぱい嗅ぎたくなる」

週末にもふたりで同じようにアロマをたらして雑巾掛けをするけど、この香りは大晦日限定。

「こういうのに賞味期限ってあるのかな?」

「賞味っておかしいでしょ。でも、あるよ。酸化しちゃうから」

「ふうん、じゃあこれもう来年はダメじゃん」

「また買ってくるよ」

このアロマは母の職場で売っているもので、社割を使うとすごく安く買えるんだと話しているのを、もう何度聞いたか分からない。この前も、そう言いながら七海ちゃんのママにプレゼントしていた。

「だって社員は七十パーセントオフだから」

また言った。そう思ったらちょっとイラッとして、

「知ってるよ、もー、何回も聞いたってばー」

つい不機嫌な声を出してしまったけど、母がしあわせそうにしているのを見るとほっとする。今の会社で働くようになってから、母は明るくなった。というより、ピリピリして怒鳴るようなことが、ほぼなくなった。

「マッサージ屋さん」と母が呼ぶ今の会社は全国にフランチャイズ店があり、電車で三個先の駅ビルの中の店舗が母の職場だ。そこに転職した三年前までは母は毎朝七時台の満員電車に乗り、一時間以上かけて都心まで通勤していた。事務職で、とにかく勤務時間が長く、遅刻すると罰金があるような厳しい会社で、私が朝モタモタしていて遅れそうになった時なんかは、額に血管がクッキリ

と浮かび上がるほどにキレられた。

だから、転職しようかな、と母が言った時、顔を縦に何度も振った。でも、働きながらの転職活動は私の目から見てもとても大変そうで、母は余計に怒りっぽくなったし、私も辛かった。特に、新しい就職先がなかなか決まらない一番の理由が、「子供がいるから」だと知った夜は（伯母ちゃまと話しているのが聞こえてきた）、リビングにいるふたりに聞こえないように声を嚙み殺しながらも、たぶん人生で一番激しく、私は泣いた。

それからしばらくして母の内定が決まった。なんの経験も資格もない素人が採用されるなんてそこみんなへタクソなんじゃないの、と言っていた伯母ちゃまがうなるくらい、研修期間を経て資格も取った母は、マッサージが上手くなったらしい。私は、何をされてもくすぐったいか痛いかだけなので、よく分からないけど。

「別に何回言ったっていいじゃないの、そんなの私の自由でしょー」

優しい声でそう返しながら、お母さんは部屋の角を雑巾でえぐるように拭いている。仕事が辛いと私にも被害が及ぶというのももちろんあるけど、それを抜きにしても、母が楽しそうに生きているという事実は、私を何よりも安心させる。

母もたぶん、私に対してそんな感じなんだと思う。私たちはいつも、お互いのことをだれよりも心配し合いながら暮らしている。

「今日は雪、降りそうにないねー」

お母さんがバルコニーに通じるガラス戸をキィッと一気に全開にした。

黄色いカーテンがブワッと舞い上がらせた冷たい空気が、フローリングについた甘いミカンのアロマをフワッと拾い上げては部屋中に香らせる。

立ち上がると、視線の先に、青い空。ゴミ袋をコンビニまで買いに出た伯母ちゃまとしょーちゃんも、きっともうすぐ帰ってくる。

毎年来ていた七海ちゃんと七海ちゃんのママがいない分、例年よりこぢんまりとした感もあったけど、いつもの我が家の大晦日だった。その穏やかな空気をかき乱したのは私で、みんなでテーブルに座ってお母さんがつくった天ぷら蕎麦を食べている時だった。

「そういうの失礼だよ！」

声を荒らげた私の腕に、となりに座るしょーちゃんがまぁまぁと言うような仕草でポンッと手を置いた。私はそれを払いのけ、

「何も知らないのにそうやって決めつけるの、よくないよ！」

向かいに並んで座るお母さんと伯母ちゃまにもう一度言ってやった。感情が高ぶって、言いながら泣きそうになってしまう。

「別に、決めつけてないし、そうなのかなって言っただけだってば」

それなのになに言っちゃってんの、みたいな顔を私に向けて、目線だけをお母さんの方に流して同意を求めようとした伯母ちゃまのその仕草が、怒りを更にあおってくる。

「違う！　今のはそういう言い方じゃなかった。ちぃが生まれて、一番喜んでるのは七海ちゃんなんじゃないかってくらいなのに、どうしてそんなことが言えるの？」

斜め前に座る、お母さんを睨みつけながら私は言った。

困ったような顔をして私を見るその表情にムカついた。

「もしかしてヤキモチ？　七海ちゃんのママは再婚して自分はしてないから、だからそういうこと言うなら、そういうのって一番醜い」

ギュッと、しょーちゃんに腕を摑まれた。ごつごつとした大きな手の平が腕にあたたかくて、何故かその体温にもっと泣けてきて、私はしょーちゃんに腕を摑まれたままテーブルに肘をついて両手で顔を覆った。

「ヤキモチ焼いてるのは、結愛なんだよ、そういう風に感じるってことは」

お母さんの言葉に、びっくりして顔から手を離した。

「なにそれ意味分かんない。なんで私が七海ちゃんのママに嫉妬すんのよ……」

「違くって！」

お母さんの声が、ヒステリックに響いて耳を刺す。この声が持つ周波のようなものは一種の武器だと思う。それは私を、心底うんざりさせる。

「七海ちゃんを、新しい家族に取られちゃったみたいに感じてるのかなって」

いつもの声に戻って、平静を装ったお母さんを、でも私は許さない。

「お母さんさぁ、いつもそうやって話の論点をずらさないでくれる？」

しょーちゃんが私の腕から離した手を、テーブルの上にそっとのせた。たまたまとなりに座っているからってだけだけど、向かいのふたりに対して、しょーちゃんは私の味方な気がしている。ううん、しょーちゃんも絶対に、私と同じように感じたはずだ。

　弟が生まれてから七海ちゃんは色々と気を使っていて見ていて可哀想だと、ふたりは話していた。そして、七海ちゃんのママはそういうのに気づかない鈍感な人間だから、余計に、と。

「上から目線で自分たちは敏感な振りしてるけど、何をもって鈍感なのよ？」

　私が聞くと、伯母ちゃまが「あの人はけっこう鈍感だよ」と悪びれる様子もなくシレッと答えた。

「いい悪いじゃなくて、そういう人なのよ」

「じゃあたとえばどんなところが？」

　ムキになって聞くと、「ああ、たとえばね」とすぐに例を出してきた。

「ここちゃんがあげたプレゼントを、そのままうちに忘れてくような人なの。それも何回も。しかも悪気なく」

「嫌いなの？」

「別に嫌いじゃないってば」

「じゃあどうして悪口言うのよ」

「わ、悪口って……ウケる」

「伯母ちゃま、なにがウケるの？　そうやってバカにしたように笑わないでよ！　その人は、私の一番大事な友達の、一番大好きな人なんだよ！　悪く言わないで！」

「……ごめんね」

　お母さんが謝る声がして、伯母ちゃまが謝る声も重なった。私はギュッと閉じたまぶたに押し当てた手の平に更に力を入れた。止まらなくなってしまった涙を、その力で止めるようにして。

「結愛は、優しいね」

「うん。ゆっちゃんが一番優しいよね」

やめてよ。そういう問題じゃない。

こういう時だけすぐそうやって子供扱いする！　うん、私も本当にそう思う。大人っていちいち自分に都合がいい感じで話を乱暴にまとめすぎ！

心の中で、私は七海ちゃんに話しかけた。

「あ、もう一分過ぎてる！」

しょーちゃんの声がした。奥のテレビに視線を向けると、雪景色が映っていた。

除夜の鐘がごぉんと小さく響く中、すっかりのびてしまった蕎麦を音を立ててすすった。席を立った伯母ちゃまとしょーちゃんのどんぶりを見たら、ふたりはこのやり取りの間にもきっちりと完食していた。

「明けましておめでとう」

まだ手もつけていない蕎麦の前に座るお母さんに言ったら、

「お誕生日おめでとう」

ダメだ。また涙が込み上げてきてしまって、私は慌ててお母さんの優しい顔から目線をそらした。

「こんなに大きくなってくれて、結愛、ありがとね」

やめて、そういうの、本当にやめてよ、泣いちゃうから。

「もぉ、子供扱い、しないでよ」

そう言ってフンッと横を向いた私の視界に飛び込んできたのは、ドアを開けて入ってきた伯母ちゃまが手に持つ、綺麗なブルーの袋だった。

このサプライズを、私は知っていた。その中身も、知っている。この、身に余るほど大人っぽいプレゼントを前に、私はあまりにもばつが悪くなる。伯母ちゃまが袋をお母さんに手渡している。目のやり場にすら困ってしまう。

「十三歳、おめでとう」

お母さんがテーブル越しに、紙袋を差し出した。そのティファニーブルーに、私はそっと指で触れた。

「……だって、これ、ものすごく高いでしょ」

「でも、三人からだから、大丈夫」

そう言ってお母さんは笑うけど、嬉しさより、申し訳ないような気持ちがどうしても勝ってしまう。

「それに、ゆっちゃんが思ってるほど高くないから、そんなことは心配しないでいいの！　いいから早く、開けて開けて！」

伯母ちゃまに急かされるようにして、袋の中から、白いリボンがかかったブルーの小さな箱を取り出した。

本当はもっと、ちゃんと驚こうと思っていた。ティファニーのピアスを用意していた伯母ちゃまに、お母さんがネックレスに替えてくれと言っていた。その会話を、ドアを一枚隔ててベッドの中で聞いていた。

まるで見本のように美しく結われたリボンの先を、指でつまんだ。光沢のある白いリボンがスルリとほどけた。ゆっくりと箱を開け、中に入っていた小さな巾着袋を取り出して、左の手の平にそっと中身を落とす。

シルバーの華奢なチェーンに、小さなビーンのチャームがついた、シンプルなネックレス。洗練されている、という言葉がこんなにもしっくりくるものを、私は初めて見た気がした。

「ゆっちゃんのイメージ的にハートとかじゃなく、定番のにしたの！　ね？」

「うん、まみちゃんに聞いて初めて知ったんだけど、生命の起源ってことで豆なんだって。結愛にピッタリだと思って」

「ゆっちゃん、絶対に似合うよ！」

「…………」

「あら、あんまりだった？」

伯母ちゃまに聞かれて、首を大きく横に振った。逆だよ。嬉しすぎて、胸が苦しいくらいで、言葉が出ない。

「つけてあげる」

お母さんがそう言って席を立ち、私の後ろに回ってきた。

「ゆっちゃんデコルテ綺麗だからね～」

私のとなりに立つ伯母ちゃまが、はしゃいだ声で言っている。

お母さんの指が私の手の平からネックレスをサラリとすくい上げ、肩にかかる私の髪を優しく払う。首の後ろにあたったお母さんの指の先はとても冷たくて、自然と背筋がまっすぐ伸びた。

「かわいい！」

となりから私の顔を覗き込んだ伯母ちゃまがそう言うと、

「ちょっと、見てくる」

私は立ちあがって、自分の部屋に逃げ込んだ。

背中でドアを閉め、電気もつけずに膝を抱えてしゃがみ込んだら、堰を切ったように涙が溢れ出てきた。お礼も言わずに部屋にこもってしまったことで、プレゼントを気に入らなかったとみんなに誤解されたらどうしよう。でも、ひとりになりたかった。どうしてもひとりで、泣きたかった。

暖房が入っていないこの部屋の中は外みたいに寒くて、その冷たい空気が火照った頰に心地よい。

そっと胸元に触れると、豆のかたちをした小さなペンダントのシルバーはここの空気より冷たかった。細いチェーンが切れてしまわないように気をつけながらも、指に力を入れて握りしめた。

これから先、何か辛いことがあったら、これに触れることにしようと思った。そうすれば、すべてが大丈夫になるような気がした。

電気をつけてから、母の鏡台の小さな椅子を後ろに引いた。ここはもともと、母の部屋だった。ずっと一緒に使っていたんだけど、中学にあがるちょっと前くらいから母はリビングに布団を敷いて寝るようになって、何も言わずにこの部屋を私に譲ってくれた。それは私が、早く大人になりたいと思う理由のひとつだ。仕事から帰って寝るだけだから別にいらないって母は言うけど、この部屋を私は、返してあげたいと思っている。

椅子に座ろうと思ったら、鏡の下の方に映り込んだGAPの箱に目がいった。ベッドの下に置いたまま、すっかり忘れてしまっていた。急に込み上げてきた父に対する罪悪感に急かされるようにして、私は箱の中から赤いマフラーを取り出した。

「結愛ー?」

鏡に向き合って、マフラーを巻いてみていると、母の声がしてドアがノックされた。

「ちょ、ちょっと待って」

慌ててマフラーを外そうと思ったのに、父がくれたマフラーをつけてみていたところを母に見られてしまった。あまりの恥ずかしさに叫び出したいくらいの気持ちになった。

「なに、どこ行くの?」

「え?」

「こんな夜中に外出るのはやめてよね」

「………」

ちょっと天然なところがある母の意外な反応に、拍子抜けしてしまった。ほっとしたら、肩に入っていた力がスルスルと抜けていった。でも、なんだかすごく恥ずかしくて、目を見ることはできなくて、黒いタイツを穿いた母の膝のあたりを見ながら言った。

「お母さん、ありがとう」

「え、ああ。気に入った？」

「うん。すごく、すっごく。でも、このネックレスもだけど、それだけじゃなくて。今まで、お母さんが私のためにしてくれたことのぜんぶ、ぜんぶぜんぶ、ほんとにありがとう」

泣かずに、言えた。でも、黒いタイツから視線をあげると、お母さんの目から大粒の涙がボロボロと流れていた。

「うわっ！　この部屋寒っ。出るなら俺も一緒に行こっか？」

お母さんの後ろのドアからひょいっと顔を出したしょーちゃんは、「うん、いい？　結愛だけだと心配だから」と言ったお母さんが泣いていることには気づかずに、「うん、ちょうど俺もタバコ切れちゃって」と返して私にニッと笑顔を向けた。

外に出るという流れになってしまったので、マフラーをつけたままコートを羽織ってリビングに出た。伯母ちゃまが観ているテレビから『Take Me Away』が流れていた。

「これ、七海ちゃんが好きな曲だ」

ぼそっと言うと、「あ！　忘れるとこだった！」と伯母ちゃまはソファの背もたれに腕を回して振り返り、腰を浮かしてデニムのポケットから小さな白い封筒を取り出した。

「これ、渡してってなっちゃんに頼まれてたの」

意外なサプライズに、思わず頬が緩んでしまう。手紙を受け取りながらネックレスのお礼を言った。

「一生の宝物にするね」

心から言ったのに、「オッケー！　てか、年末のテレビってやっぱクソ」とかなんとか言いながら伯母ちゃまはリモコンでチャンネルを変えた。相変わらずのノリの軽さに、しょーちゃんと目を見合わせて笑ってしまう。

「しょーちゃんも、どうもありがとう」

「俺はなんも。おめでとうね」

靴を履きながら、私はなんてしあわせ者なんだろうって思ったら、また泣きそうになってしまった。玄関の段差に座ってスニーカーの紐をくくっているしょーちゃんを置いてドアを開けると、

「ひゃっ‼」

目の前に男の人が立っていたのでびっくりして叫んでしまった。とても背の高い、四十代後半くらいの白人のおじさんが立っていたのだ。彼のすぐ真横に置かれたスーツケースについた航空会社のタグを見て、すぐに分かった。彼が、〝私の方のクリス〟だと。ニューヨークから伯母ちゃまに会いに来たのだと！

「どしたっ？」

私のすぐ後ろから、しょーちゃんが外に飛び出てきた。心臓が、飛び出してしまいそうなくらいハラハラした。「どうしたの、大丈夫？」部屋の中からお母さんの声がして、バタバタという足音がふたり分聞こえた。ヤバイ。

「Chris‼?」

びっくりして振り返ると、そこからものすごい勢いで飛び出してきた伯母ちゃまに跳ね飛ばされ

た。「ちょっと、大丈夫」とすぐに私に腕を伸ばしたお母さんに掴まって立ち上がりながらも、ふたりから目が離せなかった。

「Baby!」

伯母ちゃまを見るなりクリスと呼ばれたその人は目を潤ませて、

「Happy New Year!」

突然伯母ちゃまの腕を引き寄せ、キスをした。

「っ！！！！！？」

衝撃を受けて立ち尽くす私たちなど、この世に初めから存在していないかのように、ふたりはきつく抱き合いながら、お互いに食いつくような勢いでキスをしていた。

気づいたら私は、しょーちゃんの手を力いっぱい引きながら、エレベーターの横の階段を駆け下りていた。しょーちゃんのバイクの前で、繋いだようなかたちになっていた手を私からほどくと、

「ラスイチッ！」

しょーちゃんはニッと笑ったその歯にタバコをくわえ、シルバーのジッポで火をつけた。思わず足踏みしてしまうほどに冷えた空気の中に、オイルのいい匂いが漂った。でもすぐに、しょーちゃんが吐き出したタバコの臭いに消されてしまった。

「……ビックリ、したね」

遠慮がちに、私はしょーちゃんを見上げて聞いた。

「ん？」

とぼけたような、いつもの優しい声を出しながら、空一面に広がる星の粒ひとつひとつを見るかのように目を細めてしょーちゃんはタバコを吸っている。

「あの人って、伯母ちゃまの、その……」

「うん、だからニューヨーク行ってたんでしょう？」

私の方をまっすぐに見たしょーちゃんの顔が平然としすぎていて、心が余計にかき乱された。

「えっ、そうなの？　そんなに前からつき合ってる人だったの？　って、しょーちゃんはそのこと知ってたの？」

「うん、聞いてたよ」

「ショックじゃないの？」

「………」

「ショック、だよね……」

何も言わないしょーちゃんが漏らした息が、ため息なのかタバコの煙を吐き出しているだけなのか、分からない。左手に持ったままだった七海ちゃんからの手紙をなんとなく指でいじりながら、真っ赤なバイクに貼ってある小さなプリクラを見つめた。もう表面が滲んでしまっていて何も見えないけど、これはこの前の夏に渋谷で、しょーちゃんと伯母ちゃまと私の三人で撮ったやつだ。

「実は、俺も、つき合ってる子がいるんだ」

しょーちゃんの突然の告白に、とっさに聞こえなかった振りをしてしまった。

「もちろん、真実子は知ってるんだけど、ゆっちゃんにはまだ言わない方がいいって口止めされてて。黙ってて、ごめんね」

耳を、両手で思いっきり塞いでしまいたかった。

「ゆっちゃん、聞いてる？」

聞いてなんかいない。私は手の中の封筒を急いで開けた。バースデーケーキのイラストが描かれた小さなカードを開きながら、街灯に近づくようにしてしょーちゃんに背を向けた。

青いボールペンで書かれた七海ちゃんの小さな文字が、みるみる涙で滲んでいく。


「私たちを取り巻く環境のすべてが変わったとしても、私たちの友情は絶対に変わらない。結愛は私の、家族を超えた、ソウルメイト。13歳のお誕生日おめでとう」


「ううっ」

しゃがみ込んだら、声が漏れてしまって、どうしたのなんて聞かれてもいないのに、私はしょーちゃんに向かって喋り出す。

「なんか、怖いよ、しょーちゃん。だって、なんだかもう、色々色々変わっちゃうんだもん。人の気持ちを信じたいと思えば思うほど、怖くなるよ。だって、どうして？　あんなに愛し合ってたのに、どうして今は別々の人を好きだなんて言えるの？　しょーちゃんとは私と七海ちゃんみたいな親友だって、伯母ちゃま言ってたけど、でもなんかもう、あのキスとか見る限り、しょーちゃんよりあの人のことの方が好きなの明らかじゃない。しょーちゃんだって伯母ちゃまより新しい子が好きなんでしょう？　そういうのって、傷つく！　なんかもう、信じられないよ」

嫌だった。しょーちゃんに、子供みたいなことを言いながら、赤ちゃんみたいに泣きじゃくっている自分がものすごく嫌だった。

「俺と真実子は、ゆっちゃんとなっちゃんとは、どうしたってちょっと違うよ」

膝に額をくっつけて、わんわん泣いた。何がこんなにも悲しいのか、もう分からないくらいに悲しくて、死にそうなくらい寂しかった。

「いや、何が言いたいのかっていうと、その、ゆっちゃんとなっちゃんの友情は変わらないよ？」

明らかに困り切った様子で言葉を選びながらモジモジと喋るしょーちゃんにムカついた。

「そんなのキレイゴトよ！」

顔をあげ、子犬みたいな目をして私を見ているしょーちゃんを睨みつけた。

「キレイゴトでもないよ？　世の中は、意外と綺麗なところだよ？」

しょーちゃんが私の目をまっすぐ見つめてそんなことを言うから、余計に泣けてしまって顔を膝にまた伏せた。

「どうして伯母ちゃまと別れたの？」

自分が本当に嫌になる。これじゃあただの駄々っ子だ。そう思いながらも、しょーちゃんを困らせてやりたくて仕方なかった。

しょーちゃんが、タバコの煙を吐き出す音がする。寒くて足が、ガクガクする。

「俺も、ゆっちゃんみたいな」

不意に胸がドキッとして、思わず顔をあげてしょーちゃんを見ると、彼は空を見上げていた。

「ゆっちゃんみたいな、子供が、ね」

さっき動揺したばかりの心にグサッと刺さって、頭を下げた。

「本当は欲しいんじゃないかって、真実子はずっと気にしてくれてたんだよね。俺は、真実子といられればしあわせだって何度も言ったんだけど、ああ見えて、根が真面目なんだよ。真面目すぎるくらいに、優しいんだよね」

膝の上できつく閉じたまぶたの裏に、いつの日か伯母ちゃまがふと見せた寂しげな表情が頭に浮かんだ。伯母ちゃまにとっての、だれもが何かしら感じている罪悪感とはこのことだったのかもしれない。

「それに、さっき俺たちが見た通り、家庭をつくって暮らすよりも、世界中旅して恋をして自由に生きる方がずっと真実子らしいし、本人も自分の人生にそれを望んでるんだよね。出会った時から、真実子はそれをちゃんと分かってたし、実際に初めてのデートで既にそう言われてたんだよね」

そう言ってからふっと吐き出された息が、しょーちゃんが笑った音だと分かったのは、伯母ちゃまがしょーちゃんとの旅行を思い出して目を細めていた表情とその音が重なったからだ。ふたりにとってふたりの恋は、とっくに過去の思い出になっている。私だけがいつまでもズルズルと引きずっていたのかと思ったら、やっぱりすごく悲しかった。

「それはさ、ゆっちゃんのお母さんもまったく同じなんだよね。ブレない人生の軸みたいなもの、ちゃんと持ってんだよ。周りの人からしたら、その分めっちゃくちゃ頑固だけど、でも、そのためにはもう全力で戦うっていうかさ。真逆なように見えるけど、あの姉妹には、そこが共通してるよね。俺、ファンだよ、あのふたりの」

ほら、そうやって距離が、離れてく。しょーちゃんが、私から、離れてく。悔しくて、血が出るんじゃないかってくらいに強く、下唇を歯で嚙み締める。

「ちょうど真実子と会ったばかりの頃に、ゆっちゃんのお母さん、離婚したんだよね。子供がいるって聞いて、俺、大丈夫なのかなって。別れない方がいい場合もあるのにって、正直そう思った。うちが父子家庭だったから、その大変さなら人より分かってたつもりだし。

でも、ここちゃん、強かったよね。俺、尊敬してるんだ。真実子もだよ。今でもよくふたりで話す。ここちゃんはすごいって。本当にいいお母さんだって。

今、ゆっちゃんが泣いているように、いろんなことが変わっていくことを実感すると、だれだってやっぱり不安になるでしょ？　変化って怖いでしょ？　でもだからこそ、まだ一度も見たことがない未来に、今以上のしあわせを求めて、頭から飛び込めちゃう人って、めちゃくちゃすげぇんだよ」

下唇に立てていた歯をそっと離した。表面が乾いていてちょっと切れたのか、口の中に血の味がした。膝を抱いていた腕を緩めて指で唇に触れてみた。指を見たけど、血がついているかどうかは暗くてよく見えなかった。

「ゆっちゃんも、強いなって、俺はいつも思ってるよ」

しょーちゃんに、これ以上情けない自分を見せたくないと思った。他力本願は嫌いだと言った七海ちゃんの声が、弱り切っていた私を奮い立たせた。ガバッと一気に立ち上がって、しょーちゃんの目を見上げた。

「ドライブしたい。連れてって？」

涙を素手で拭ってそう言うと、「もちろんだよ」と、優しい声と共に頭にヘルメットをかぶせられた。バイクの後部座席にまたがる前に、七海ちゃんがくれたカードをしまおうとポケットに手を入れると、指の先が何かに触れた。

この前、伯母ちゃまが買ってくれたリップクリームだった。

ブラックチェリーの香りを乾いた唇に塗ってから、ブルルンッと音をたててバイクのエンジンをかけたしょーちゃんの背中に手をかけた。後ろに座るために足を持ち上げて体を斜めに傾けたら、しょーちゃんの肩に、私の赤いマフラーの裾《すそ》が乗っかった。

「ねぇ、しょーちゃん」と、背中に向かって呼びかけた。顔が見えないから、大丈夫、聞ける。

「私、赤って、似合うかな？」

一瞬の沈黙が怖くて目を閉じる。

「こんなに赤が似合う女の子は、俺、初めて見たよ」

切なくて、どうしようもなく悲しくて悔しいのに、嬉しくて。私は顔を、ベタリとしょーちゃんの背中にくっつける。ダウンジャケットの表面が、涙と鼻水で濡れてツルツル滑る。バイクが走り出し、私は慌ててしょーちゃんの背中にしがみつく。

十三年前の今日、雪が降る夜に、お母さんが私をこの世に産んでくれた。その瞬間だって私はオギャアと泣いただろうし、そこから数えたら今日までにもう百万回も泣いてきているわけだけど、これまでに流してきたものとはまったく違う種類の涙が、初恋の人のたった一言で溢れ出る。

今日は私の、誕生日。春を待つ田んぼが、どこまでも果てしなく広がっている。

〈著者紹介〉
LiLy　1981年生まれ。神奈川県出身。NY、フロリダでの海外生活を経て、上智大学卒業。現代の恋愛／セックス観を赤裸々に描いたエッセイ『おとこのつうしんぼ』（講談社）でデビュー。小説『空とシュウ』（小学館）、『オンナ』（小社）など、著書多数。15冊目となる本書は約3年ぶりの長編小説。
http://www.lilylilylily.com/

この作品はFrancfranc「favori!」、マイナビ「escala café」（現・マイナビウーマン）で2012年5月から12月まで連載したものに加筆・修正しました。

me&she.
2013年8月10日　第1刷発行

著　者　LiLy
発行者　見城 徹

GENTOSHA

発行所　株式会社 幻冬舎
〒151-0051 東京都渋谷区千駄ヶ谷4-9-7

電話：03(5411)6211(編集)
03(5411)6222(営業)
振替：00120-8-767643
印刷・製本所：株式会社 光邦

検印廃止

Printed in Japan
ISBN978-4-344-02438-0 C0093
幻冬舎ホームページアドレス　http://www.gentosha.co.jp/

この本に関するご意見・ご感想をメールでお寄せいただく場合は、
comment@gentosha.co.jpまで。